# DEIN COACH ZUM ERFOLG!



## *Dein ActiveBook a*

Du kannst auf alle digitalen Inh
Hördateien, interaktive Aufgab
online zugreifen. Registriere dich dazu unter **www.stark-verlag.de/mystark** mit deinem **persönlichen Zugangscode:**

C02550-000758

*Die Inhalte dieser Auflage stehen bis Schuljahresende zur Verfügung.*

MySTARK

## *Das* Active**Book** *bietet dir:*

- MP3-Dateien der Hörtexte
- Lernvideos zum Umgang mit Textaufgaben
- Interaktive Aufgaben zu sprachlichen Grundlagen
- Web-App mit hilfreichen Wendungen

# DEIN COACH ZUM ERFOLG!

## *So kannst du interaktiv lernen:*

### Interaktive Aufgaben

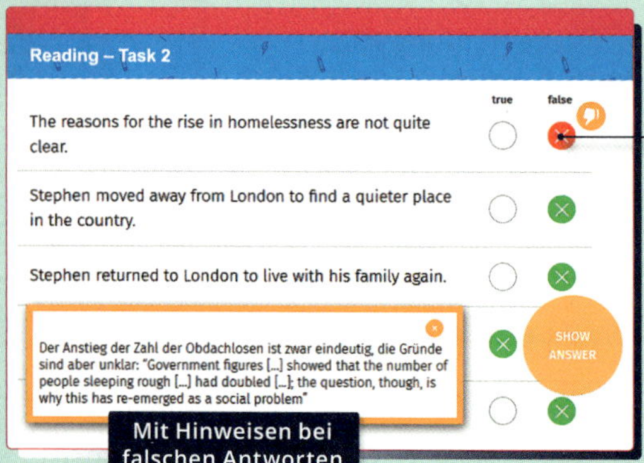


Sofortige Ergebnisauswertung

Mit Hinweisen bei falschen Antworten

### Lernvideos

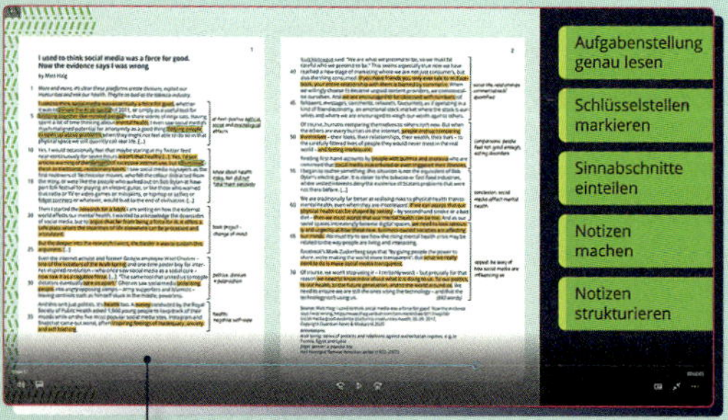


Step-by-Step Hinführung an typische Textaufgaben

### Web-App „MindCards"

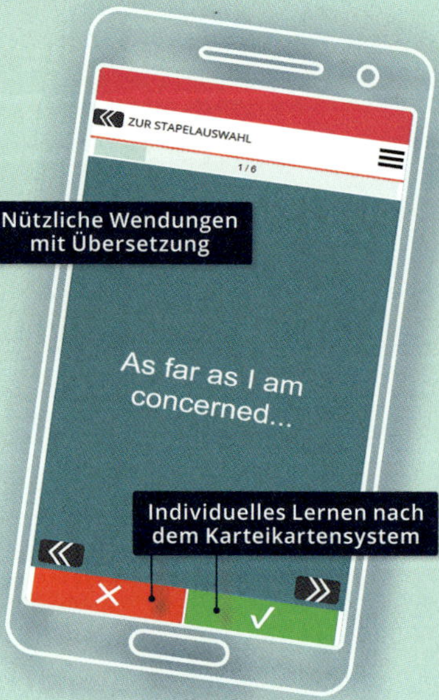


Nützliche Wendungen mit Übersetzung

Individuelles Lernen nach dem Karteikartensystem

**Systemvoraussetzungen:**

- Mindestens 1024×768 Pixel Bildschirmauflösung
- Chrome, Firefox oder ähnlicher Webbrowser
- Adobe Reader oder kompatibler anderer PDF-Reader
- Internetzugang

**Speaking** **Writing**

2023

# Abitur

Original-Prüfungsaufgaben
mit Lösungen

Hamburg

## Englisch

STARK

13. neu bearbeitete und ergänzte Auflage
www.stark-verlag.de

# Inhalt

## Original-Prüfungsaufgaben



Sobald die Original-Prüfungsaufgaben 2022 freigegeben sind, können sie als PDF auf der Plattform MyStark heruntergeladen werden (Zugangscode vgl. Farbseiten vorne im Buch).

## MP3-Dateien

Abitur 2019: GA

Abitur 2019: EA

Abitur 2020: GA

Abitur 2020: EA

Abitur 2021: GA

Abitur 2021: EA

Abitur 2022: GA

Abitur 2022: EA

*Auch auf die Audio-Dateien können Sie über die Plattform MyStark zugreifen. Sie können auch zum Offline-Gebrauch heruntergeladen werden.*

## Sprecher*innen (MP3-Dateien)

D. Beaver, E. Filer, B. Gaulton, E. Gilvray, J. Mikulla, B. Tendler

## Autorinnen und Autoren

Hinweise und Tipps zum Zentralabitur Hamburg: R. Neumeier
Basiswissen: R. Jacob
Übungsaufgaben: Dr. D. Großklaus (Übungsaufgabe 1), Redaktion (Übungsaufgabe 2), K. Feldner/B. Guth (Übungsaufgabe 3), B. Holtwick (Übungsaufgabe 4)
Lösungen der Original-Prüfungsaufgaben: B. Bökel (EA 2020: Sprachm.), K. Feldner (GA 2021 und EA 2021: Schreibaufgaben II), R. Jacob (GA 2021 und EA 2021: Sprachm. und Schreibaufgaben I), R. Klimmt (EA 2019: Sprachm.), K. Nussdorf/F. Lemke (GA 2019: Sprachm.), Redaktion (GA 2020: Sprachm., GA und EA 2019 bis 2021: Hörverstehen)

# Vorwort

**Liebe Schülerinnen, liebe Schüler,**

bald werden Sie Ihre zentrale Abiturprüfung im Fach Englisch ablegen. Wir begleiten Sie auf Ihrem Weg zu einem guten Abschluss und helfen Ihnen, sich mit den Anforderungen des zentralen Abiturs in Hamburg vertraut zu machen.

Sie sollten für Ihre Prüfung nicht nur die Rahmenbedingungen und Hauptschwierigkeiten der Abiturprüfung in Hamburg kennen – dabei hilft Ihnen das Kapitel mit **Hinweisen und Tipps** –, sondern auch lernen, wie Sie die Aufgaben am geschicktesten und zeitsparendsten angehen. Das können Sie mithilfe der **Lernvideos** an konkreten Beispielen üben. Der Band umfasst zudem ein **Basiswissen** zu den Themen *The United Kingdom – Diverse and Disunited?, Love and Power in Shakespeare's Plays* und *Social Networking Sites – Boon or Bane?*, das Ihnen bei der inhaltlichen Vorbereitung auf diese Schwerpunktthemen nützlich sein wird.

Der zweite Teil des Buches beginnt mit vier **Beispielaufgaben zum Schreiben**, welche auf die aktuellen Schwerpunktthemen für das Jahr 2023 zugeschnitten sind. Außerdem enthält dieser Band ausgewählte **Original-Prüfungsaufgaben**. Für die Jahrgänge 2019 und 2020 finden Sie jeweils die Aufgaben zum **Hörverstehen** und zur **Sprachmittlung**. Der Jahrgang 2021 ist in Gänze abgedruckt, damit Sie sich eine Vorstellung vom Umfang einer kompletten Abiturprüfung machen können. Für Ihr eigenes Abitur ist dabei nur das Schwerpunktthema zur Textaufgabe II *(Love and Power in Shakespeare's Plays)* relevant. Dennoch können Sie natürlich auch die Texte und Aufgaben zum Thema *African American Experiences* zur Wortschatzerweiterung oder zum Training der methodischen Textarbeit nutzen. Anhand von **Musterlösungen** können Sie herausfinden, in welchen Teilbereichen Sie Ihre Kompetenzen weiter verbessern können. Die Aufgaben aus dem Jahr 2022 sowie sämtliche Hörtexte stehen Ihnen **online** auf der Plattform MyStark zur Verfügung.

Lernen Sie gerne am PC, Tablet oder Smartphone? Auf den nächsten Seiten werden die digitalen Zusätze zu diesem Band näher erläutert.

Sollten nach Erscheinen dieses Bandes noch **wichtige Änderungen** im Zentralabitur 2023 von der Hamburger Behörde für Schule und Berufsbildung bekannt gegeben werden, finden Sie aktuelle Informationen dazu auf der Plattform MyStark.

Schon jetzt wünschen wir Ihnen viel Erfolg bei Ihrem Zentralabitur!

Ihr STARK Verlag

# Hinweise zu den digitalen Zusätzen

Auf alle digitalen Zusätze können Sie online über die Plattform **MyStark** zugreifen. Ihren persönlichen Zugangscode finden Sie auf den Farbseiten vorne im Buch.

## PDF der Original-Prüfungsaufgaben 2022

Um Ihnen die Prüfung 2022 schnellstmöglich zur Verfügung stellen zu können, bringen wir sie in digitaler Form heraus.
Sobald die Original-Prüfungsaufgaben 2022 freigegeben sind, können sie als PDF auf der Plattform MyStark heruntergeladen werden.

## Kurzgrammatik

Mit der Kurzgrammatik können Sie sich eine knappe und verständliche Übersicht über die wichtigsten Themenfelder der englischen Grammatik herunterladen. Schlagen Sie hier die Grammatikregeln zu Fehlern nach, die Sie noch häufig machen.

## Lernvideos

Textaufgaben sind Teil vieler Prüfungen und Klausuren – und machen oft einen Großteil der Prüfungsleistung aus. Mithilfe der **Lernvideos zum richtigen Umgang mit Textaufgaben** können Sie sich optimal auf die Anforderungen in diesem Bereich vorbereiten. Am Beispiel von zwei Texten mit je drei Aufgabenstellungen wird gezeigt, wie man an eine Textaufgabe herangeht und sie erfolgreich löst.

**Die Lernvideos beinhalten:**

- **Schritt-für-Schritt-Anleitungen** zum richtigen Vorgehen in der Prüfung
- **Sachtext** und **literarischer Text** als Grundlage
- nützliche Hinweise zu **häufigen Operatoren** und **Zieltextsorten**

Die in den Videos behandelten Texte und Aufgaben sind im Kapitel „**Lernvideos zur Textaufgabe**“ (V1 bis V6) abgedruckt. Hier können Sie sich schon einmal einen Eindruck verschaffen, worum es in den Videos geht.

## Interaktive Aufgaben – „ActiveBook“

Im **ActiveBook „Basic Language Skills“** erhalten Sie Zugriff auf zahlreiche **interaktive Aufgaben** zu Grundlagen wie **Hörverstehen**, **Leseverstehen** und **Sprachverwendung im Kontext**. Dies sind ganz wichtige „Basics“, die Sie für eine gute Sprachbeherrschung brauchen.

**Das ActiveBook „Basic Language Skills“ bietet Ihnen:**

- **„Listening“** – authentische Audiodateien mit vielfältigen Aufgaben, die Ihr Hörverstehen testen
- **„Reading“** – abwechslungsreiche Lesetexte und dazugehörige Aufgaben
- **„English in Use“** mit gemischten Aufgaben rund um den Gebrauch der englischen Sprache
- Alle Aufgaben sind interaktiv, d. h., Sie können sie direkt am PC oder Tablet bearbeiten und erhalten sofort eine Rückmeldung zu Ihren Antworten.

ActiveBook
Interaktives
Training

## Web-App „MindCards“

Mit der Web-App **„MindCards“** können Sie am Smartphone Vokabeln lernen. Auf diesen interaktiven Karteikarten finden Sie hilfreiche Wendungen, die Sie beim Schreiben von Texten oder im mündlichen Sprachgebrauch einsetzen können.
Scannen Sie einfach die QR-Codes oder verwenden Sie folgende Links, um zu den „MindCards“ zu gelangen:
https://www.stark-verlag.de/mindcards/writing-2
https://www.stark-verlag.de/mindcards/speaking-2

Writing

Speaking

# Hinweise und Tipps zum Zentralabitur Englisch in Hamburg

## Allgemeiner Aufbau der Abiturprüfung

Die schriftliche Abiturprüfung besteht sowohl im grundlegenden als auch im erhöhten Anforderungsniveau aus drei Teilen. Sie setzt sich zusammen aus einem **sprachpraktischen Teil** (einer **Hörverstehensprüfung** und einer **Sprachmittlung**) und einer **Schreibaufgabe**, auf deren Bearbeitung der Schwerpunkt der Abituraufgabe liegt. Das Hörverstehen dauert 30 Minuten, für die Sprachmittlungsaufgabe werden 60 Minuten veranschlagt. Es besteht keine Wahlmöglichkeit. Beide Prüfungsteile werden nach Ablauf der Bearbeitungszeit eingesammelt, bevor der Prüfungsteil „Schreiben" beginnt. Erst dann erhalten Sie die beiden Textaufgabenvorschläge, von denen einer auszuwählen ist. Für die Bearbeitung der Schreibaufgabe haben Sie 225 Minuten (auf erhöhtem Anforderungsniveau) bzw. 195 Minuten (auf grundlegendem Anforderungsniveau) Zeit. Eine Lese- und Auswahlzeit ist in diesem Zeitrahmen inbegriffen. Oft basiert ein Vorschlag auf einem **literarischen Text**, der andere auf einem **nicht-fiktionalen Text**. Beide Aufgaben werden von der Behörde für Schule und Berufsbildung Hamburg (BSB) gestellt. Als **Hilfsmittel** werden Ihnen sowohl ein einsprachiges als auch ein zweisprachiges Wörterbuch sowie ein Wörterbuch der deutschen Rechtschreibung für alle Prüfungsteile zur Verfügung gestellt.

## Die einzelnen Prüfungsteile

### Hörverstehen

Es ist sehr wahrscheinlich, dass das **Hörverstehen** aus mehreren Teilen besteht. Textgrundlage für diesen Aufgabentyp können Radiobeiträge, Reden, Interviews, Ausschnitte aus Diskussionen oder Gesprächen etc. sein. Die Hörtexte sind maximal fünf Minuten lang. Die gesamte Bearbeitungszeit beträgt 30 Minuten. In diesem Kompetenzbereich (Anforderungsbereich 1 bzw. 2) können **geschlossene** bzw. **halboffene Aufgabenformate** vorkommen, z. B. *multiple choice,* Zuordnung *(multiple matching), short answer questions, table completion, sentence completion.* Dabei steht das reine Hörverstehen im Vordergrund, deshalb werden Sie – wenn überhaupt – nur kurze Phrasen oder Sätze schreiben müssen. Sprachliche Fehler werden nur dann gewertet, wenn sie das Verständnis beeinträchtigen.

**Konkretes Vorgehen beim Hörverstehen**
Sie werden jeden Hörtext zweimal hören. Nutzen Sie die Zeit vor dem ersten Durchgang, um sich mit den Aufgaben auseinanderzusetzen und verschaffen Sie sich einen Eindruck von dem Kontext, in den sie eingebettet sind. Dann wird die Audiodatei **ein erstes Mal** vorgespielt. Versuchen Sie, sofort alle Lösungen festzuhalten, von deren Richtigkeit Sie überzeugt sind. Halten Sie sich nicht lange mit einer Aufgabe auf, sondern gehen Sie direkt zur nächsten über, auch wenn Sie sich nicht sicher sind, damit Sie nicht die nächste Antwort verpassen. In der Regel sind die Aufgaben in der Reihenfolge angeordnet, in der auch die Lösungen vorkommen. Nach dem ersten Durchlauf gibt es eine kurze Pause, während der Sie Ihre Aufzeichnungen weiter ergänzen können; dann hören Sie den Text **ein zweites Mal**. Nach dem zweiten Hören haben Sie wieder Zeit, um Ihre Lösungen zu vervollständigen und zu überprüfen.
Hier ein paar praktische Tipps:

- Achten Sie auf Schlüsselwörter *(key words)* oder Formulierungen, die Teile der Aufgabenstellung in anderen Worten wieder aufgreifen (z. B. „global warming“ statt „climate change“), so finden Sie schneller relevante Stellen im Hörtext.
- Markieren Sie sich Lücken, die Sie im ersten Durchgang nicht füllen konnten, mit Bleistift, damit Sie dort beim zweiten Durchgang ganz genau hinhören.

Damit Sie sich optimal auf die Prüfungssituation einstellen können, finden Sie im Online-Angebot zu diesem Buch (auf MyStark) authentische Audioaufnahmen: Sie beinhalten mehrere Hörtexte, die Sie jeweils zweimal hören werden, inklusive Ansagen und Pausen.

**Sprachmittlung**

Die Sprachmittlung basiert auf einem oder mehreren deutschen Ausgangstext(en), aus dem von Ihnen **die wichtigsten Informationen** vom Deutschen **ins Englische übertragen** werden sollen. Ziel ist es, einer bisher uninformierten Leserschaft die wesentlichen Inhalte eines längeren Textes nahezubringen. Hier sehen Sie zwei Beispiele für mögliche Aufgabenstellungen: „Verfassen Sie auf der Basis des *Zeit*-Artikels über die Todesstrafe einen Brief an den Gouverneur von Texas, in dem Sie sich für die Abschaffung der Todesstrafe aussprechen“ oder „Schreiben Sie einen Artikel für die Schülerzeitung Ihrer englischen Partnerschule, der sich mit der Situation von Migrantinnen und Migranten auseinandersetzt, deren Familien nun schon in der zweiten Generation in Deutschland leben“. Üben Sie das Abfassen einer Sprachmittlung anhand von Artikeln aus deutschen Zeitschriften, die Sie für (imaginäre) englischsprachige Bekannte ins Englische übertragen.
Obwohl bisher die Textsorte des Artikels in den Aufgabenstellungen dominierte, bietet es sich an, auch die typischen Merkmale anderer **Textsorten** zu wiederholen. Gebräuchlich sind *blog entry, comment, e-mail, formal letter, letter to the editor, personal letter, report, review, speech* und *summary.*

**Konkretes Vorgehen bei der Sprachmittlung**
Gehen Sie wie folgt an die Aufgabenstellung heran:

- Bestimmen Sie zuerst die zentrale Aussage des Textes.
- Formulieren Sie einen *umbrella sentence*, der die Kernaussage enthält sowie Informationen zu Autor*in, Titel, Quelle und ggf. situativem Rahmen des Textes.
- Sie haben durch die Aufgabenstellung einen konkreten Schreibanlass genannt bekommen. Beachten Sie diesen Kontext, insbesondere den Adressaten bzw. die Adressatin und die Umstände, unter denen der Zieltext verfasst werden soll (z. B. keine Umgangssprache in einem Brief an den Gouverneur von Texas).
- Wählen Sie nun Informationen aus dem Ausgangstext, die für die Bearbeitung der Aufgabenstellung wesentlich sind.
- Verwenden Sie Konnektoren, um logische und zeitliche Bezüge herzustellen.
- Umschreiben Sie Ausdrücke, die nicht übersetzt werden können, in Ihren eigenen Worten, wenn deren Verständnis wesentlich für die Aufgabenstellung ist. Erklären Sie kulturspezifische Begriffe, die Ihre Zielgruppe sonst nicht verstehen würde (z. B. „ARD" = *German broadcasting corporation, similar to BBC*)
- Denken Sie daran, dass Ihre *mediation* nur etwa ein Drittel des Ausgangstextes umfassen sollte.

Beachten Sie, dass sowohl Inhalt als auch Sprache bewertet werden.
Folgende Kriterien sind ausschlaggebend für die Benotung:

- Beachtung der Aufgabenstellung (Nennen der wesentlichen Aspekte)
- Adressaten- und Situationsbezug
- Inhaltliche und sprachliche Korrektheit

**Schreibaufgabe**

Ob erhöhtes oder grundlegendes Niveau, Sie werden im Abitur in jedem Fall mit einer **Schreibaufgabe** konfrontiert sein. Im Mittelpunkt der Bearbeitung steht ein authentischer englischsprachiger Text zu einem der Schwerpunktthemen. Sie müssen das **Verständnis des Textinhalts** nachweisen *(Comprehension)* und den **Text analysieren** – im Hinblick auf die Argumentation des Autors/der Autorin, Gestaltungsmerkmale des Textes oder Ähnliches *(Analysis)*. Im letzten Teil haben Sie die Wahl, entweder wesentliche Aspekte oder Thesen des Textes **persönlich zu bewerten** *(Comment)* oder in einer kreativen Schreibaufgabe **in eine neue Textsorte zu übertragen** *(Creative Writing)*. Lassen Sie hier Ihr Hintergrundwissen (z. B. zum Thema *United Kingdom – Diverse and Disunited?*) einfließen. Es ist es generell möglich, dass in die Schreibaufgabe auch Bildmaterial in Form von Fotos, Cartoons oder Diagrammen integriert ist.
Sie werden **zwei Vorschläge** zur Schreibaufgabe bekommen, die sich je auf eines der beiden Schwerpunktthemen beziehen. Entscheiden Sie sich zügig für eine der beiden Aufgaben. Wenn Sie sich entschieden haben, vergessen Sie die andere Aufgabe und wenden Sie sich Ihrem Thema zu.
Nun beginnt die eigentliche Arbeitszeit. Machen Sie zuerst eine **grobe Zeitplanung**. Rechnen Sie am Ende etwa eine halbe Stunde für das **Korrekturlesen** Ihrer Arbeit

ein. Verweilen Sie nicht zu lange bei der ersten Teilaufgabe. Oft verlangen die analytischen und Transferaufgaben mehr Arbeit im Detail.
Lesen Sie den Text zunächst gründlich. Schlagen Sie in den relevanten Textpassagen alle Ihnen **unbekannten Wörter** nach, damit Sie nicht einen für die Aufgabe wichtigen Begriff übersehen. In weniger wichtigen Passagen können Sie unbekannte Wörter oft aus dem Zusammenhang erschließen. Bei der Produktion Ihres eigenen Textes sollten Sie sich zunächst auf den für die Prüfung gelernten Wortschatz verlassen und nicht zu häufig im Wörterbuch nachschlagen; das braucht viel Zeit und unterbricht ständig Ihren Gedankengang. Markieren Sie Wörter oder Kollokationen, bei denen Sie sich nicht sicher sind, mit Bleistift und überprüfen Sie sie beim Korrekturlesen.
Gehen Sie systematisch vor, damit Ihr Text eine **klare Struktur** erhält. Achten Sie **genau auf die Aufgabenstellung** und verwenden Sie nur das, was tatsächlich für die Bearbeitung des Arbeitsauftrags gebraucht wird. Zu viele Informationen, die mit der Fragestellung nichts zu tun haben, können nämlich auch zu Punktabzug führen.
Wichtig ist, dass Sie sich in der längerfristigen Vorbereitung auf das Abitur auf die Entwicklung Ihrer **textanalytischen und produktiven Fertigkeiten** konzentrieren, denn diese können und müssen Sie in der Prüfung mit Sicherheit einsetzen – schließlich macht die **sprachliche Seite** 60 % der Gesamtbewertung der Textaufgabe aus.

### Bearbeitung der einzelnen Aufgabenbereiche der Schreibaufgabe

In der ersten Aufgabe müssen Sie immer den Inhalt oder wesentliche Aspekte des Inhalts zusammenfassen. Sie müssen hier also die Textsorte ***summary*** beherrschen, die ganz bestimmte Merkmale hat: Ihr Text ist deutlich kürzer als der Ausgangstext, beschränkt sich auf das Wesentliche und enthält Abstraktionen, die Details zusammenfassen. Er ist im Präsens *(simple present)* abgefasst und enthält weder wörtliche Rede noch Zitate aus dem Ausgangstext. Er enthält außerdem keine eigenen Wertungen.
Die vorherrschende Textsorte im zweiten Teil ist der **analytische Essay**. Wichtig ist hier, dass Sie sich klarmachen, was genau Sie analysieren sollen. Lesen Sie den Text immer mindestens einmal und markieren Sie farblich, welche Textstellen für die Bearbeitung der Aufgabe relevant sind.
Notieren Sie sich anschließend die Punkte, die Sie erwähnen wollen, in Stichworten und ordnen Sie sie in der Reihenfolge, in der sie später in Ihrem Text vorkommen sollen. Oft gibt die Formulierung der Aufgabe Ihnen bereits eine Struktur vor.
Streben Sie eine klare, transparente Darstellung an. Die erreichen Sie z. B. dadurch, dass Sie mit einer allgemeinen Aussage beginnen, die Sie dann in mehreren Absätzen erläutern. Jeder Absatz sollte dabei einen Gedanken, eine Idee im Mittelpunkt haben. Verknüpfen Sie zudem Ihre Sätze und Absätze nachvollziehbar miteinander. Benutzen Sie aber nicht nur die gängigen Wörter *but* und *because*, sondern stellen Sie bewusst präzise Zusammenhänge her, um es Ihrer Leserschaft zu erleichtern, Ihren Gedankengang bzw. Ihre Argumentation nachzuvollziehen.

Eine Auswahl hilfreicher Wendungen finden Sie in der folgenden Tabelle sowie in den digitalen „MindCards“ (vgl. Farbseiten vorne im Buch):

| **Function** | **Connectives** | **Examples** |
|---|---|---|
| to list/add points, arguments, aspects, pieces of evidence | • firstly, secondly, finally<br>• on top of that<br>• too, also<br>• additionally, in addition<br>• similarly, in the same way, likewise<br>• furthermore, moreover | **Firstly,** she's bright; **secondly,** she's beautiful; and **on top of that** she's rich.<br>He is too weak to do physical labour; **in addition,** his memory is failing him.<br>His comedies still appeal to modern audiences. **In the same way,** his tragedies are still incredibly moving. |
| to illustrate points made | • such as<br>• for example, for instance, e. g. | Cities (**such as** Mexico City) have grown globally, (**for instance/for example/e. g.** Mexico City). |
| to summarise your findings, a longer argument, etc. | • to conclude, in short, in conclusion<br>• to sum up, to summarise<br>• in other words | **To conclude,/In conclusion,/In short,** Shakespeare is still relevant to modern audiences. |
| to indicate a direct result | • therefore, thus, that is why<br>• consequently, as a result | He went out dancing every night; **therefore,/consequently,/as a result,** he failed his English class. |
| to contrast two elements of your text | • but, however, yet<br>• on the one hand/on the other hand<br>• on the contrary<br>• unlike, in contrast to, contrary to<br>• despite, in spite of | This is quite a run-down hotel; **yet,** it is located in a beautiful place.<br>Shakespeare has not been forgotten. **On the contrary,** he is still popular all over the world.<br>**Unlike/in contrast to/contrary to** Scotland, England is quite densely populated.<br>**Despite/In spite of** some progress, Black people have not yet achieved equality. |
| to concede *(zugestehen)* something | • even though<br>• it is true that (…), but | **Even though** (**It is true that**) France has a lot to offer, (**but**) I prefer Italy for my summer holidays. |
| to state something that is clear or likely to be true | • evidently, apparently, obviously<br>• doubtless, undoubtedly | **Evidently,/Apparently,/Obviously,** the painters have finished and gone home for the day.<br>**Doubtless,/Undoubtedly,** there's a lot of work left for them to do tomorrow. |

Schließen Sie Ihren analytischen Essay mit einer zusammenfassenden Bemerkung ab, sodass am Schluss klar wird, zu welchem Ergebnis Sie gelangt sind. Üben Sie diese Art der Textstruktur intensiv in der Vorbereitung und bitten Sie Ihren Lehrer oder Ihre Lehrerin um Rückmeldung zu Ihren Texten. So stehen Ihnen eigene Modelltexte als Orientierung für die Abitur-Klausur zur Verfügung.
Dies gilt ebenso für die beiden Textsorten, die im dritten Teil der Schreibaufgabe gefordert sind. Dies ist einmal der Kommentar mit einer relativ klaren Struktur, zum anderen die kreative Aufgabe, die viele verschiedene Textsorten ansteuern kann.
Im ***comment*** geht es darum, persönlich Stellung zu nehmen. Machen Sie sich vor Beginn des Kommentierens klar, welche Position Sie zu der aufgeworfenen Problematik einnehmen wollen. Sammeln Sie Argumente zur Stützung Ihrer Meinung; denken Sie auch an mögliche Gegenargumente, die Sie im Verlauf Ihres Kommentars entkräften wollen. Gehen Sie von Gedanken aus, die im Ausgangstext geäußert werden, beschränken Sie sich aber nicht darauf. Hier können Sie häufig viele gelernte Inhalte einbringen, natürlich immer bezogen auf die Aufgabe. Nehmen Sie klar Stellung und ändern Sie nicht im Laufe des Schreibens Ihre Meinung.
In der **kreativen Aufgabe** sollen Sie sich oft in eine Person hineinversetzen und aus deren Sicht schreiben. Nehmen Sie alle Hinweise, die der Ausgangstext bietet, auf und verarbeiten Sie sie in Ihrem kreativen Text (z. B. Hinweise auf die Persönlichkeit dieses Menschen, seinen sozialen Hintergrund, seine Meinung zu bestimmten Fragen). Vielleicht enthält der Text Andeutungen dazu, wie die Person spricht. Auf jeden Fall müssen Sie darauf achten, auf welcher Sprachebene Ihr Text laut Aufgabenstellung angesiedelt sein soll (eher formell wie in einem *letter to the editor* oder informell wie in einer E-Mail an einen Freund/eine Freundin; eher an gesprochener Sprache orientiert wie in einem mündlichen Dialog oder in einem auffordernden Modus wie in einem Werbetext). Hier können Sie zeigen, wie gut Sie sich auf verschiedenen Sprachebenen ausdrücken können.

Für die drei verschiedenen Anforderungsbereiche *(Comprehension, Analysis, Comment/Creative Writing)* gibt es typische Formulierungen der Aufgabenstellung (Operatoren), die im Folgenden erläutert werden:

| **Operator** | **Erklärung** | **Beispiel** |
|---|---|---|
| **Anforderungsbereich I** | | |
| *outline*<br>(skizzieren, umreißen, kurz darstellen) | Dieser Operator verlangt, dass Sie die Hauptgedanken, die Struktur oder allgemeine Prinzipien eines Textes wiedergeben. Details sollen dabei weggelassen werden. | *Outline the author's views on equality.* |
| *point out, state*<br>(angeben, knapp darlegen) | Hier sollen Sie bestimmte Textaspekte knapp und klar darlegen. | *Point out why the Black perspective is so important to the author.*<br>*State briefly the major developments apparent in the first chapter.* |

| | | |
|---|---|---|
| *summarise, sum up* (den Inhalt zusammenfassen) | Sie sind aufgefordert, die wichtigsten Punkte knapp wiederzugeben – den Konventionen einer *summary* entsprechend. | *Summarise the information given in the text about racial profiling in the UK.* |
| **Anforderungsbereich I und II** | | |
| *describe* (beschreiben) | Hier sollen Sie etwas detailliert darstellen. Die Komplexität des Darzustellenden lässt die Aufgabe dem Anforderungsbereich I oder II angehören. | *I: Describe the protagonist's outward appearance.*<br>*II: Describe the way the author creates tension.* |
| **Anforderungsbereich II** | | |
| *analyse, examine* (analysieren, eingehend untersuchen) | Hier werden Sie aufgefordert, bestimmte Aspekte oder Merkmale des Textes detailliert zu beschreiben, d. h. ihre Funktion, Wirkung etc. zu erklären. | *Analyse the way the author tries to win his readers over to his position.*<br>*Examine the playwright's use of language.* |
| *explain* (erklären) | Aspekte aus dem Text sollen u. a. mithilfe von Begründungen und Beispielen verständlich gemacht werden. | *Explain the protagonist's obsession with money.* |
| *illustrate* (erläutern, veranschaulichen) | Etwas soll anhand von Beispielen erläutert werden. | *Illustrate the poet's use of imagery.* |
| *give/write a characterisation of* | Dieser Operator fordert Sie auf, eine stichhaltige Charakterisierung einer Figur zu schreiben. | *Give a characterisation of the protagonist in the excerpt at hand.* |
| **Anforderungsbereich II und III** | | |
| *compare* (vergleichen) | Hier sind Sie aufgefordert, Gemeinsamkeiten und Unterschiede zwischen zwei oder mehreren Dingen herauszuarbeiten und gegenüberzustellen. | *Compare the authors' views on the question whether Shakespeare's plays are still topical today.* |
| *interpret* (interpretieren, deuten) | Hier sollen Sie die Bedeutung (von Aspekten) eines Textes herausarbeiten und ggf. Ihre Position dazu beschreiben. | *Interpret the message the author wishes to convey.* |
| **Anforderungsbereich III** | | |
| *assess* (abschätzen, beurteilen, bewerten) | Dieser Operator verlangt die ausgewogene Betrachtung und Einschätzung eines Sachverhalts, eines Problems oder einer These. | *Assess the relevance of discipline in today's schools.* |
| *comment* (kommentieren, Stellung nehmen) | In diesem Fall sollen Sie Ihre eigene Meinung zu einem Thema formulieren und diese sorgfältig begründen. | *Comment on the protagonist's behaviour in the first chapter of the book.* |

| | | |
|---|---|---|
| *discuss* (diskutieren, erörtern) | Hier sollen Sie im Sinne einer Pro-/Kontra-Diskussion die Gründe für und gegen eine These oder verschiedene Aspekte einer Problematik gegenüberstellen und persönlich gewichten. | *Discuss the implications of Brexit on British society as presented in the text.* |
| *evaluate* (auswerten, beurteilen) | Bei dieser Aufgabe müssen Sie einen Sachverhalt beurteilen (vgl. *assess*). | *Evaluate the effectiveness of the measures against the massive income inequality.* |

Mithilfe der Lernvideos zu diesem Band (Zugang über die Farbseiten vorne im Buch) können Sie das optimale Vorgehen in einer Schreibaufgabe Schritt für Schritt nachvollziehen. Sie erfahren darin, worauf Sie unbedingt achten sollten, wenn Sie eine Aufgabe bearbeiten und bekommen einen Einblick, was von Ihnen erwartet wird.

## Inhaltliche Vorbereitung

Die Beschreibung der Schwerpunktthemen durch die Behörde für Schule und Berufsbildung enthält recht detaillierte Angaben dazu, was von Ihnen inhaltlich im Abitur erwartet wird. Gemeinhin werden (z. B. geografische, soziologische, historische) Grundkenntnisse zu der vorliegenden Thematik verlangt. Dieses Wissen soll Ihnen ermöglichen, den Abiturtext in größere Zusammenhänge einzuordnen, was für Analyse und Kommentierung wichtig ist.
Detailkenntnisse sollen Sie in genauer benannten Bereichen erwerben, damit Sie den Zusammenhang zwischen einer (z. B. in einem literarischen Werk, einem Film oder einer *news story* behandelten) konkreten Geschichte und dem (historischen, politischen, …) Kontext zumindest einmal exemplarisch erarbeitet haben. Es ist sicher vorteilhaft, wenn Ihnen der Inhalt und die Namen der Hauptfiguren dieser detailliert bearbeiteten Texte geläufig sind, z. B. wenn ein Vergleich zwischen einer „neuen" Situation/Person im Abiturtext und einer „vertrauten" Situation/Person aus der Vorbereitung verlangt wird. Ein **Basiswissen** in englischer Sprache zur Vorbereitung auf die Schwerpunktthemen *The United Kingdom – Diverse and Disunited?*, *Love and Power in Shakespeare's Plays* bzw. *Social Networking Sites – Boon or Bane?* finden Sie in diesem Band. Bitte beachten Sie, dass die Inhalte der **Hörverstehenstexte** und der **Sprachmittlung** auch im Abitur meistens nicht auf die Hamburger Schwerpunktsetzung abgestimmt sind.

### Schwerpunktthemen für das Zentralabitur 2023

### Thema I (allgemeinbildende/berufliche Gymnasien): *The United Kingdom – Diverse and Disunited?*

Der Brexit, d. h. der Austritt des Vereinigten Königreichs aus der EU, der nach zähem Ringen am 31. Januar 2020 vollzogen wurde, wird als einschneidendes Ereignis in der britischen Geschichte beleuchtet. Das vorausgegangene Referendum und sein knappes Ergebnis zeigten deutliche Spaltungen in der britischen Gesellschaft, so z. B.

zwischen älteren und jüngeren Menschen, zwischen unterschiedlichen sozialen Schichten oder auch zwischen den einzelnen Landesteilen. Sowohl die Geschichte des Vereinigten Königreichs, v. a. seine frühere Führungsrolle im *British Empire*, als auch die Zukunft des Landes zwischen von pessimistischen Stimmen erwarteter Isolation und erneuter globaler Verantwortung, wie sie von anderen optimistisch gefordert wird, sollen diskutiert werden. Dabei wird auf Herausforderungen, wie die von starken regionalen, sozialen und ethnischen Unterschieden gekennzeichnete Gesellschaft, eingegangen, aber auch die sogenannte „soft power" des Landes, die sich z. B. in der Beliebtheit britischer Kultur zeigt, soll in den Blick genommen werden.
Folgende Bereiche sind relevant (EA und GA):

- Grundzüge der britischen Geschichte, insbesondere im Hinblick auf globale Allianzen wie im Commonwealth oder der EU
- Argumente für und gegen den Brexit und seine Auswirkungen auf die Zukunft des Landes
- gesellschaftliche Spannungen, z. B. die Unabhängigkeitsbestrebungen Schottlands, die Forderung einer multikulturellen Gesellschaft nach kritischer Aufarbeitung des Kolonialismus, die Überbleibsel einer Klassengesellschaft etc.
- kulturelle Errungenschaften in Musik, Literatur, Film etc.

Auf **erhöhtem Anforderungsniveau** werden zudem Grundkenntnisse des politischen Systems Großbritanniens erwartet. Außerdem sollen mindestens eine literarische Langschrift und ein Film zum Schwerpunktthema vertieft behandelt werden.

**Thema II (allgemeinbildende Gymnasien):** ***Love and Power in Shakespeare's Plays***

Obwohl Shakespeare seit mehr als 400 Jahren tot ist, sind seine Werke weiterhin in alten wie in neuen Medien präsent. Die Themen und Konflikte darin sind zeitlos und verlieren ihre Relevanz auch in modernen Kontexten nicht.
Vor allem angesichts der Frauenrechtsbewegung der letzten Jahrzehnte und der *#MeToo*-Debatte scheint diese Aktualität der Werke überraschend, da Shakespeares Welt vor allem im Hinblick auf Frauenrollen und -rechte eine ganz andere als unsere heutige war. Männer bestimmten das gesellschaftliche Leben und sind auch in den Bühnenstücken dominant, während die Frauenfiguren oft gegen das Rollenbild aufbegehren und versuchen, ihren Platz zu finden.
Dieses Schwerpunktthema beschäftigt sich vor allem mit Fragen der Macht: in Bezug auf die Ehe (wie gleichberechtigt sind die Ehepartner*innen?), auf das Streben nach Macht im politischen und persönlichen Kontext und auf die Beziehung zwischen Vätern und Töchtern (Machtspiel oder Unterwerfung?).
Im GA wird die Kenntnis von zwei, im EA von vier der folgenden Schlüsselszenen vorausgesetzt:

- *Macbeth* (Act I, Scene 7)
- *Much Ado About Nothing* (Act IV, Scene 1)
- *The Taming of the Shrew* (Act V, Scene 2)
- *King Lear* (Act I, Scene 1)
- *Romeo and Juliet* (Act III, Scene 5)

Weiterhin gehören für GA und EA die folgenden Elemente zum Basiswissen:

- GA und EA: Grundkenntnisse über das Leben im elisabethanischen England im Allgemeinen, und über Shakespeares Leben und Wirken im Speziellen
- GA: Grundkenntnisse des Handlungsverlaufs und der Figurenkonstellation eines Stückes, dessen Schlüsselszene gewählt wurde;
  EA: Lektüre eines Stückes, dessen Schlüsselszene gewählt wurde
- GA: Kenntnis von einer modernen Adaption eines Stückes;
  EA: Kenntnis von zwei modernen Adaptionen von Stücken
- GA: Kenntnisse dramatischer Gestaltungsmöglichkeiten wie z.B. Charakterisierung oder Dialoganalyse;
  EA: über das Wissen des GA hinaus zusätzliche Kenntnisse im Bereich der Dramenanalyse wie z.B. Leitmotiv, Stilmittelanalyse

**Thema II (berufliche Gymnasien):** ***Social Networking Sites – Boon or Bane?***
Die flächendeckende Internetnutzung und speziell der Dauergebrauch sozialer Medien wird trotz vieler begrüßenswerter Entwicklungen auch immer öfter Gegenstand kritischer Diskussionen. Dabei geht es vor allem um Gefahren im gesellschaftlich-politischen Bereich, wie eine drohende Spaltung der Gesellschaft, aber auch um die mit z. T. fragwürdigen Mitteln erreichte Wirtschaftsmacht von Medienkonzernen. Eine kritischere Nutzung sozialer Netzwerke ist ein Ziel des Unterrichts.
Folgende Bereiche sind relevant (EA und GA):
- Grundwissen zu sozialen Netzwerken und ihrer utopischen sowie dystopischen Aspekte
- politische Folgen und Gefahren sozialer Netzwerke (Algorithmen, Verschwörungstheorien, Polarisierung der Gesellschaft, Wahlmanipulationen etc.)
- das fragwürdige Wirtschaftsmodell der sozialen Netzwerke *("If you are not paying for the product, you are the product.")*
- Konsequenzen von übermäßigem Medienkonsum auf die körperliche und mentale Gesundheit
- Lösungsvorschläge für bessere Regulierung und Schutzmechanismen

Auf **erhöhtem Anforderungsniveau** sollen mindestens eine literarische Langschrift oder ein Sachbuch und ein Film zum Schwerpunktthema behandelt werden.

## Sprachliche Vorbereitung

### Wortschatz

Sowohl für das **Hörverstehen** als auch für die **Sprachmittlung** ist ein großer Wortschatz in der Fremdsprache die zentrale Voraussetzung für ein gutes Abschneiden. Ob Sie Ihr Sprachvermögen am liebsten mit englischsprachigen Filmen, (Hör-)Büchern, Zeitschriften oder Songtexten trainieren, bleibt Ihnen überlassen, wobei Filme, Hörbücher und Podcasts natürlich den Vorteil haben, dass Sie hier neben allgemeiner Wortschatzarbeit auch gleich das Hör(seh)verstehen konkret trainieren können. Als Vorbereitung auf die Sprachmittlung können Sie beispielsweise auch Informationen über Sachverhalte bzw. bestimmte Charaktere deutscher Filme und Romane oder deren Entwicklung im Laufe der Handlung auf Englisch zusammenfassen. Wenn Sie

Themen auswählen, die Sie auch privat interessieren, steigert das Ihre Motivation und das Lernen kann richtig Spaß machen.

Damit Sie sich möglichst differenziert und komplex zu den Inhalten der **Schreibaufgabe** äußern können, benötigen Sie einen sowohl themenbezogenen als auch analytischen Wortschatz (z. B. *evidence, description, portray, suggest, consequently*). In beiden Bereichen sollten Sie auf jeden Fall den im Unterricht erarbeiteten Wortschatz lernen und üben. Falls nicht bereits geschehen, sollten Sie sich Listen zu bestimmten Funktionen anlegen (z. B. Textbezug: *refer to, imply, ll. 6–8*; Konnektoren: *as a result, therefore, finally*; Charakterisierung: *shy, assertive, modest, boastful, …*). Nutzen Sie Texte, die Sie im Unterricht lesen, als Fundus, aus dem Sie sich gezielt bedienen. Eine detaillierte Analyse sprachlicher Gestaltungsmittel wird nur für das erhöhte Niveau erwartet.
Für das Lernen von Wortschatz und zur Vermeidung von Fehlern ist sehr zu empfehlen, dass Sie Wörter in Kollokationen lernen (im Zusammenhang mit anderen Wörtern, mit denen sie einen festen idiomatischen Verband bilden). Statt nur zu lernen „*play* = Theaterstück" lernen Sie „*to perform a play* = ein Theaterstück aufführen"; oder statt „*talk* = der Vortrag" lernen Sie „*to give a talk* = einen Vortrag halten"). Solche Ausdrücke lassen sich hervorragend in eigene Texte einsetzen, sie erhöhen die Präzision Ihrer Aussagen und helfen Ihnen zu vermeiden, dass Ihr Text deutsch klingt.
Zur Erweiterung und Vertiefung Ihres thematischen Wortschatzes können Sie z. B. mit dem Band *Abitur-Training Englisch: Themenwortschatz* (Stark Verlag, Best-Nr. 82451D) arbeiten.

**Grammatik**

Zwar gibt es keinen separat bewerteten „Fehlerindex", aber die Sicherheit, mit der Sie formulieren, ist dennoch ein wesentlicher Aspekt bei der Ermittlung Ihrer sprachlichen Note für die Abiturklausur. Um herauszufinden, in welchen Bereichen der englischen Sprache Sie noch Schwierigkeiten haben, empfiehlt es sich, dass Sie Ihre von Ihrer Lehrkraft korrigierten Texte auf Fehlerschwerpunkte hin untersuchen (z. B. Verwendung von Adjektiven statt Adverbien, Verwechslung von bestimmten Zeitformen, falsche Präpositionen nach bestimmten Nomen oder Verben). Wenn Sie solche Problemfelder identifiziert haben, gehen Sie die relevanten Regeln mithilfe einer englischen Grammatik (z. B. der Kurzgrammatik im Online-Angebot auf MyStark) noch einmal durch.

Die Erfahrung zeigt, dass bestimmte Strukturen vielen Schülerinnen und Schülern Schwierigkeiten machen. Dazu gehören vor allem *simple past vs. present perfect, adjectives vs. adverbs* sowie *conditional clauses*. Zur Übung dieser und weiterer grammatischer Strukturen können Sie z. B. mit dem *Abitur-Training Englisch: Grammatikübungen* (Best.-Nr. 82452D) des Stark Verlags arbeiten. Zusätzlich bietet Ihnen das digitale ActiveBook zum vorliegenden Band (auf MyStark) die Möglichkeit, den Bereich „English in Use" mit interaktiven Aufgaben zu trainieren.

## **Lernvideos zur Textaufgabe**
Step-by-Step – Textaufgaben bearbeiten

Es gibt Aufgabenstellungen, die in Englischprüfungen immer wieder auftauchen. Grundlage für diese Aufgabenstellungen sind sogenannte **Operatoren** wie „describe“, „analyse“, „comment on“ und viele mehr. Auch wenn sich die Aufgabenstellung für die Textarbeit im Detail je nach Text unterscheidet, bleibt die grundsätzliche Vorgehensweise bei den jeweiligen Operatoren gleich.

In den Videos auf der Plattform **MyStark** (Zugangscode vgl. Farbseiten) erklären wir Ihnen, wie Sie bei den wichtigsten Operatoren in Schreibaufgaben vorgehen müssen. Außerdem erfahren Sie etwas zu häufigen **Zieltextformaten** wie Leserbriefen, Blogeinträgen und Reden.

TIPP

Lesen Sie die Aufgaben und die dazugehörigen Texte, **bevor Sie sich die Videos ansehen**! Sie können auch schon überlegen, wie Sie selbst bei der Aufgabenstellung vorgehen würden und welche inhaltlichen Aspekte für die Lösung interessant wären – und im Anschluss Ihre Lösung/Vorgehensweise mit den Videos vergleichen. Viel Spaß!

**Ausgangstext:** *newspaper article*
**Operatoren:** *outline, analyse, write*
**Themen:** *social media, the impact of the media on society*
**Zieltextformate:** *letter to the editor, blog entry, speech*

**Aufgabenstellung**

1. **Outline** the author's view on social media. *(Video 1)*

2. **Analyse** the means he uses to convey his attitude and the effect they have on the reader. *(Video 2)*

3. **Write** a **letter to the editor/blog entry/speech** expressing your own opinion on the chances and dangers of social media. *(Video 3)*

**Text: "I used to think social media was a force for good. Now the evidence says I was wrong"** by Matt Haig

*More and more, it's clear these platforms create divisions, exploit our insecurities and risk our health. They're as bad as the tobacco industry.*

I used to think social media was essentially a force for good, whether it was to initiate the Arab spring of 2011, or simply as a useful tool for bringing together like-minded people to share videos of ninja cats. Having spent a lot of time thinking about mental health, I even saw social media's much-maligned potential for anonymity as a good thing, helping people to open up about problems when they might not feel able to do so in that physical space we still quaintly call real life. […]

Yes, I would occasionally feel that maybe staring at my Twitter feed near-continuously for seven hours wasn't that healthy […]. Yes, I'd see articles warning of the dangers of excessive internet use, but I dismissed these as traditional, reactionary takes. I saw social media naysayers as the first reviewers of Technicolor movies, who felt the colour distracted from the story, or were like the people who walked out on Bob Dylan at Newport folk festival for playing an electric guitar, or like those who warned that radio or TV or video games or miniskirts, or hip-hop or selfies or fidget spinners or whatever, would lead to the end of civilisation. […]

Then I started the research for a book I am writing on how the external world affects our mental health. I wanted to acknowledge the downsides of social media, but to argue that far from being a force for ill, it offers a safe place where the insanities of life elsewhere can be processed and articulated.

But the deeper into the research I went, the harder it was to sustain this argument.

Even the internet activist and former Google employee Wael Ghonim – one of the initiators of the Arab spring and one-time poster boy for internet-inspired revolution – who once saw social media as a social cure – now saw it as a negative force. […]: "The same tool that united us to topple dictators eventually tore us apart." Ghonim saw social media polarising people into angry opposing camps – army supporters and Islamists – leaving centrists such as himself stuck in the middle, powerless.

And this isn't just politics. It's health too. A survey conducted by the Royal Society of Public Health asked 1,500 young people to keep track of their moods while on the five most popular social media sites. Instagram and Snapchat came out worst, often inspiring feelings of inadequacy, anxiety and self-loathing. […]

Kurt Vonnegut said: "We are what we pretend to be, so we must be careful who we pretend to be." This seems especially true now we have reached a new stage of marketing where we are not just consumers, but also the thing consumed. If you have friends you only ever talk to on Facebook, your entire relationship with them is framed by commerce. When we willingly choose to become unpaid content providers, we commercialise ourselves. And we are encouraged to be obsessed with numbers (of followers, messages, comments, retweets, favourites), as if operating in a kind of friend economy, an emotional stock market where the stock is ourselves and where we are encouraged to weigh our worth against others.

Of course, humans comparing themselves to others isn't new. But when the others are every human on the internet, people end up comparing themselves – their looks, their relationships, their wealth, their lives – to the carefully filtered lives of people they would never meet in the real world – and feeling inadequate.

Reading first-hand accounts by people with bulimia and anorexia who are convinced that social media exacerbated or even triggered their illnesses, I began to realise something: this situation is not the equivalent of Bob Dylan's electric guitar. It is closer to the tobacco or fast-food industries, where vested interests deny the existence of blatant problems that were not there before. […]

We are traditionally far better at realising risks to physical health than to mental health, even when they are interrelated. If we can accept that our physical health can be shaped by society – by secondhand smoke or a bad diet – then we must accept that our mental health can be too. And as our social spaces increasingly become digital spaces, we need to look seriously and urgently at how these new, business-owned societies are affecting our minds. We must try to see how the rising mental health crisis may be related to the way people are living and interacting.

Facebook's Mark Zuckerberg says that "by giving people the power to share, we're making the world more transparent". But what we really need to do is make social media transparent.

Of course, we won't stop using it – I certainly won't – but precisely for that reason we need to know more about what it is doing to us. To our politics, to our health, to the future generation, and to the world around us. We need to ensure we are still the ones using the technology – and that the technology isn't using us. *(842 words)*

*From: Matt Haig: "I used to think social media was a force for good. Now the evidence says I was wrong", https://www.theguardian.com/commentisfree/2017/sep/06/social-media-good-evidence-platforms-insecurities-health, 06.09.2017, Copyright Guardian News & Media Ltd 2020*

**Annotations**

l. 2 *Arab spring*: series of protests and rebellions against authoritarian regimes, e. g. in Tunisia, Egypt and Libya

l. 13 *fidget spinner*: a popular toy

l. 30 *Kurt Vonnegut*: famous American writer (1922–2007)

**Ausgangstext:** *extract from a novel*
**Operatoren:** *describe, characterise, discuss*
**Themen:** *ethnic minorities in the US, police violence*

## Aufgabenstellung

1. **Describe** the night of the shooting as it is presented in the interview and as Starr remembers it. *(Video 1)*
2. **Characterise** the police officer as he is presented in this extract. Take the narrative perspective into account. *(Video 2)*
3. "'His life always matters more!' […] 'That's the problem!'" (ll. 82/83) **Discuss** the statement referring to the general situation of African Americans in the US. *(Video 3)*

**Text:**
***The Hate U Give*** by Angie Thomas (extract from the novel)

*Starr, who lives in the fictional, Black neighborhood of Garden Heights, is the only witness of a police shooting in which her childhood friend Khalil got killed. She goes to a school in a different district, which is mainly attended by White kids. For fear of being singled out she does not talk to her school-friends about her life in Garden Heights, not even about the shooting.*

"Back up, back up," I tell Maya. She flicks through the channels, and when he appears again, I say, "Right there!"

I've pictured his face so much. Actually seeing it again is different. My memory is pretty spot-on – a thin, jagged scar above his lip, bursts of freckles that cover his face and neck.

My stomach churns and my skin crawls, and I wanna get away from One-Fifteen. My instinct doesn't care that it's a photograph being shown on TV. A silver cross pendant hangs from his neck, like he's saying Jesus endorses what he did. We must believe in a different Jesus.

What looks like an older version of him appears on the screen […].

"My son was afraid for his life," he says. "He only wanted to get home to his wife and kids."

Pictures flash on the screen. One-Fifteen smiles with his arms draped around a blurred-out woman. He's on a fishing trip with two small, blurred-out children. They show him with a smiley golden retriever, with his pastor and some fellow deacons who are all blurred out, and then in his police uniform.

"Officer Brian Cruise Jr. has been on the force for sixteen years," the voice-over says, and more pics of him as a cop are shown. He's been a cop for as long as Khalil was alive, and I wonder if in some sick twist of fate Khalil was only born for this man to kill.

"A majority of those years have been spent serving in Garden Heights," the voice-over continues, "a neighborhood notorious for gang and drug dealers."

I tense as footage of my neighborhood, my home, is shown. It's like they picked the worst parts – the drug addicts roaming the streets, the broken-down Cedar Grove projects, gangbangers flashing signs, bodies on the sidewalks with white sheets over them. What about Mrs. Rooks and her cakes? Or Mr. Lewis and his haircuts? Mr. Reuben? The clinic? My family?

Me?

I feel Hailey's and Maya's eyes on me. I can't look at them.

"My son loved working in the neighborhood," One-Fifteen's father claims. "He always wanted to make a difference in the lives there."

Funny. Slave masters thought they were making a difference in black people's lives too. Saving them from their "wild African ways." Same shit, different century. I wish people like them would stop thinking that people like me need saving.

One-Fifteen Sr. talks about his son's life before the shooting. How he was a good kid who never got into trouble, always wanted to help others. […]

The interviewer asks about that night.

"Apparently, Brian pulled the kid over 'cause he had a broken taillight and was speeding."

Khalil wasn't speeding.

"He told me, 'Pop, soon as I pulled him over, I had a bad feeling,'" says One-Fifteen Sr.

"Why is that?" the interviewer asks.

"He said the kid and his friend immediately started cursing him out –"

We never cursed.

"And they kept glancing at each other, like they were up to something. Brian says that's when he got scared, 'cause they could've taken him down if they teamed up."

I couldn't have taken anyone down. I was too afraid. He makes us sound like we're superhumans. We're kids.

"No matter how afraid he is, my son's still gonna do his job," he says. "And that's all he set out to do that night."

"There have been reports that Khalil Harris was unarmed when the incident took place," the interviewer says. "Has your son told you why he made the decision to shoot?"

"Brian says he had his back to the kid, and he heard the kid say, 'I'm gon' show your ass today.'"

No, no, no. Khalil asked if I was okay.

"Brian turned around and saw something in the car door. He thought it was a gun –"

It was a hairbrush. […]

"Brian's a good boy," he says, in tears. "He only wanted to get home to his family, and people are making him out to be a monster."

That's all Khalil and I wanted, and you're making us out to be monsters. […]

"How has your son's life changed since this happened?" the interviewer asks.

"All our lives have been hell, honestly," his father claims. "Brian's a people person, but now he's afraid to go out in public, even for something simple as getting a gallon of milk. There have been threats on his life, our family's lives. His wife had to quit her job. He's even been attacked by fellow officers." […]

"This is awful," Hailey says. "That poor family."

She's looking at One-Fifteen Sr. with sympathy that belongs to Brenda and Ms. Rosalie.

I blink several times. "What?"

"His son lost everything because he was trying to do his job and protect himself. His life matters too, you know?"

I cannot right now. I can't. I stand up or otherwise I will say or do something really stupid. Like punch her.

"I need to … yeah." I say all that I can and start for the door, but Maya grabs the tail of my cardigan. […]

"Maya," I say, as calmly as possible. "Please let me go. I cannot talk to her. Did you not hear what she said?"

"Are you serious right now?" Hailey asks. "What's wrong with saying his life matters too?"

"His life always matters more!" My voice is gruff, and my throat is tight. "That's the problem!" *(970 words)*

*Thomas, Angie:* The Hate U Give. *London: Walker Books Ltd, 2017. pp. 243–247.*

**Annotations**

l. 6 *One-Fifteen*: One-Fifteen is the badge number of the police officer who shot Khalil.
ll. 69/70 *Brenda and Ms. Rosalie*: Khalil's mother and grandmother

# Basiswissen zu den Schwerpunktthemen

## The United Kingdom – Diverse and Disunited?

### British history in the 20th and 21st centuries

During the 20th century and the first decades of the 21st century, the United Kingdom went through some difficult and challenging phases. The two World Wars (1914–1918 and 1939–1945) heavily impacted the country, and two decisive events in 1956 and 2020 stand out as further landmarks in the development of Britain's status in the world. In the 1960s, as a result of the Suez crisis (1956), Britain lost its influence in the Middle East, which is regarded as a decisive turning point in the history of the **British Empire** (others include Indian independence in 1947 or the handing over of Hong Kong to China in 1997, which is seen as the official end of the British Empire). The collapse of the empire came as a shock to many Britons and initiated controversies about the country's identity and its role in the world. In 2020, the UK left the European Union after more than 40 years' membership. Patriotic supporters of Britain's exit (**Brexit**) celebrated the departure as if the country had regained independence and referred to the nation's glorious past when the British Empire was a global power. This shows that the country's colonial past lives on. This is not only true when it comes to the UK's foreign policy, but also when considering the make-up of the country's population, which has largely been shaped by **immigration**, particularly from former British colonies.

**From Empire to Commonwealth**

Until the beginning of the 20th century, Britain was a superpower that dominated the world with the largest empire in history. At its zenith, the **British Empire** comprised dominions, colonies, protectorates and other territories around the globe encompassing more than twenty percent of the world's land area and over four hundred million people. All dependencies were ruled or administered from Westminster. For centuries, the refrain of the patriotic hymn "Rule, Britannia" expressed the country's pride in its glory and global dominance: "Rule, Britannia! Britannia rule the waves;/Britons never will be slaves." Britannia "ruled the waves" since the victory of the English fleet over the Spanish armada in 1588. This triumph made Britain the world's **number one sea power** and marked the starting point of the building of the British Empire (or as some historians put it, of two British Empires, one in the west and one in the east). The driving forces were military and commercial interests. The "**First Empire**" in the New World came to an end in 1783, when the American colonists gained their independence. Following the loss of the North American colonies, the British concentrated their activities on the eastern half of the globe (India, Australia) and built the "**Second Empire**". Queen Victoria (1819–1901), Queen of Great Britain and Ireland for sixty-three years, became the popular symbol of Britain's imperial success. In 1876, she was made Empress of India, a country which she called the "jewel" in her crown. The phrase "The sun never sets on the British Empire" expressed the enormous extension of the realm at the time. For centuries, Britain profited politically and economically from the colonies. They were a source of labour and raw materials, such as cotton, sugar and tobacco, as well as a large market for the sale of goods manufactured in the textile mills in the North and the Midlands.

By the beginning of the 20th century, Britain was at the height of its wealth and power, but the nation's hegemony was gradually undermined. The First World War (1914–1918) heavily impacted Britain's economy, and the USA took the place of the number one superpower in the world. The Empire had already begun to fade when nations such as Canada, Australia, New Zealand, the Union of South Africa and other former British colonies demanded independence. Responding to the increasing movements for sovereignty as well as to its own weakened economy after the two wars, Britain adopted the policy of granting considerable self-government and eventually complete independence to its overseas territories. So, the 20th century became a century of **decolonisation**. Many of the countries which one after another gained independence decided to keep some ties with their former "mother country", which resulted in the transformation of the British Empire into the **Commonwealth**. This term was officially adopted in the **Balfour Declaration** at the Imperial Conference of 1926 and was later reused in the **Statute of Westminster** of 1931. The loose voluntary association of sovereign and independent states was defined as a group of states "equal in status, in no way subordinate one to another [...] though united by common allegiance to the Crown". The members of the Commonwealth maintain ties of friendship and practical co-operation. The "allegiance to the Crown" is no longer a binding requirement for Commonwealth membership. The Queen is still Head of the Commonwealth, although she is head of the country in only the UK and 14 other Commonwealth states, with more and more countries debating to become republics (e. g. Jamaica, Belize, the Bahamas).

**Colonial legacies**

The building of the Empire has had an enormous impact on people all over the world and the legacies of colonialism continue to shape the present. The imposition of British rules and regulations and the introduction of English as the official language in education and administration in all British territories **destroyed cultures and traditions of Indigenous peoples**. Britain's unrivalled supremacy led many British people in the colonies to believe in the superiority of the British nation in particular and that of the White[1] race in general. In that way, **colonialism is closely tied to racism and slavery**. George Orwell, who himself served for five years in the Indian Imperial Police in Burma, spoke of British colonialism as "evil despotism". This highlights the **brutality and violence** that was employed to enforce and maintain British rule. The main aims of colonialism were a quest for power and a search for economic success for the UK, which could only result from a **ruthless exploitation of the colonies and their inhabitants**.

Although it is sometimes argued that the British Empire also brought some positive developments for the colonised countries (the introduction of **English as a lingua franca** and therefore as a means of international communication, the building of schools, hospitals and other **critical infrastructure**, the political organisation according to the rule of law and **certain democratic principles**), it must not be forgotten that these developments were not voluntarily agreed upon in equal cooperation, but were instead based on oppressive and racist ideas and systems.

Criticism of Britain's imperial past has been voiced with renewed vigour in the wake of the death of George Floyd in Minneapolis in 2020, who was killed by a policeman kneeling on his neck. Following this act of police violence, the US American **Black Lives Matter Movement**, which highlights and protests against systemic racism, turned into a global phenomenon and also swept across the UK. People aware of and sensitive to cultural and racial injustice have increasingly criticised the airbrushing of slavery and violence during British colonial rule and have also questioned the legacy of Empire builders.

On the other hand, critics of "exaggerated political correctness" have also raised their voices when it comes to controversial issues, such as the toppling of statues or the renaming of streets associated with people who have a "colonial legacy". Another well-publicised example of how controversially the dealing with Britain's imperial past is discussed was the idea to perform the song "Rule, Britannia" without lyrics at the 2020 Night of the Proms. After a public outcry, the decision was revoked and the text was included again. Yet, finding a balance between patriotic sentiments and an openly critical review of the country's past will remain challenging for the UK in the future.

### The road to EU membership

After the declining significance of the Empire, British economists pointed to the commercial advantages of an EEC (European Economic Community) membership, so that eventually – despite widespread scepticism – Britain applied for membership in 1963 and 1967. However, French President Charles de Gaulle vetoed both applications because in his view, Britain's economy was incompatible with the EEC. Finally, in 1973 a renewed application was successful, and the UK became a **member of the EEC**. Both then and later during the Brexit negotiations, Britain has often been accused of a "**cherry-picking**" strategy, that is of trying to secure certain benefits of

**1** The words "Black" and "White" are capitalised to signal that they are not natural categories but social ones (for more background information on this topic see for example https://www.theatlantic.com/ideas/archive/2020/06/time-to-capitalize-blackand-white/613159/).

a closer cooperation without being prepared to compromise in other areas. From the beginning, the country wanted to profit from the free movement of goods, services, people and capital and was rather sceptical of the closer political links between members which the original six founding states had envisaged. Their final aim was to evolve the customs union into a truly political union of European states, a confederation similar to the United States of America. To this end, they changed the name European Economic Community to European Union and concluded several treaties of closer cooperation (Treaties of Maastricht 1992, Amsterdam 1997 and Lisbon 2007), all of which were highly controversial in the UK. Further important stages of Europe growing closer together were the creation of a monetary union with a single currency, the **euro**, and the establishment of the **European Central Bank** (ECB) to watch over interest rates. Britain did not introduce the euro but decided to keep its own currency, the pound sterling. This move can be seen as reflective of the British scepticism towards the EU.

**From Euro-scepticism to Brexit**

A general hostility towards European integration never died down, particularly among right-wing groups and Conservative politicians. In addition, continued negative reports in the British press about the interference of the "undemocratic" institutions of the European Union into British affairs helped to promote an anti-EU climate also among the general public. Consequently, the foundation and growing popularity of the United Kingdom Independence Party (**UKIP**), whose main aim was a withdrawal from the community, can be explained. Mainly in the aftermath of the 2015 refugee crisis, the party and other populist groups incited fears of masses of refugees "invading" Britain. To put an end to the ongoing discussions and to stop the Euro-sceptics in his own party "banging on about Europe", Prime Minister David Cameron pledged an **in/out-referendum on the country's EU membership** after the next election. Immediately after the landslide victory of the Conservative Party in 2015, Cameron announced the date for the referendum for June 23, 2016. After the announcement, heavy campaigning of both "**Remain**" and "**Leave**" supporters began. The most controversial topics were political independence, the economical costs and benefits of EU membership as well as immigration.

**Arguments of the "Leave" and the "Remain" campaign**

| | "Leave" | "Remain" |
|---|---|---|
| **sovereignty and independence** | A withdrawal from the EU would restore the sovereignty of the British parliament. British courts would regain independence from the jurisdiction of the European Court of Justice (ECJ). The slogans "Take back control" and "Let's get our country back" express these aims. | Britain's freedom of the European courts would invalidate many community rulings, which means that social achievements, such as labour protection laws, could be done away with. Another negative effect could be the drop of EU safety standards on food and drugs. |

| | | |
|---|---|---|
| **role in the world** | An independent UK could exercise more influence on the world stage. Britain could resume its role as a global player. | Outside the community, Britain's influence on the world stage would be weaker. |
| **saving costs** | The EU is too bureaucratic with its many rules and regulations which waste a lot of resources. Instead of transferring funds to Brussels and therefore indirectly to other financially struggling member states, an independent UK could invest at home, for example in the country's ailing National Health Service (NHS). | While it is of course true that EU membership can be a costly business, according to experts, Britain's access to the single market and other privileges as a member outweigh the costs by far. |
| **economy** | A free and independent country would be in the position to strike new trade deals with any country in the world on its own terms and stimulate exports. | Leaving the EU would have negative economic consequences. The UK would lose access to the single market and customs union. British exports to EU countries have been much higher than those to the USA, China or India, for example. Customs tariffs would make import and export more expensive and products less competitive on the world market. Many British firms are closely integrated into European supply chains which could be cut after Brexit. |
| **immigration** | Unrestricted arrivals of foreigners, such as after the enlargement of the EU in 2004, could be prevented and British jobs could be protected. An independent UK could also protect its external borders. The "Leave" campaign warned of an "invasion" of migrants and refugees with different values and ways of life, who could create "parallel societies" and increase the risk of terrorist attacks. | Stricter controls and quotas could hurt Britain's economy and society. The country might lose qualified as well as unskilled workers. Young people would be hard hit as well, as the free exchange of students in EU programmes, such as Erasmus, could become difficult or even impossible. Brexit could even decrease international security if there were less co-operation between border control agencies. |

**Results – From Cameron to May and Johnson**

When Cameron first announced the referendum, he and the majority of British people were convinced of an easy victory, and opinion polls showed the "Remain" campaigners in the lead for a long time. The surprise came when the final result was declared: **51.9 per cent** of UK voters had cast their vote **for "Leave"** and **48.1 per cent for "Remain"**. UKIP chairman Nigel Farage proudly proclaimed that the 23rd of June 2016 should go down as Britain's "Independence Day". Many who supported "Leave" repeated this statement in an act of patriotism. Remainers, on the other hand, were furious and frustrated. The narrow margin illustrated that the country was almost equally split in advocates and opponents of the EU. A further breakdown revealed huge differences when it came to social background and geographical distribution of the electorate. It turned out that many White working-class people, above all the unemployed and those in short contract work, were likely to have voted "Leave". The same was true for the older generation and pensioners. "Leave" voters predominantly lived in provincial England, whereas most voters in London, other metropolitan areas, Northern Ireland and Scotland supported "Remain". A majority of the younger generation as well as of the well-educated middle and upper classes wanted the UK to stay in the EU.

The Brexit decision caused changes in the government. Acknowledging his defeat, **David Cameron** stepped down as prime minister and was succeeded by former Home Secretary **Theresa May**. Although May used to be a "Remain" supporter, she promised to respect the voters' decision and execute Brexit ("Brexit means Brexit").

**Brexit negotiations**

The Brexit negotiations started in 2017 and a two-year countdown to Britain's departure from the EU began. The greatest stumbling blocks for a regulated exit were the so-called "**backstop**" (the avoidance of a hard border between the Republic of Ireland and Northern Ireland) and the **uncertainty for EU residents and workers**. When Theresa May eventually presented the deal she had negotiated with the EU, her plan was **rejected** by parliament three times. May resigned and in July 2019, **Boris Johnson** took over, promising to "get Brexit done". A general election was held in December 2019 which resulted in the Conservative Party receiving a landslide victory. With a comfortable majority in parliament, Johnson got his deal with the EU approved. After several delays, caused by disagreements between the UK and EU over the backstop or the "divorce bill", **Britain left the EU on 31 January 2020** – the only country ever to withdraw. In December 2020, shortly before the end of the pre-arranged one-year transition period, the two sides finally also concluded a **UK-EU trade deal**.

**Economic impact of Brexit**

Expressing his disbelief about the referendum result, one journalist asked, "How did a great nation bring itself to the point of such wilful self-harm?". There was overwhelming or near-unanimous agreement among economists that **leaving the European Union would adversely affect the British economy**. The UK's departure meant significant changes for businesses, with the UK and EU forming two separate markets now. Border controls and more paperwork reduced the amount of trade between the UK and the EU. Since the UK joined the EU, the community has been its largest trading partner, accounting for about half of the UK's exports and imports. After the UK's departure, **trading activities decreased** because new regulations made moving products across the channel more complex and difficult. Increased red tape at customs borders meant that, for example, supply chains were interrupted and certain foods or merchandise were unavailable or more expensive. Britain's fishing communities, among the most outspoken supporters of Brexit, were surprised to find they could no longer easily sell their fish to the European mainland. Furthermore, the end of free movement led to a **shortage of workers** in several branches of industry. Many EU citizens who had lived and worked in the UK as nurses, craftsmen, butchers and farmworkers, for example, left to return to their home countries. The shortage of truck drivers caused severe disruption to fuel and food deliveries. Despite these problems, Britain's Conservative government was reluctant to ease immigration restrictions on blue-collar workers. Instead, ministers hoped that tight labour conditions would prompt employers to invest in the domestic workforce and offer Britons higher wages.

Additionally, **foreign companies**, e. g. banks or insurance firms, the business of which depends on free access to the single market, **left London** and moved to EU countries, which resulted in a loss of prestige and jobs for Britain. EU agencies which had been stationed in London, e. g. the European Banking Authority and the European Medicines Agency among others, relocated to Paris and Amsterdam respectively. To offset the loss of trade with the EU and stimulate exports after Brexit, the British government sought opportunities to **strike deals with other countries** (India, Norway, Iceland, Liechtenstein) and create new alliances, for example by becoming a member of the Trans-Pacific Partnership.

However, hopes for a revived "**special relationship**" with the United States – a term coined by Winston Churchill in 1946 – and quick free trade deals soon vanished. Shortly after his election, US President Joe Biden told the British government that a post-Brexit **free trade deal between the US and the UK was not a priority** of his administration. Back in 2016, shortly before the referendum, the then US President Barack Obama had warned that Brexit would put the UK at the "back of the queue" for trade talks.

**Britain's future role?**

The surprising outcome of the referendum found the country unprepared, and an intensive discussion of the UK's identity and its future role in the international order after Brexit began. In 2017, Boris Johnson – at the time Secretary of State for Foreign and Commonwealth Affairs – first formulated his enthusiastic vision of "**Global Britain**". Three years later, at a speech in Greenwich in 2020, he reconfirmed his view that Britain could become a leader on the world stage. He painted a bright picture of the future and called on the nation to seize the opportunity and use Brexit as a starting point for a "newly forged" United Kingdom on the "slipway" of global economic dominance. Not all British people shared this view and criticised the way he pushed aside issues of the day. The discussions about the UK's future role and identity have in fact only begun, especially if its inner stability really is threatened, as particularly the Scottish reaction to Brexit seems to suggest.

## Regional differences and devolution

Brexit revealed, more than anything, the fact that the Kingdom is not that united at all. The rift between the countries which comprise the United Kingdom – England, Wales, Scotland and Northern Ireland – became more visible. Voters in Scotland and Northern Ireland mainly supported "Remain", whereas a majority of voters in Wales and England was in favour of "Leave". Each of the four countries has its own history and unique culture.

### Scotland

Scotland has always had a rather strained relationship with England. Through the ages, Scottish nobles and the Scottish people have bitterly resented English interference in their national affairs, and therefore wars between the kingdoms of England and Scotland were frequent and fierce. After the death of Elizabeth I, who was childless (the Virgin Queen), **James VI of Scotland** inherited the crown of England and took the throne as **James I of England in 1603**. Although both kingdoms were united and relations between Scotland and England became closer, both countries remained distinct, each with its own government. In **1707**, the Scottish and English Parliaments created a **Parliament of Great Britain**, which met in London, and Scotland became part of the United Kingdom of Great Britain. For three centuries, Scottish MPs have participated in the Parliament at Westminster. However, Scotland retained its own legal and educational system. In **1997**, more powers were **devolved** from the central government in London to a Scottish local government. So, since 1999, Scotland has its own parliament and government, besides sending representatives to Westminster.

In **2014**, an **independence referendum** was held, asking voters "Should Scotland be an independent country?". 55 per cent voted against independence and 45 per cent in favour. In the **Brexit** referendum of 2016, 62 per cent of Scots voted "Remain", and when the UK eventually left the EU, **calls for Scottish independence** from the United Kingdom became louder again. The ruling **Scottish National Party (SNP)**, led by Nicola Sturgeon, who is First Minister of Scotland, wants Scotland to remain part of the EU and has renewed efforts for a fresh referendum on independence. However, according to the Scotland Act 1998, the Scottish Parliament cannot hold a vote on independence without the approval of the British government.

### Northern Ireland

The outcome of the Brexit referendum presented the British government and the European Union with a particularly tricky problem. After the conclusion of the **Irish War of Independence** (1919–1921), fought between Irish and British forces, Ireland was divided into two parts. The larger southern part of the island became the Irish Free State, now the **Republic of Ireland**, the smaller northern part, almost the whole province of Ulster, remained in the United Kingdom. In **Northern Ireland**, a long sectarian conflict, the so-called "**Troubles**", began between Catholic Nationalists, who wanted to form one nation with the Irish Republic, and the Protestant majority, the so-called Unionists, who wanted to remain in the UK. It was only in 1998 that peace between the conflicting parties was achieved with the **Good Friday Agreement**.

After Brexit, fears arose that a new land border between Northern Ireland, which is a part of the UK, and the Republic of Ireland, a member country of the EU, would reignite the strife between Unionists and Nationalists. To protect the fragile peace process, the British government and the European Union signed the so-called **Northern Ireland Protocol**, which keeps the province (though not Great Britain) in the EU's single market for goods. This means that the border between the UK and the EU is to be in the Irish Sea. The future and workability of this special arrangement is fragile. Unionists claim that the protocol undermines the unity of the UK because it treats Northern Ireland differently than the rest of the country.

**Wales**

The majority of voters in Wales favoured leaving the EU. The vote came as a surprise because Wales had profited most from generous EU funding for infrastructure and economic re-generation. Political observers explained that internal political disputes, half-hearted campaigning for "Remain" and a weak media contributed to the voters' preference for an exit. Wales has not been independent from the English Crown for more than 700 years. So, it has **the longest history of English rule** of all the UK countries and is often seen as the one most closely associated with and influenced by English politics. Yet, there is still a lot of pride in the country's unique cultural heritage, its language and national symbols.

**Devolution**

Relationships between the countries of the United Kingdom have not always been harmonic, in particular because too much power seemed to be concentrated in London. As calls to decentralise became more urgent, the British government decided to return much of the decision-making into the hands of regional governments and legislative bodies. This process of surrendering powers from the central government in London to local authorities is called "**devolution**". It aims at strengthening autonomy and self-government in the different parts of the UK. To this end, local elections were held in 1998/1999 to set up **the Scottish Parliament**, **the Welsh Parliament** (**Senedd**) and **the Northern Ireland Assembly**. The parliaments have been granted the power to raise taxes and legislate in certain areas, which are not in the sole responsibility of the UK Parliament. However, some important decisions, for instance in the fields of trade and industry or overseas affairs, defence and national security, remain in Westminster. Fervent supporters of total independence are found among the ranks of the parties **Plaid Cymru** (PC) in Wales, the **Scottish National Party** (SNP) in Scotland and **Sinn Féin** in Northern Ireland.

## The many faces of British society

### Social differences – inequality in a class society

So far, government programmes to close the gap between the rich and the poor in Britain have been largely unsuccessful. Studies reveal that, compared to other developed countries, the UK has a very **high level of income inequality**, with wealth being even more unequally divided than income. One of the main reasons for the gulf between rich and poor are people's family background and their place of birth, in other words, social class. The cherished belief among many progressive Britons that the country has overcome class division and transformed into a classless society has turned out to be a myth. **Class-consciousness**, i. e. the feeling of belonging to a certain class, is still strong among parts of the population. Class signifiers, i. e. the main criteria as to define to which class a person belongs, are heredity, wealth, education, occupation, and accent.

### Regional differences

An imaginary diagonal line between the mouth of the river Severn in the west and the Wash, a big estuary in the North Sea in the east, the so-called **Severn-Wash line**, traditionally divides Britain into a poorer north and a more prosperous south. The north-south divide has its origins at the time of the First Industrial Revolution, around 1800. Mechanisation of production in textile mills, coal mines and the shipbuilding industry brought growth and wealth to northern and central England. However, mainly in the 20th century, the **heavy industry** in the north around Liverpool, Manchester, Newcastle and Glasgow suffered serious setbacks. In contrast, the south-eastern area around London grew richer and richer, developing into a **financial and economic hub**. The regional divide was also reflected in the Brexit referendum's outcome. High unemployment rates, stagnant incomes and the feeling of being left behind made many people in the Midlands and the north vote "Leave". On the other hand, voters in the high-skill areas in the south predominantly wanted Britain to remain in the EU.

### Ethnic diversity of the British population

The United Kingdom is a country of great ethnic diversity: of the UK's population of roughly 67 million people, about 14 per cent are from a minority ethnic background.

The transformation of the country into a multi-ethnic society gained momentum with **increased immigration from former British colonies**, such as India, Pakistan and the Caribbean, in the second half of the 20th century. After the second world war, the British economy faced a labour shortage, so the newcomers were welcomed as good and often cheap workers. In 1948, the steamship **Empire Windrush** was one of the first vessels to bring a larger group of West Indian immigrants to Britain. At the time, they and many other immigrants came as **British citizens** because the British Nationality Act of 1948 had extended citizenship to people from the colonies.

In many cases, the immigrants were fully accepted into the British society and became respected and successful members of their respective communities. However, people with a history of migration also met with more hostile reactions. Particularly from the 1960s onwards, nationalists, such as the Conservative politician Enoch Powell in his infamous "Rivers of Blood" speech, opposed immigration vehemently.

In the aftermath of the 9/11 attacks, Muslim people and those perceived to be Muslim were often put under general suspicion and faced massive prejudices. Islamophobia further increased after the 2005 suicide bombings on London public transport, especially when it became clear that these terrorist attacks had been perpetrated by so-called "**homegrown terrorists**", young men who had grown up and lived ordinary lives in the UK.

While right-wing politicians tend to blame the minority groups themselves for the formation of "parallel societies", this must be seen as a too simplified version of events. Often it is increasing xenophobia that leads to outbreaks of violence or radicalisation. For instance, the so-called "**race riots**" in Brixton/London or Toxteth/Liverpool in 1981 were violent reactions to unfair police treatment of ethnic minorities or systemic discrimination.

More recently, the **Black Lives Matter Movement**, a protest movement targeting police violence against African Americans, which originated in the US, also spread to the UK after the murder of George Floyd in 2020. British minority groups used the opportunity of heightened worldwide attention to the issue of racial injustice to raise their voices about the discrimination they too faced on a daily basis. Black British people and other ethnic minorities also strongly protested against a 2021 government report's findings which largely downplayed the impact of structural racism in British institutions. All of this shows that the issues of racism and racial inequality are far from being solved.

### The Political system of the UK

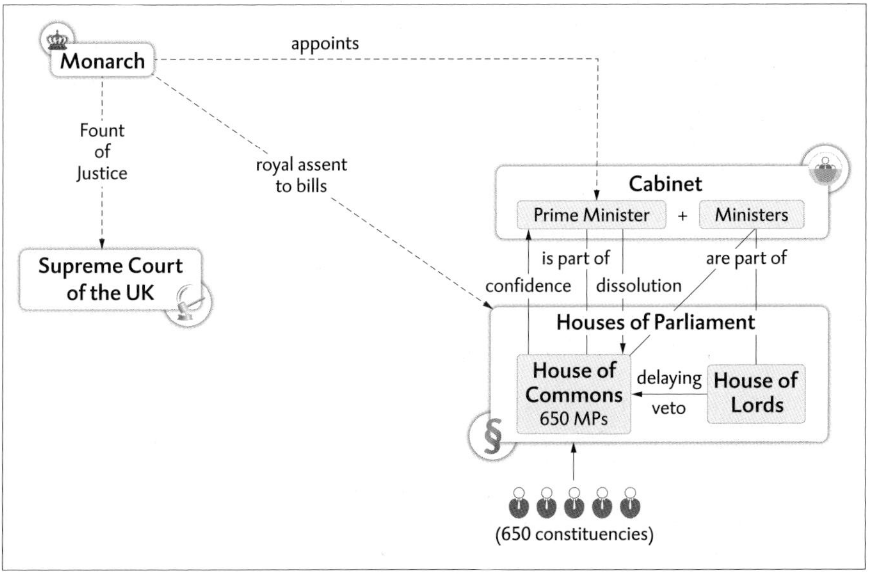

Officially, the political system of the UK is called a **constitutional monarchy** or **parliamentary monarchy**. This means that the monarch is officially the head of state, but they "**reign and do not rule**", i. e. they have merely representational functions. While the King or Queen's functions sound impressive (he/she has to give the royal assent to all laws, appoints and dismisses the prime minister as well as the other ministers, opens and dissolves parliament, has weekly audiences with the prime minister, is head of the Church of England, Commander-in-Chief of the armed forces and Fountain of Justice), they have to be **politically neutral**. So, they do not yield any real political power.

While the UK is even called a *constitutional* monarchy, unlike many other countries, Great Britain has **no codified constitution**. Instead, the country's constitutional rights are made up of historical documents and conventions, statute law (all acts passed by Parliament) and common law (court decisions). Some important historical documents are, among others, the Magna Carta (1215), the Habeas Corpus Act (1679), the Bill of Rights (1689) and the Parliament Act (1911).

**General elections** are usually held every five years. For this purpose, Britain is divided into **650 constituencies**. Every constituency sends a representative to London. To become a Member of Parliament, a candidate needs a simple majority. This is called a **majority voting system** or "**first-past-the-post system**", an allusion to horse-racing. It contrasts with the German system of proportional representation where the parties are represented in the German Bundestag according to the percentage of votes polled in the elections. The first-past-the-post system favours big parties, which is why Britain is sometimes referred to as **a two-party system**. The two biggest parties, the Conservative Party (also known as the "Tories") on the one hand and the Labour party on the other, have almost exclusively run the country in the last decades. In recent history, there has only been one coalition government (formed by the Conservatives and the Liberal Democrats), which resulted from the 2010 elections. When the elections do not produce a clear majority, this is called a **hung parliament**, which is quite rare in British politics. Currently, the Conservatives have a clear majority.

The British Parliament consists of two houses or chambers: the **House of Commons** and the **House of Lords**. The House of Commons (also called Lower House) is the seat of the government and nowadays it is more influential than the House of Lords (Upper House). Its main functions are controlling the government, supervising and allocating finances as well as debating and making laws. A debate is conducted by the **Speaker**, who has to be strictly neutral and renounce all party affiliations. When a new bill is introduced, it receives three readings, is voted upon and is passed to the House of Lords. If both Houses come to an agreement and the Royal Assent is given, the bill becomes a law and is entered on the Statute Book. The House of Lords, which was originally more important than the House of Commons, used to be made up of hereditary peers of the realm. While most hereditary peerages have been abolished, its members are still not chosen in general elections, but rather appointed, which makes it "**undemocratic**" in many critics' eyes. Its currently almost 800 members examine bills passed by the House of Commons and suggest modifications to them. In theory, they could delay legislation, but they hardly ever do so.

## Brand UK – The UK's soft power strengths

### The rebranding of Britain

In the 1960s and 70s, the United Kingdom was regarded overseas as backward-looking and old-fashioned. It had earned itself the nickname of "the sick man of Europe" because of its poor economic efficiency, its high labour costs and rates of inflation. Continuous strikes and horrendous wage demands paralysed large parts of the industry. To stop the downhill trend, Prime Minister Margaret Thatcher of the Conservative Party took drastic measures after her election in 1979. She crushed the influence of the trade unions (anti-union laws) and introduced a radical free market programme, which became known as "**Thatcherism**". The British economy started to revive and flourish. Tony Blair, although from the Labour Party, also followed the line of market economics, renaming his party's redefined course "**New Labour**".

The **1990s** in particular were a time of renewal and economic progress. They are also connected with a new surge of patriotic pride, especially in the country's "soft power". This is reflected in the then widespread use of the slogan "**Cool Britannia**", which is reminiscent of the old patriotic expression "Rule Britannia", associated with the British Empire. The world should perceive Britain no longer as the workhorse with heavy industries, but as a new, more modern, outward-facing country where particularly the arts, entertainment and fashion sectors were innovative in an almost unparalleled manner. Ever since, British governments and the media have focused on the above-mentioned industries and praised their country and especially London as a "cultural powerhouse". The opening ceremony of the 2012 Olympics in London was a welcome occasion to demonstrate this open, diverse and innovative spirit to the world. In one of the funniest scenes of the opening, Daniel Craig, playing the fictional character James Bond, went to collect the Queen from Buckingham Palace to bring her to the Olympic stadium.

### After Brexit – a new Cool Britannia?

Statistics prove the vibrancy and success of Britain's cultural industries. In 2017, one in eight music albums sold around the world was by a UK artist. Films made in British studios (Twickenham, Pinewood, Shepperton) regularly belong to the highest grossing productions worldwide. Millions of pounds are set aside to sponsor galleries and museums for organising exhibitions in Britain and abroad. Ever since the Beatles, who were active in the 1960s and 1970s and are still considered the most influential band of all times, British music has been held in high regard. Festivals all over the country, for example Glastonbury, feature top artists such as Adele, The Rolling Stones, Sting or James Blunt to showcase the UK's creativity and innovation. A considerable number of UNESCO World Heritage Sites across the country, e. g. castles, palaces, cathedrals, country houses and gardens, attract visitors from around the world. Britain's many cultural exports, ranging from literature (Zadie Smith, Ian McEwan, Joanne K. Rowling), modern art (Damien Hirst), film and television (*007, Sherlock, Doctor Who*) to sport (cricket, Premier League football) and pop music (Ed Sheeran) prove the UK's influential "soft power". The question remains how much Brexit will hurt Britain's cultural sector and image.

## Shakespeare's life

William Shakespeare was born in April 1564, in Stratford-upon-Avon, where his father was a wealthy glove-maker and town councillor, and his mother from lower nobility. He probably went to the local grammar school until he was 14. In 1582, he married Anne Hathaway (1556–1623) and the couple had three children. Shakespeare left Stratford-upon-Avon and his family behind, and moved to the metropolis London around 1592, where he worked in various playing companies as both an actor and a playwright. There is no certainty about the dates of any of his plays, but for the next 20 years they appeared in a steady stream, at least 37 in all. Around 1611, Shakespeare returned to his hometown, Stratford-upon-Avon, where he had invested his considerable theatre earnings in houses and property. He died on 23rd April 1616, presumably because of his generally bad health.

## Elizabethan England

Shakespeare lived during the time of the Renaissance, on the threshold between the late Middle Ages and the early modern period of history. The second half of the 16th century saw the beginning of what became known as the **Elizabethan Age**, named after Queen Elizabeth I (1533–1603). It was a time of discoveries, conquests and **economic rise**. After destroying the Spanish Armada in 1588, England became the world's number one sea power.

Shakespeare's contemporaries believed in an absolutely structured and ordered universe and society. Everything in the world had its specific place. This medieval concept has been termed **Chain of Being**. Consequently, the gravest sin to an Elizabethan was rebellion: stepping out of one's place and thus upsetting the natural order. In *Macbeth*, for example, Shakespeare exemplifies how this ranked order is broken by an over-ambitious man and has to be restored by his elimination.

The Elizabethan period was a time of political power and economic prosperity, and also a **golden age for the theatre**. Wealthy citizens and merchants were looking for entertainment, and new theatres like The Theatre, The Curtain or Shakespeare's Globe opened their doors. Not only ordinary citizens, but also great parts of the nobility – including Queen Elizabeth I and King James I – enjoyed the plays. Theatre people, especially travelling companies, such as the one in *The Taming of the Shrew*, were usually not highly regarded. Women were not allowed on the stage as actors. Young boys played the parts of Juliet *(Romeo and Juliet)*, Katherina *(The Taming of the Shrew)* and Beatrice *(Much Ado About Nothing)*. Shakespeare was a master in making his plays popular for the masses and the more educated spectators alike. Duels and fencing, ghosts, fools and disguises entertained the groundlings who paid a penny for a performance, whilst more serious philosophical passages (Macbeth's or King Lear's soliloquies, for example) engaged the nobility, who were seated in the more expensive seats in the gallery around the theatre building.

## Macbeth

*Macbeth* (ca. 1606) is the last of Shakespeare's four great character tragedies – the others are *Hamlet, Othello* and *King Lear*. The story is set in Scotland and England in the 11th century and largely based on *Holinshed's Chronicles of England, Scotland, and Ireland* (1587).

### Contents and structure

**Act I: Exposition**
Macbeth and Banquo, two generals in the army of the Scottish king Duncan, encounter three witches who prophesy that Macbeth will become king, but all future kings will be descendants of Banquo. Macbeth informs his wife, Lady Macbeth, in a letter about the prediction. Her ambition is aroused but she doubts her husband's manliness and determination to make the prediction come true by killing Duncan. When Duncan announces his royal visit, Lady Macbeth persuades her husband to murder the King in his sleep.

**Act II: Rising action**
At night Macbeth stabs the King and his two servants who he and Lady Macbeth intend to blame for the King's murder. The next morning, Macduff, one of Duncan's noblemen, discovers the body. He becomes suspicious of Macbeth's protestation to have killed the grooms to execute justice. Duncan's sons, Malcolm and Donalbain, do not believe Macbeth's explanations and flee to England and Ireland respectively.

**Act III: Climax**
Macbeth is now King of Scotland but he fears Banquo's rivalry, remembering the prophecy that Banquo's descendants will inherit the throne. He orders the assassination of Banquo and his son Fleance, but Fleance manages to escape. On receiving the news, Macbeth is raging with anger and frustration and he fantasises about seeing Banquo's ghost sat at the table. His insane behaviour increases the noblemen's suspicion that Macbeth is behind the killing. Macduff flees to England to join Duncan's son Malcolm and ask the King of England to raise an army to overthrow Macbeth.

**Act IV: Falling action**
To overcome the insecurity about his future, Macbeth returns to the witches. They summon three apparitions: the first warns him of Macduff ("beware Macduff"), the second assures him that he will not be harmed by anyone "of woman born" and the third claims that he will be safe until Great Birnam wood moves to his castle. They also foretell that future Scottish kings will come from Banquo's son. When Macbeth learns that Macduff has fled to England, he has Macduff's wife and son murdered. On hearing this news, Macduff vows to kill Macbeth.

**Act V: Denouement – Catastrophe**
At Dunsinane Castle, Lady Macbeth begins to sleepwalk, trying to wash her hands of Duncan's blood. An army led by Macduff and Malcolm is on its way but, remembering the words of the witches, Macbeth feels safe. Malcolm has ordered his army to carry branches from the forest as camouflage. Hearing that "Birnam Wood" is approaching, Macbeth orders the counter attack. He learns of his wife's suicide. Macduff challenges Macbeth, who realises he is doomed when hearing that Macduff was born by Caesarean ("from his mother's womb/Untimely ripp'd"). Macduff kills Macbeth and Malcolm invites everybody to his coronation at Scone Palace.

**Character constellation**
Main characters in *Macbeth*

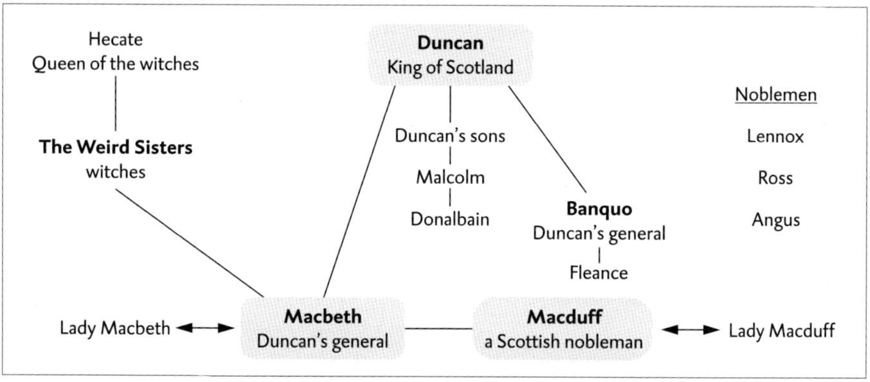


- **Macbeth:** Heroic and loyal warrior who converts to a hardened man and an evil murderer. Stimulated by the prophecy of the witches and spurred on by his wife, Lady Macbeth, he becomes the victim of his "vaulting ambition" (excessive ambition).
- **Lady Macbeth:** Ruthless and ambitious; reinforces her husband's ambition but doubts his determination; haunted by her guilt she goes mad and kills herself.
- **Banquo:** Brave and loyal general in Duncan's army; murdered by Macbeth. The witches predict that his children will become kings of Scotland.
- **Macduff:** Loyal follower of King Duncan, discovers the murder; flees to England; in retaliation Macbeth has his family killed. Macduff joins Malcolm's army in England and eventually kills Macbeth.

**Key scene Act I, Scene 7**
In this scene, Lady Macbeth persuades her unwilling husband to murder King Duncan in order to **make the prophecy of the witches come true**, which claimed that Macbeth would become king. Macbeth, however, is hesitant to overthrow Duncan because not only is he his relative (cousin), but also a good king and a guest under their roof whom they should protect. Consequently, he has decided to **abandon the**

**plot** ("We will proceed no further in this business"). Lady Macbeth, who is as ambitious as her husband but more ruthless, knows Macbeth's kind nature and **uses her powers to manipulate him** and change his mind. She mocks him as an unmanly coward ("art thou afeard?") and scolds him for breaking the promise he has expressed in his letter ("greatness is promised thee"), which said he would be king and she his queen. She would keep her word, would even kill her own baby had she sworn to do so. Macbeth is concerned that their plan might fail, but **Lady Macbeth discards his reservations** by detailing how easily the murder can be carried out. Duncan will be fast asleep after a long day's journey, and she will see to it that his servants are drunk and won't remember anything, so that they can be framed as the culprits ("His spongy officers, who shall bear the guilt"). She even has a plan as to how she and Macbeth will have to behave and react in the morning after the discovery of the murder. They will mourn the King's death with loud cries and express their horror and grief. She assures her husband that nobody will raise any suspicion ("Who dares receive it other, / As we shall make our griefs and clamour roar / Upon his death?"). **Macbeth eventually gives in** and is ready to commit "this terrible feat".

**Modern adaptations**

Modern film versions include:

- ***Macbeth*** (1948) directed by Orson Welles. Welles plays the role of Macbeth.
  Black-and-white film with some minor changes to the original: role of the three Witches extended; emphasis on the violence of the story (Lady Macbeth's suicide, the final battle, Macbeth's beheading).
- ***Throne of Blood*** (1957), directed by Akira Kurosawa.
  The action is set in feudal Japan, when powerful families and warlords (shogun) ruled the country; the main characters are samurai warriors; plot close to Shakespeare's original.
- ***Macbeth*** (1971), directed by Roman Polanski. Jon Finch in the title role.
  Rather violent; the events span several years, Macbeth and Lady Macbeth age over the course of the film.
- ***Macbeth*** (2010), directed by Rupert Goold. Patrick Stewart (Captain Jean-Luc Picard in *Star Trek*) plays Macbeth.
  It is the BBC TV's adaptation of Goold's stage production of the play.
- ***The Tragedy of Macbeth*** (2012), directed by Daniel Coll.
  Modern adaption set in the Elizabethan era. Although close to the original play, it is more of an interpretation than an adaptation.
- ***Macbeth*** (2015), directed by Justin Kurzel with Michael Fassbender as Macbeth.
  The film opens with the funeral of Macbeth's son, thus integrating the speculation which some literary critics expressed, that Macbeth and his wife's thirst for power was rooted in their grief over losing their child.
- ***The Tragedy of Macbeth*** (2021), directed by Joel Coen. Denzel Washington in the title role.
  Black-and-white film in the horror movie tradition, very close to the original.

## Much Ado About Nothing

*Much Ado About Nothing* is a comedy which Shakespeare wrote in 1598/99. The scene is Messina, Italy, and it is set in the 16th century.

### Contents and structure

#### Act I: Exposition

Don Pedro, the Prince of Aragon, and his soldiers return from battle to Messina, where Governor Leonato welcomes them. Don Pedro's men include his brother Don John, and the two lords Benedick and Claudio. Claudio instantly falls in love with Hero, Leonato's daughter. Benedick, a confirmed bachelor, and Beatrice, Leonato's niece, resume their teasing love-hate relationship. As Claudio is too shy to approach Hero, Don Pedro agrees to woo Hero for him at the masked ball, pretending to be Claudio.

#### Act II: Rising action

At the reception to celebrate the end of the war, Benedick and Beatrice continue their witty feud, with both professing that they are against marriage. Don Pedro reveals that he has successfully courted Hero for Claudio and the wedding is arranged for the following week. Don John, jealous of his half-brother Don Pedro, plans to frustrate the announced marriage by deceiving Claudio into believing that Hero is having a secret affair with a follower of Don John, named Borachio.

Don Pedro proposes a trick to make Benedick and Beatrice fall in love. He, Claudio and Leonato let Benedick overhear a staged conversation in which they talk about Beatrice's deep love for him.

#### Act III: Climax

The same trick is played on Beatrice, who is led to believe that Benedick loves her. Don John sets the scheme against Hero in motion. His man Borachio is to woo Hero's maid, Margaret, at Hero's window. Don John informs Pedro and Claudio that Hero is secretly meeting her lover that night and arranges with them to be present. They see Borachio calling Margaret "Hero", which deludes Claudio and Don Pedro into thinking that Hero is unfaithful.

Two watchmen overhear Borachio and his accomplice bragging about the trick they played on Claudio and Don Pedro and want to inform Leonato. Leonato cannot make sense of their longwinded explanations and leaves for the wedding.

#### Act IV: Falling action

At the wedding ceremony, Claudio publicly rejects Hero, accusing her of infidelity. The shocked Hero protests her innocence, but neither Claudio nor Don Pedro want to believe her. Friar Francis, convinced of Hero's innocence, suggests that they pretend that Hero died of grief and hide her until her name is cleared. Left alone, Beatrice and Benedick finally declare their love for each other. Beatrice, furious at Claudio's treatment of her cousin, asks Benedick to kill Claudio to prove his love for her and avenge the shame Claudio has brought on her family.

At the trial of Don John's henchmen Borachio and Conrad, the truth about Don John's plot is discovered and Leonato is informed that his daughter died in vain.

**Act V: Denouement – Happy ending**
Leonato bitterly repents his treatment of his daughter. Don Pedro and Claudio are filled with remorse and offer to do anything to be forgiven. Leonato orders Claudio to marry his brother Antonio's daughter who looks like Hero – and is in fact Hero. Benedick asks to marry Beatrice and so the play ends with a double wedding.

**Character constellation**
Main characters in *Much Ado About Nothing*

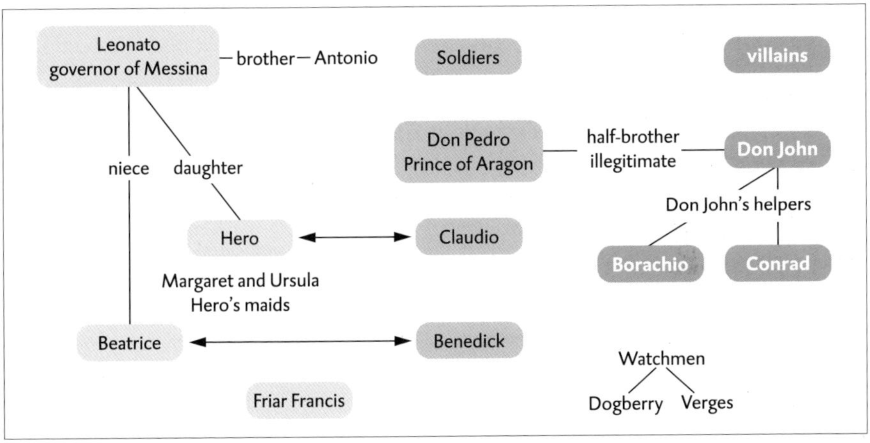


- **Benedick:** Sharp-witted young soldier from Padua; popular with the ladies but a confirmed bachelor; attracted to Beatrice with whom he has a "merry war"; refuses to admit he has feelings for her.
- **Beatrice:** Leonato's niece; witty, strong-willed and independent; holds a negative view of men, confirmed bachelor girl; very frustrated as she feels too powerless to defend her cousin Hero.
- **Don Pedro:** Prince of Aragon; respected, successful leader of the army; woos Hero for Claudio but helps him disgrace Hero at the wedding; comes up with the idea of getting Beatrice and Benedick together; stays single.
- **Don John:** Illegitimate (bastard) brother of Don Pedro; the antagonist of the play; bitter and angry; jealous of his brother and Claudio and schemes to destroy the latter's marriage to Hero.
- **Leonato:** Governor of Messina; father of Hero, uncle to Beatrice; highly respected and eager to protect the family name; utterly shaken by the news of his daughter's supposed infidelity.
- **Hero:** Leonato's only child; obedient to her father; falls in love with Claudio; becomes an innocent victim of Don John's malicious scheme.

**Key scene Act IV, Scene 1**

The beginning of Act IV is a most dramatic scene, which represents a sharp **contrast to the merrymaking** which normally sets the tone of the comedy. This key scene can be divided into **two parts:** the unjust, unfair **shaming of Hero** at the wedding ceremony; and **Benedick's and Beatrice's mutual declaration of love**. When the curtain rises, all dignitaries are assembled in a church to witness the wedding ceremony between Claudio and Hero, conducted by Friar Francis. To everybody's shock and surprise, Claudio refuses to marry Hero, insulting her and calling her a "rotten orange", an "approved wanton" and likens her to "pamper'd animals that rage in savage sensuality", based on what he and Don Pedro believe to have seen the night before. Hero is completely stunned and cannot believe what she is hearing: "Is my lord well, that he doth speak so wide?" Unable to clear her name and refute the accusation, she loses consciousness, which Friar Francis uses to make the public believe that Hero has died of grief ("Come, lady, die to live"). Everybody leaves, weary and distraught, while Benedick and Beatrice are left alone on the stage. Beatrice is utterly shaken and distressed by the unjust suffering and disgrace of her cousin Hero and cannot stop crying. Benedick, who believes in Hero's innocence, tries to comfort Beatrice. Eventually **both confess their real feelings** for each other, and Benedick swears he would do anything to prove his love. Beatrice takes him up on this offer. As a woman she cannot challenge Claudio and asks Benedick to do it for her: "**Kill Claudio**." Benedick leaves, promising to take on Claudio.

**Modern adaptations**

- ***Much Ado About Nothing*** (1967), directed by Alan Cooke.
  BBC television version adapted from Zeffirelli's stage production for the National Theatre Company London.
- ***Much Ado About Nothing*** (1993), directed by Kenneth Branagh.
  Highly acclaimed and most popular version of the original, slightly shortened; starring Kenneth Branagh, Emma Thompson and Denzel Washington.
- ***Much Ado About Nothing*** (2005), written by David Nicholls.
  Modernised BBC TV version, set in the present day. Beatrice and Benedick are quarrelling TV broadcasters, Hero is the beautiful weather presenter in love with young sports reporter Claudio.
- ***Much Ado About Nothing*** (2012), directed by Joss Whedon.
  Close to Shakespeare's original. Differences: modern-day setting; hints at a more detailed, intimate relationship between Beatrice and Benedick.
- ***Messina High*** (2015), directed by Owen Drake.
  Modern language version, a romance set in a posh suburban high school.
- ***Speak Easy, Speak Love*** (2017), novel written by McKelle George.
  Story set in the 1920s during the Prohibition era in the USA (1920–1933). Beatrice Clark's cousin, Hero, runs a speakeasy – an illegal establishment that sells alcoholic drinks.

## The Taming of the Shrew

*The Taming of the Shrew* is one of Shakespeare's early comedies, written around 1590–92. It is a comedy with farcical elements of interchangeable identity, disguises and mistruths. The action is presented as "a play within the play", performed for the diversion of a drunken tinker who is made to believe that he is a nobleman.

### Contents and structure

**Act I: Exposition**
The young scholar Lucentio arrives in Padua with his servant Tranio. He falls in love with Bianca, the younger daughter of the wealthy gentleman Baptista. Bianca has many suitors but Baptista will not accept any of them until his older daughter Katherina, wilful and ferocious, has a husband. To be nearer to Bianca, Lucentio disguises himself as a teacher and goes to work in Baptista's house. Petruchio, a young man from Verona, arrives in Padua to visit his friend Hortensio and find a rich wife. He learns about Katherina and becomes interested in the rebellious young woman.

**Act II: Rising action**
Petruchio eventually obtains Baptista's permission to marry his daughter and despite Katherina's resistance, a wedding day is fixed. With Katherina married and out of the house, Baptista agrees that Bianca may marry Lucentio, provided that Lucentio will inherit his father's fortune.

**Act III: Climax**
Hortensio, disguised as the teacher Litio, and Lucentio, disguised as the teacher Cambio, contend for Bianca's favour. Lucentio reveals his identity and intentions to her. The next day, Petruchio arrives late for the wedding, wearing an absurd outfit, which irritates Baptista and Katherina. After the ceremony, he immediately takes Katherina with him to his country home in Verona.

**Act IV: Falling action**
At his home, Petruchio begins to "tame" Katherina. Pretending to care for her and act in her best interest, Petruchio and his servants do not allow Katherina to eat, arguing that the dishes are not good enough for her. In addition, Katherina is not able to sleep. Worn down by the mistreatment, she eventually submits and agrees to all of Petruchio's whims. In exchange, she has his permission to visit her father in Padua.

**Act V: Denouement – Happy ending**
Meanwhile in Padua, Hortensio has married a wealthy widow and Lucentio has secretly married Bianca. Baptista holds a banquet for both his daughters. When Petruchio is teased for being married to a shrew, he proves Katherina's obedience.

**Character constellation**

Main characters in *The Taming of the Shrew*:

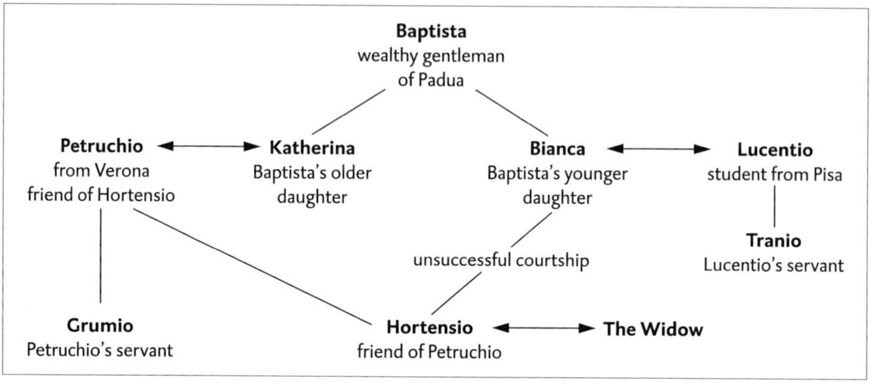


- **Petruchio:** Authoritative and dominant; looking for a rich woman to marry.
- **Baptista:** Wealthy gentleman of Padua; father of Katherina and Bianca; searches for rich suitors for Bianca.
- **Katherina:** Baptista's older daughter; wilful, uncontrollable and bad-tempered; transformed into an obedient wife by Petruchio.
- **Bianca:** Baptista's younger daughter; beautiful, mild-mannered, obedient; wooed by many; marries **Lucentio**: young man from Pisa, disguised as the poor schoolteacher Cambio.
- **Hortensio:** Unsuccessful suitor to Bianca's hand; marries a rich widow; is mocked for being scared of his wife.

**Key scene Act V, Scene 2**

This is the final scene of the play in which Petruchio can prove that he successfully tamed the "shrew" Katherina. After the banquet in celebration of Lucentio's and Bianca's wedding, the women leave the table. The men are left behind and start talking about their wives. They **tease Petruchio for having married a shrew** ("thou hast the veriest shrew of all"). To counter this argument **Petruchio proposes a bet**. Lucentio, Hortensio and he should send for their wives and whoever's wife comes first shall win a large sum of money. They send a messenger to call their wives back. Bianca and the Widow refuse to come but **Katherina appears immediately**. When the other women finally turn up, Petruchio orders Katherina to tell them what duties they owe to their husbands. In her speech **Katherina defines the subordinate position** of a woman in a marriage ("Thy husband is thy lord, thy life, thy keeper, / Thy head, thy sovereign"). **She demands female submissiveness**, condemning any woman who is not obedient to her "loving lord" as a "graceless traitor". Petruchio is very pleased with his wife's speech and **Hortensio and Lucentio are amazed at Katherina's transformation**.

**Modern adaptations**

Modern film versions or adaptations include:

- ***Kiss me Kate*** (1948), a successful musical by Cole Porter.
  It combines different on-stage and off-stage romances during the production of Shakespeare's play.
- ***The Taming of the Shrew*** (1967), directed by Franco Zeffirelli, starring Elizabeth Taylor and Richard Burton.
- ***Ten Things I Hate About You*** (1999), directed by Gil Junger.
  Based loosely on Shakespeare's original; the action takes place at a high school in Seattle; Kat is a social outcast, her sister Bianca the prettiest and most popular girl in school.

## King Lear

*King Lear* is one of William Shakespeare's four great character tragedies – the other three being *Hamlet, Othello* and *Macbeth* – which he wrote towards the end of his career in London around 1604/1605. The play is believed to be based on various sources, including the anonymous play *King Leir*, and the *Chronicles of England, Scotland, and Ireland* by Raphael Holinshed.

### Contents and structure

**Act I: Exposition**

King Lear announces his intention to step down from the throne and to divide the kingdom between his three daughters, according to the affection they express for him. His two older daughters, Goneril (Duchess of Albany) and Regan (Duchess of Cornwall), are extremely flattering towards him, but the youngest, Cordelia, is more honest than her sisters. Enraged and disappointed by her seeming lack of affection, Lear banishes and disowns Cordelia, who leaves to marry the King of France. Edmund, the illegitimate son of the Earl of Gloucester, tricks his father into believing that his son Edgar, Edmund's half-brother, is plotting to kill him and also persuades Edgar to stay away from his father.

**Act II: Rising action**

Regan, like her sister Goneril before her, refuses to house her father and his company in her castle. Deeply disappointed Lear goes out into the stormy night, accompanied only by the Fool and later the Earl of Kent. They also meet Edgar, who is disguised as a madman.

**Act III: Climax**

Out on the heath in the raging storm, Lear, near madness, is complaining about the ungratefulness of his daughters. News comes that the French army has landed at Dover. At Gloucester's castle, Edmund tells the Duke of Cornwall, Regan's husband, that his father Gloucester is a traitor for helping King Lear. Gloucester is captured and his eyes are gouged out by Cornwall and Regan. A servant kills Cornwall in Gloucester's defence, Gloucester is banished from his own castle.

**Act IV: Falling action**
Goneril's interest in Edmund increases. She suspects that her sister Regan is also seeking Edmund's attention. The French army has settled at Dover, where Kent learns that Cordelia, leading the French troops, is upset by the unbelievable behaviour of her sisters towards her father. When Lear and Cordelia are eventually reunited, Lear asks his daughter for forgiveness.

**Act V: Denouement – Catastrophe**
The French forces are defeated by the Duke of Albany's army, led by Edmund. Upon his command Lear and Cordelia are taken away to prison to be hanged. Goneril poisons Regan and then takes her own life. In a fight, Edgar fatally wounds his half-brother Edmund, who before dying, confesses his crimes. However, it is too late to stop Cordelia's execution. Lear carries the dead body of his beloved daughter in his arms and dies of a broken heart. Albany tells the Earl of Kent and Edgar to restore the kingdom.

## Character constellation

Main characters in *King Lear*:

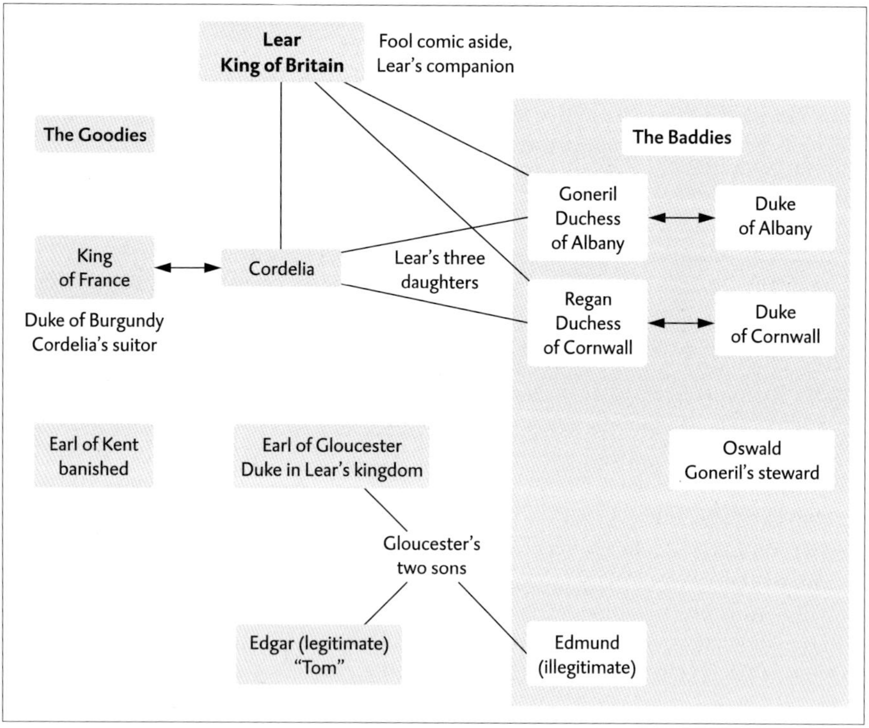

- **King Lear:** Ageing mythical king of pre-Christian Britain; commands absolute obedience; hungers for assurances of devotion; hot-tempered; makes tragic errors by trusting his flattering hypocritical daughters and misjudging Cordelia's honesty and Kent's loyalty.
- **Goneril:** Lear's oldest daughter; married to the Duke of Albany; vicious and ruthless; throws her father out of her house; kills her sister; unfaithful to her husband.
- **Regan:** Lear's second oldest daughter; married to the Duke of Cornwall; not as ruthless as Goneril, but also unfeeling and brutal; helps her husband in blinding Gloucester; plans to marry Edmund after her husband's death.
- **Cordelia:** Lear's youngest and favourite daughter, for whose hand the King of France and the Duke of Burgundy are competing; kind, sincere, virtuous; returning to Britain as Queen of France; she forgives her father for treating her badly.

### Key scene Act I, Scene 1

The first scene establishes a **double plot:** the Lear story (a father and his daughters), and the Gloucester story (a father and his sons). These two plots are introduced in the first scene, with the Gloucester story being only hinted at here and being more deeply developed in the following scene (I, 2). When the curtain rises, the Earl of Gloucester and the Earl of Kent mention the division of the kingdom (Lear story).

The key scene introduces the **main characters** of the play: Gloucester, his illegitimate son Edmund, Kent and the protagonist of the drama, King Lear. Shakespeare hints at the weaknesses or defects (**flaws in the character**) of the two fathers who misjudge their offspring. Lear expresses his plans to retire from being king and is planning to divide his kingdom amongst his three daughters. When he tries to determine which one loves him the most, he falls for the grandiose phrases from Goneril and Regan and **mistakes Cordelia's honest reply as a lack of affection**. He disowns Cordelia and sends her away. Gloucester who jests lightly about his illegitimate son Edmund, completely underestimates the shrewdness of his wicked "bastard" son. Throughout the course of events, both fathers come to realise their grave errors – however, at a great price.

The key scene also reveals **Lear's failure as a sovereign**. His decision to abdicate comes at the wrong time, because leaving the throne and dividing the kingdom is bound to disturb the order, increase tension and cause internal strife (Cornwall – Albany, Edmund – Edgar). The rejection of Cordelia and the banishment of Kent add to **the King's political mistakes**.

### Modern adaptations

Modern film versions or adaptations include:

- ***Ran*** (1985), directed by Akira Kurosawa.
  Set in 16th century Japan. Lear – Lord Hidetora – divides his kingdom among his three sons; no counterpart of Cordelia; often regarded as darker and more pessimistic than Shakespeare's original.

- ***A Thousand Acres*** (1997), directed by Jocelyn Moorhouse.
  Adaption of the 1991 novel of the same title; set in rural Iowa. The rich farmer Larry Cook (Lear) decides to divide his thousand-acre farm among his three daughters, Ginny (Goneril), Rose (Regan), and Caroline (Cordelia). A new theme is introduced which is not in Shakespeare's play, sexual abuse.
- ***My Kingdom*** (2001), directed by Don Boyd.
  Set in contemporary Liverpool; a crime lord divides his empire among his three daughters; gangster film focussing on Liverpool drug trade.
- ***King of Texas*** (2002), TV film directed by Uli Edel.
  Set in 19th century Texas. Ageing John Lear, a cattle baron, decides to divide his ranch among his three daughters, with the best part going to the daughter who loves him most. His youngest, Claudia, declines to flatter him, and is banished.
- ***King Lear*** (2008), TV film directed by Trevor Nunn; starring Ian McKellen.
  Recording of Nunn's theatrical production of the drama for British and American television; only adaption to use virtually all of Shakespeare's text.
- ***King Lear*** (2018), TV film directed by Richard Eyre; Anthony Hopkins as Lear.
  The action takes place in modern Britain; actors wear modern clothes, Lear's entourage wear military uniforms; original Shakespeare text is used but shortened for a film of 115 minutes.

## Romeo and Juliet

Shakespeare's romantic tragedy was probably written between 1591 and 1595. It is set in the Italian cities of Verona and Mantua.

### Contents and structure

**Prologue** (precedes Act I, in the form of a sonnet)
The chorus points to the fatal end of the "pair of star-cross'd lovers", Romeo and Juliet.

**Act I: Exposition**
Prince Escalus, the ruler of Verona, is determined to put an end to the continuous feud of the city's two noble families, the Capulets and the Montagues. He decrees death for any individual who disturbs the peace in the future. Romeo, the son of the Montagues, is in love with Rosaline but she does not return his affection. Benvolio tells his cousin Romeo to forget Rosaline and accompany him, in disguise, to a party of the Capulets. At the party Romeo and Juliet meet and instantly fall in love. Romeo learns from the Nurse that Juliet is a Capulet and Juliet is informed that Romeo is a member of the Montague family.

The chorus enters again before Act II begins, hinting at the difficulties facing the two lovers, but also assuring that "passion lends them power" to overcome them.

**Act II: Rising action**

After the party Romeo hides in the garden of the Capulets' house and overhears Juliet professing her love to him. She deplores that they both belong to feuding families. Romeo calls out to her and both promise eternal love. To arrange the wedding, Romeo approaches Friar Laurence, who agrees to marry the two lovers in secret, hoping the bond will end the hostilities between their families. The following day, the wedding ceremony takes place in Friar Laurence's cell.

**Act III: Climax**

Tybalt, a nephew of Lady Capulet, insults Romeo in order to challenge him to a duel. Romeo refuses to fight as he is now related to the Capulets, but his friend Mercutio takes up the challenge and is stabbed by Tybalt. To revenge Mercutio's death, Romeo kills Tybalt. Escalus, the Prince of Verona, banishes Romeo from the city. Friar Laurence advises Romeo to go into exile for the time being. He and the Nurse arrange for Romeo and Juliet to spend their wedding night in Julia's bedroom. The following morning, Romeo leaves for Mantua. Juliet is told that she shall marry Count Paris. As she cannot reveal to her parents that she is already married to Romeo, she hurries to Friar Laurence for help.

**Act IV: Falling action**

Friar Laurence thinks up a drastic plan to reunite Juliet with Romeo in Mantua. He tells Juliet the night before her wedding to Count Paris, she is to drink a potion which will make her appear to be dead for "two and forty hours". Her parents, believing that their daughter is dead, will lay her to rest in the family's vault. In the meantime, Romeo will be informed of the trick and will come to secretly rescue her and take her away to Mantua. At first, everything goes according to plan. Juliet drinks the potion and is found "dead" in her bedroom.

**Act V: Denouement – Catastrophe**

Juliet is buried in the Capulets' crypt. The rest of the scheme fails for the messenger is detained and cannot inform Romeo of the plan in time. Romeo only receives the false news of Juliet's death. He is devastated, buys a vial of poison to kill himself and hurries back to Juliet's grave. In front of the crypt he confronts Count Paris and kills him. He gives the dead Juliet a last kiss and drinks the poison. Juliet awakes, sees the deceased Romeo and stabs herself. The Capulets and the Montagues arrive, and in view of the dead bodies of their children, they promise to end their feud.

**Character constellation**

Main characters in *Romeo and Juliet*:

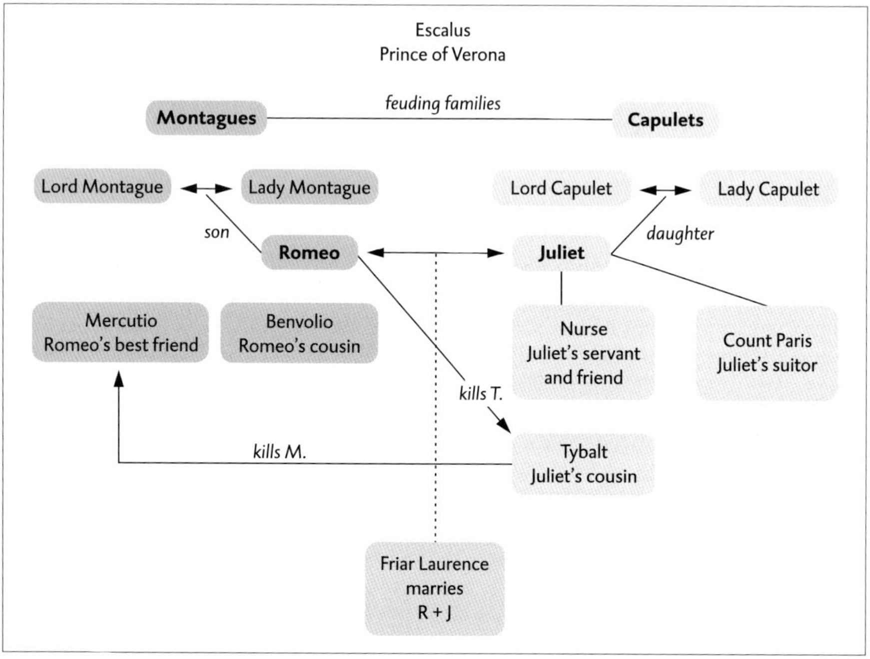


*Montague family members*

- **Lord Montague:** Head of the Montague family, Romeo's father, continues the feud between the family and the Capulets.
- **Romeo:** About sixteen years old; changes from a romantic dreamer into a passionate, resolute and daring lover by his deep affection for Juliet.
- **Mercutio:** Romeo's best friend; enters a fatal fight with Tybalt.

*Capulet family members*

- **Lord Capulet:** Head of the Capulet family, Juliet's father; shows no compassion for Juliet when she refuses to marry Paris.
- **Juliet:** Young (not even 14) and beautiful, madly in love, but keeps a cool head; tries to restrain Romeo's impetuous actions; strong-willed: refuses to marry Paris.
- **Tybalt:** Juliet's cousin, hot-tempered and quick to avenge the family's honour.

*Others*

- **Count Paris:** A young relative of the Prince; wants to marry Juliet.
- **Friar Laurence:** Franciscan monk; friend to Romeo and Juliet and tries to help them; secretly marries the two lovers and develops a cunning plan, which unfortunately fails.

**Key scene Act III, Scene 5**

This is the final scene of Act III and contains two relevant events: the parting of the lovers (Romeo and Juliet) and Juliet's refusal to marry Count Paris, which enrages her father.

After having spent the night together, Juliet wonders why Romeo is ready to leave, because she thinks it is still night-time and too early to part ("It was the nightingale, and not the lark"). However, she soon realises that **day is dawning and it is time for Romeo to flee** before he is caught. When Romeo goes, she has a premonition that they will never meet again.

Lady Capulet, Juliet's mother, enters, and seeing her daughter distressed, she assumes that Juliet is grieving over Tybalt's death and tries to comfort her by promising to have Romeo poisoned. **She tells Juliet that she is to be married** in two days, but **Juliet refuses** ("I will not marry yet"). Her father enters and when he learns of Juliet's negative reaction, he is furious and starts insulting and cursing his only daughter ("you green-sickness carrion! out, you baggage!/You tallow-face"). He is enraged because he thinks Juliet is extremely ungrateful rejecting all the efforts he has made to find her a good match. He is not willing to accept Juliet's excuses for not getting married and **threatens to throw her out on the street to starve** and disown her unless she gives in. Lady Capulet refuses her daughter any sympathy. Juliet is outraged at the Nurse's suggestion to marry Paris and forget Romeo. She decides to **turn to Friar Laurence for help** and is resolved to kill herself: "If all else fail, myself have power to die".

**Modern adaptations**

Modern film versions or adaptations include:

- ***West Side Story*** (1961), directed by Jerome Robbins and Robert Wise.
  Based on Broadway musical by Leonard Bernstein and Stephen Sondheim. Tony (Romeo) and Maria (Juliet) are two kids from rival gangs in 1950s New York.
- ***Romanoff and Juliet*** (1961), directed by Peter Ustinov. Film version of Ustinov's play of the same name.
  Loosely based on Shakespeare's original and more of a Cold War parody. Juliet Moulsworth, the daughter of the American ambassador, and Igor Romanoff, the son of the Russian ambassador, meet at a party.
- ***Romeo and Juliet*** (1968), directed by Franco Zeffirelli.
  Set in 14th century Renaissance Italy with young actors in the title roles: Leonard Whiting (18) and Olivia Hussey (17); earlier film versions had used adult actors.
- ***Romeo + Juliet*** (1996), directed by Baz Luhrmann.
  Shakespeare's play is updated to modern times. Romeo and Juliet are the children of wealthy warring families in "Verona Beach". The film still retains the original dialogue.
- ***Romeo Must Die*** (2000), directed by Andrzej Bartkowiak.
  Loosely related to Shakespeare's original. Set in California; the Montagues and Capulets are now the Sing (Chinese) and O'Day (Black) families.

- ***High School Musical*** (2006), directed by Kenny Ortega.
  Musical TV film; the young lovers are in rival high school cliques instead of feuding families.
- ***Romeo and Juliet in Harlem*** (2017), directed by Aleta Chappelle.
  The film is set in Harlem, retains the dialogue and storyline of the original; first version with a majority African American cast.

**Love and Power in Shakespeare's Plays**

Despite the fact that in Shakespeare's time a woman, Queen Elizabeth I (also known as the Virgin Queen because she never married) ruled the country and gave her name to an entire period, **women in Elizabethan society** were completely subordinate to men. Their function was relegated to the household and the upbringing of children. In *The Taming of the Shrew*, Katherina defines the ideal of an obedient and subordinate wife – as men liked to see it ("bound to serve, love and obey"). For centuries, men dominated all spheres of life because women were regarded as weaker and inferior to men and were therefore denied access to positions of power. Only in the 19th century, social reformers gradually began to successfully fight for equal rights for women, such as the control of property, equality of opportunity in education and employment, suffrage, and sexual freedom.

In Shakespeare's works, women play different roles, often more important and emancipated ones than in the real world of the Elizabethans. It should especially be kept in mind that all main characters in the plays of that time were members of the nobility.

**Love and marriage**

- *The Taming of the Shrew*
  The relationship between Petruchio and Katherina is a combat of unequals. Two different characters clash, the self-assured macho Petruchio is the master, who is undeterred by Katherina's wild and rebellious behaviour. Using brutal tactics (no food, no sleep) he manages to tame the bad-tempered, scolding woman. Like a proud circus director, he presents his tamed and docile "product" at the end of the play to an astonished audience.
- *Romeo and Juliet*
  Romeo and Juliet are loving partners who are devoted to each other and prepared to go to extremes to overcome the obstacle, the opposition of their feuding families, on the way to achieving happiness together. While Romeo is the more impetuous of the pair, Juliet tries to keep a cool head and makes plans to be united with Romeo.
- *Much Ado About Nothing*
  Beatrice and Benedick are equals in as much as they exercise their freedom and independence. Neither care much about social conventions and both are against marriage. They have been sparring partners for some time, mocking and teasing each other until they are tricked into love.

**The strive for power**

- *Macbeth*
  The prospect of becoming King and Queen completely destroys the happy marriage of the Macbeths. After the murder of King Duncan, Macbeth commits and orders one killing after the other in order to stay in power. Lady Macbeth, initially the driving force behind the murder of Duncan, disappears into the background and gradually loses her mind. Later, when Macbeth is informed of his wife's death, he does not react at all to the sad news.

**Fathers and daughters**

- *King Lear*
  Lear's cunning and reckless daughters Goneril and Regan take advantage of their father's failing mental health to receive a share of the kingdom. They easily win his favour with exaggerated professions of affection. Once they have achieved their aim, they make fun of their father and refuse to house him. In contrast, Cordelia is more reserved and honest and states her love to her father in simpler words. Lear mistakes this sincere reply as lack of affection and disowns and banishes Cordelia.
- *The Taming of the Shrew*
  Baptista, the father of Katherina and Bianca, controls his daughters' lives. He has decided that Bianca, his youngest, can only marry when Katherina, the elder daughter, has found a husband.
- Both in *Romeo and Juliet* and *Much Ado about Nothing*, there are scenes in which fathers react very harshly to the real or imagined disobedience of their daughters.

## Social networking sites – boon or bane?[2]

The global extension of the Internet has made our world a smaller place and has opened up a variety of opportunities. Among the most popular features of the Internet are social networking sites, which have experienced an enormous growth in recent years. Users can stay in touch, exchange messages about private or work-related affairs, post views on topical issues, send photos or consume videos, films or music. Logging on to their accounts has become daily routine for millions all over the world. Not only private individuals, but also businesses, banks, governments and agencies in the public sector use networking sites. They are now a mainstream **communications technology**. The most important social media companies are Facebook (renamed Meta in 2021), Snapchat, Twitter (acquired by Elon Musk in 2022), Instagram, YouTube, Google, Pinterest, reddit and LinkedIn, all of which were founded in the United States and have their headquarters in California. TikTok, which focuses on videos, is owned by a Chinese company.

People's increasing interest in remaining anonymous online has given rise to platforms like Telegram although it is unclear whether it really offers more **data security** than "conventional" messenger services. Signal, on the other hand, is rated as quite

2 Schwerpunktthema ist nur relevant für das berufliche Gymnasium.

safe by most data security experts. Still, there is an ongoing controversy about how much data a messenger service should be obliged to share with justice enforcement or government agencies.

Considering the variety of social networking sites and the myriad of messages posted online, observers ask how we – i. e. the human brain – can cope with the information overflow. Too much input ("**information overload**") makes it impossible for people to process all the information and think independently. It may thus prevent them from taking good decisions. In this way, it is sometimes argued that the age of information has turned into an **age of disinformation**. Consequently, the question must be asked whether social networking sites are a bane or a boon.

## Political consequences of social media

Before the arrival of the Internet and social networking sites, most people relied on newspapers and television news programmes as their primary sources of information about governments, current political events and elections. Barack Obama was one of the first politicians who recognised the potential of networking sites for addressing younger voters in particular. After his re-election in 2012, he proclaimed his success to the nation via his Twitter account. His tweet, "four more years", became the most popular tweet at the time. Republican President Donald Trump was also a frequent user of both his personal and official Twitter accounts, regularly posting his opinion of people and all kinds of topics. The question arises whether the widespread use of social media plays a positive or negative role in the political arena.

### The media and elections

At the start of an important election, campaigners use the Internet to raise funds, organise action groups, muster volunteers and mobilise voters. Candidates use social media and a personal website as cheap and effective methods to reach a large part of the electorate. In 2018, a scandal revealed the **illegal harvesting of social media user profiles** for political advertising. Social networking providers use special techniques, so-called **algorithms**, to analyse and collect information about their users, their posts, their likes and dislikes to establish a complete personal profile. In 2016, **Cambridge Analytica**, a now defunct political consultancy, used the detailed data of about 50 million Facebook profiles without permission to target American voters for the presidential campaign of Donald Trump and allegedly the Brexit referendum in Britain. The company filed for bankruptcy, and Facebook was accused of and fined for careless privacy practices. The scandal made people more aware of the necessity to protect their personal data online. Analysts believe that there are still companies like Cambridge Analytica which use social media to influence politics.

### Political polarisation through social media

In addition, data consultants warn that algorithms are causing **political polarisation** in society. This can be explained by the fragmentation of news media and the spread of misinformation on the net. More often than not, news on the Internet is not objective but opinionated, facts are distorted and untruths circulate. When social media first appeared, most people believed they would promote democracy because users could freely exchange views and, for example, voice their protests against dictatorial regimes. However, in the meantime, many observers have come to regard social media as a threat to democratic societies as many **users tend to spread rumours**, judgements and opinions rather than facts. Equally damaging is the fact that social media users become caught in so-called "**filter bubbles**". As service providers employ algorithms to filter the mass of information and personalise it according to their users' preferences, on social media people receive news which mirrors and reinforces their own opinions and beliefs. Very rarely, or not at all, are they presented with divergent points of view or alternative ideas.

**The spreading of fake news for political purposes**
Another serious problem is the fact that social media platforms are used to publish inaccurate information and **fake news** in order to massively and often surreptitiously influence the views of a considerable number of people. A study found that false news online is 70 per cent more likely to be retweeted than the truth. In the political arena, leaders and officials frequently ignore or deliberately distort facts. What they sell as "alternative facts" is in reality a set of lies. After losing the US election in 2020, Donald Trump kept tweeting his unfounded assertion, "The election is rigged!", meaning he only lost because of massive amounts of voter fraud nationwide. Interested parties do not refrain from attacking and insulting opponents personally if it seems to support their aims. For instance, President Barack Obama was discredited by social networking users who spread the news that Obama was born outside America. During the US election campaign of 2016, a conspiracy theory, termed "**Pizzagate**", went viral to disgrace Trump's opponent in the race, Democrat Hillary Clinton. Faked emails linked Clinton to a child sex-trafficking ring in a pizzeria in Washington. While this was later exposed as sheer fabulation, it remains unclear how much damage to the candidate's reputation the rumour had already caused.

**Propaganda and cyber censorship**
Extremists from all sides of the political spectrum use social networking accounts to publicise **radical propaganda** and recruit supporters for their activities. It is not surprising, therefore, that government officials want to increase surveillance of social networking sites. On the other hand, this must also be done with caution in order not to constitute an abuse of power too. In some South Asian countries, social networking sites are in the hands of **authoritarian regimes** which use them to consolidate power and advance their political goals, both domestically and internationally. In Myanmar, for example, the military rulers wiped out years of fragile democratic gains. After a landslide victory in the general election of 2015 the country's liberal National League for Democracy (NLD) could form a government but it was overthrown in a military coup in early 2021. In 2018, a UN report confirmed that Facebook had played a huge role in the violence inflicted on Rohingya Muslims by marauding Buddhists. The platform admitted that it had not done enough to prevent its services from being abused. Other rulers use the Internet to exert control over and spy on citizens. Political observers warn of the spread of "**digital authoritarianism**", especially as Artificial Intelligence is about to play a greater role in enhancing and enabling authoritarian governance and surveillance. The idealised vision of the Inter-

net and social media as the platform of free speech and exchange of information has become obscured as governments like China use techniques to censor, suppress or block critical content. The Great Wall of China has now become the **Great Firewall**, a term for the Communist party's massive Internet censorship system.

## Economic consequences of social networking sites

### The business model of social media sites

In the documentary ***The Social Dilemma*** (2020), former Google worker Tristan Harris analyses the techniques and strategies of social media platforms. In his view, the business model of the companies focuses mainly on three elements: engagement/attention by the users, growth of the platform advertisement and the revenue generated. Users of social networks may believe that the service is free of cost. However, Harris reveals the truth behind the complimentary usage: "**If you are not paying for the product, you are the product.**" This is to say, Facebook, Google, Twitter, Instagram and other sites make use of the data and information which people willingly supply once they join a service. The platforms register all the activities of their users, for example the sites they visited, the searches they executed and what and how much they "liked" or "disliked". Analysing these user profiles, the services know a great deal about a person's emotions, relationships, interests and spending habits. The data is then used to make money. So, you and your data become the products which are sold to advertisers, publishers, insurance companies or political parties – in fact, anybody who thinks they can use the information and is willing to pay for it. For example, Google offers a special service, Google Ads, to marketers, retailers, advertisers and publishers for a certain fee. In return, Google delivers adverts to users which are tailored to their preferences. Once you have googled an article online, you are bound to receive an advert sitting next to an article you are about to read on the net. "Social networking sites sell attention to advertisers", an analyst summed up. Google's ad technology is based on cookies and apart from allowing the display of adverts on websites, it can also control how often and for how long an ad is shown. Any click on the advert will increase Google's ad revenues.

### Surveillance capitalism

The American social psychologist Shoshana Zuboff coined the phrase "surveillance capitalism" to explain the methods applied in today's digital economy. Social media services gather more and more information on ever larger portions of people's daily existence – how they shop, exercise or socialise – and then use that information to **both predict and shape their buying habits**. Users believe they are enjoying a service at no cost and willingly agree to the company's terms, which allow a practically unrestricted collection and assigning of data. As a result, phones track people's whereabouts so that firms can geotag them for advertisements. Location-based marketing displays ads to users in a relevant geographic area. Similarly, so-called loyalty cards or shopper club cards which big stores provide for their customers store shoppers' buying habits. Retailers can turn their knowledge into profit, since they know the preferences of their customers. They inundate patrons with individualised ads and other selling messages based on the information of the recorded buying habits. Critics of the system maintain that "Big Brother" is omnipresent on the Internet. They draw links to the totalitarian state in George Orwell's dystopian novel *1984* in which "Big Brother" constantly monitors people's movements to maintain absolute control. Like "Big Brother", social networking sites surveil their users, collect private data without their knowledge and use it for profit-making. As Shoshana Zuboff writes, "[s]urveillance capitalists know everything *about us*, whereas their operations are designed to be unknowable *to us*. They accumulate vast domains of new knowledge *from us*, but not *for us*. They predict our futures for the sake of others' gain, not ours."[3] To illustrate the extent of intrusion into customers' lives, newspapers reported that data analysts had found a link between the negativity of a community's tweets and the higher risk of heart diseases in that community. Furthermore, your social media activities could be used as an indication of how likely you are to repay a loan.

**Big Data to forecast developments and shape people's actions**

IT specialists use analytics techniques, such as machine learning or artificial intelligence, to process the enormous amount of data. Besides being used to influence people's actions and behaviour, the gained information can also forecast developments. On the positive side, **predictive analytics** can help businesses and organisations to **work effectively**. For instance, raw material deliveries could be based on projected future demands or Big Data can assist police in New York and other big cities to fight crime. With the help of data, the NYPD can analyse arrest patterns and geolocate crime hotspots. The results are used to take measures to strengthen public safety in dangerous areas.

However, worrying for many people is the risk of an Orwellian nightmare if the collected information comes into **the wrong hands**. More precisely, when arguing with Shoshana Zuboff, it already is in the wrong hands because it is used to **manipulate** us: In a commercial view, it is not the individual who ultimately decides independently where or what to buy, but the social networking sites influence and veer them towards the decision.

**Artificial Intelligence is not objective**

When AI is used to collect and analyse big data, it is important to remember that the results the AI technologies come to can easily be misleading, and decisions taken with the help of machines need not be better than those taken by humans. The American mathematician and data scientist Cathy O'Neill found that algorithms are not objective, but "opinion[s] embedded in maths", because they ultimately rely on **previous data** as well as on **individual definitions of success** and are therefore **biased**. So, the blind trust in AI's objectivity will often lead to inaccurate or flawed results. For example, when algorithms were used to supposedly make hiring more objective, it transpired that women as well as ethnic minorities were discriminated against simply because the data the algorithm had been fed was also biased against them. Consequently, decisions taken on the basis of algorithms may be false. Today's economy

**3** Shoshana Zuboff, *The Age of Surveillance Capitalism. The Fight for a Human Future at the New Frontier of Power*, Profile Books, 2019.

requires steadily improved and more refined artificial intelligence technologies – especially considering the importance and scope of big data.

**"Data is the new oil"**
Economists have coined the phrase "data economy" to describe the influence and prominence of big data in today's society. Industrialists agree that in the 21st century, data has taken the role which oil played for industrialisation and economic growth in the 18th and 19th centuries. It has become the world's most valuable resource today, opening up opportunities for governments, local authorities and businesses. However, just like oil, raw data is not valuable in itself, it needs to be processed and refined. This means, the mass of information must be gathered completely and accurately, connected to other relevant data and used efficiently. Another valid point of comparison with oil is that the negative side effects of big data compilation and the reliance upon it must not be overlooked.

## Psychological consequences of social networking

### Social media and addiction
Social networking sites' primary aim is to grab their users' attention. To achieve this, the companies apply the same methods as gambling firms and the video games industry. This is why social media tools have been compared with slot machines, which create **psychological dependencies**. The computer specialist Edward Tufte aptly described the addiction in the following words: "There are only two industries that call their customers 'users': illegal drugs and software." In other words, many users become addicted and cannot refrain from constantly checking and scrolling through their accounts and networking sites.

For actively participating in social networks, the users receive symbolic rewards ("likes" or "hearts"). This produces **dopamine** in their brains, which is then released into their systems. Recent neurological studies suggest that the constant stream of retweets, likes and shares triggers the same kind of chemical reaction as if the users were injected with a dose of cocaine. Young people in particular cannot resist the lure of their smartphones. Like addicts, they seem to be craving another dose of dopamine. Pleasure is usually followed by a feeling of hangover or comedown, which would disappear after some time. However, there is a natural tendency to immediately counteract the negative emotion by going back to the source of pleasure for another dose. Neuroscientists, psychologists and general practitioners warn of the excessive and compulsive use of social media because it may have the same negative effects as any other substance abuse. Some people just cannot leave their cell phones alone and other areas of life tend to get too little attention, which is socially and physically harmful. Not only are **meaningful real-life interactions substituted** with somehow artificial online encounters, but also people's **physical health** obviously **suffers** from them constantly staring at a computer or smartphone screen and neglecting sports, fresh air and movement. Furthermore, smartphones present an even greater risk when used in traffic. Consequently, laws have been passed banning handheld cell phone use or text messaging while operating a motor vehicle.

**Information overload (infobesity)**
The **global 24-hour availability** of news, posts, tweets and stories on the net creates an overwhelming load of information which few people can keep up with. The processing power of computers is steadily increasing, whereas that of the human brain is not. Consequently, it is getting harder to tell what is important or irrelevant, what is true and what is false. The term "information overload" describes the situation when the amount of input to a system exceeds its processing capacity. The excess of information, sometimes referred to as **infoxication** (an allusion to intoxication) or **infobesity** (a combination of info and obesity), is considered the disease of the digital society. It becomes time-consuming and difficult to sort through the confusing mass of information, understand an issue and then make an effective decision. Information overload is regarded as **the enemy of good decisions**. As the volume of information is steadily growing on the Internet, it is essential to **learn how to search the web effectively** and filter useful bits of news from less useful ones.

**The vulnerability of young people**
In February 2022, the Kids Online Safety Act was introduced in Congress to try and mitigate the harmful effects social media could have on younger users in particular. The photo and video sharing app Instagram – owned by Facebook (now Meta) – is often regarded as particularly damaging to a significant portion of young users, above all teenage girls. Its negative influence on teenagers' self-esteem comes from young users comparing themselves with beautiful and often ultra-thin models online. What complicates matters is the fact that Instagram posts are not necessarily realistic and balanced depictions, but photos can be easily manipulated and the people who are posting on the app tend to exaggerate positive aspects of their lives while glossing over more negative ones. **Feelings of personal failure, self-loathing and mental distress** as well as the inability to deal with difficult emotions can eventually lead to self-harm. Statistics have found connections between social media usage and **eating disorders, depression and even suicide**.

In addition, educators and parents worry about the addictive nature of social media through which **young people lose contact with reality**. They neglect their social contacts and daily duties when they spend hours in virtual worlds. Reducing phone use is extremely difficult because at first, it causes the brain's pleasure-pain balance to tilt to the side of pain, making people feel restless and miserable. The time-consuming and negative impact of social networking sites has made many users, including some of Silicon Valley's biggest tech managers, decide to curb their time on social media. Some have even installed apps to control their usage.

Social networking can also become dangerous because today youngsters are at greater **risk of abuse** while sitting in their bedroom in front of a computer screen than outside on the street. Social networks are often used to be offensive or nasty towards other people. Repetitive and persistent personal attacks, insults and threats affect the victims of **cyberbullying** tremendously. It is also necessary to protect young users from being bombarded with sexual messages over the Internet. Although it is rather difficult to investigate computer crimes because of the **anonymity of the net**, the police are increasing their efforts to trace the producers and traffickers of child pornography and similar forms of sexual abuse on the Internet.

**The lure of "influencers"**
Apart from sending out messages on television, radio or in the print media, companies spend millions on **social-media advertisements**, many of which are targeted at adolescents. Many bloggers or "online influencers" collaborate with firms to market their products or services to an enormous number of potential customers. More often than not, the posts and links referring to manufacturers are not disclosed as paid advertisements. **Concealed advertising** is hard to detect and can create needs in young people, who are persuaded to buy the things "influencers" show in their clips. So, social-media marketing is a lucrative and rapidly growing business and has become a continually growing pillar of the advertising industry.

## Possible solutions to the social dilemma

The documentary *The Social Dilemma* deals with the problem that social media, which were originally supposed to be or could be a force for good, have deteriorated into a destructive element in many individuals' lives and society at large. As the trailer of the film puts it, "the technology that connects us also divides us, manipulates us, distracts us, controls us, polarises us, monetises us". Step by step, researchers have discovered that there is a link between social media and mental health, that users get addicted to their electronic devices, they are often isolated in filter bubbles and cyber-attacks and fake news can have serious political consequences. So, social media might have transformed the information age into the disinformation age, thus eroding democracy and the social fabric.

**Can companies regulate themselves?**
In 2021 in the aftermath of the violent riots of Trump supporters, who even stormed the Capitol and had apparently largely organised themselves through social media, the leaders of the biggest tech firms, such as Twitter, Facebook and Google, had to appear before a panel of the US Congress and explain how they took responsibility for the problems connected with their platforms and what they intended to do about them in the future. All managers said they were willing to improve the safety, privacy and wellbeing of their users as well as the networks' influence on society at large and made various suggestions. For instance, they promised to **crack down on misinformation or incitements to violence**. However, there remains the general conflict of how much freedom of speech the platforms should allow and the decision about what constitutes more than a mere expression of opinion and is rather harmful.

Furthermore, what is so **destructive is the very business model** on which the social media sites are operating, namely that algorithms are used to filter the content which is being shown to users. This content aims at catching their attention, binding them to the platform and making them receptive for personalised advertisements. The advertisements are what the tech companies profit from because they are paid by the advertisers. On the other hand, the algorithms are also responsible for the filter bubbles that are accused of causing polarisation and a division of society. Other points of discussion are **youth protection laws** and the ever-recurring theme of **how safe the users' data** are on the social networks.

**Government measures to protect users from the big tech giants**

As became apparent during the above-mentioned Congress panel with tech giants, social media legislation in the USA is incomplete and rather lax. For instance, **Section 230 of the Communications Decency Act** even explicitly frees tech platforms from being held responsible for content posted by users. However, demands for some sort of supervision and regulation have become louder and even the revocation of Section 230 has been suggested.

Another topic that has been at the forefront of attention for quite some time (and especially since scandals like the one surrounding Cambridge Analytica came to light) is **data protection** and how much data tech companies are allowed to collect and process. While the companies still do collect billions of bits of information, they are at least partly obliged to disclose their usage of them, and passing on unknowing users' data has been fined in several sensational lawsuits. Particularly during the Covid-19 pandemic, when even more activities moved online so that tech giants, in contrast to "real-life" companies, profited immensely, a **tax on the collection of data** has been suggested. If "data is the new oil", it should also be treated thus and seen as something valuable, which it undoubtedly is. So far, however, there has been no comprehensive suggestion on how to go about introducing a digital data collection tax.

In Europe, governments have taken a firmer stand against America's tech giants. The European Union has been at the forefront of regulating the digital economy, leveraging its **antitrust laws** against big tech companies such as Google. For example, in 2017 the European Commission levied a € 2.4 billion fine on Google for abusing its monopoly on online shopping. Considering the vast power and worrying impact on people's behaviour, politics and freedom of speech, governments have passed specific laws or established agencies to govern and control social networking sites. In 2021, the 27-nation community confirmed Europe's role as a pacesetter for regulating the tech industry. The ambitious plan is to update the EU's regulations for digital companies and adopt measures to rein in Big Tech and protect users on their platforms. The **Digital Services Act** (DSA) and **Digital Markets Act** (DMA) will require social media companies like Google and Facebook to treat rivals fairly, scan their platforms for illegal content or hate speech and delete them if necessary. "We are now democratically reclaiming our online environment," a EU Parliament member said. "The DSA is bringing EU tech regulation into the 21st century, and it is about time."

**What users can do**

Users of social media networking sites must realise that the business model of the companies is to "rake in money" by grabbing the users' attention and selling it to advertisers. The awareness of how algorithms work in this process should make social media users **consciously search for alternative opinions** in order not to stay trapped in their own filter bubbles. Furthermore, **time limits** for online usage are an important step against addiction. Jaron Lanier, an American computer scientist and author of the non-fiction book *Ten Arguments for Deleting Your Social Media Accounts Right Now*, goes even further. According to him, it is not only true that users become the product of social media sites, but "[i]t's the gradual, slight, imperceptible change in your own behaviour and perception that is the product." This means, social media changes what you do, how you think, what you are. So, Lanier's advice is rather radical in postulating: "You, you, you have the affirmative responsibility to invent and demonstrate ways to live without the crap that is destroying society. Quitting is the only way, for now, to learn what can replace our grand mistake."[4]

**4** Lanier, Jaron. *Ten Arguments for Deleting Your Social Media Accounts Right Now*. Henry Holt and Co., 2018.

## Abiturprüfung Englisch (Hamburg) – Übungsaufgabe Schreiben 1

*The United Kingdom – Diverse and Disunited?*

### Assignments

**Comprehension**

1. Outline problems the author sees with the way British children learn about Britain's colonial past at school.

**Analysis**

2. Examine the means the author uses to convey her opinion that British colonial history should be part of the curriculum.

**Comment/Creative Writing**

3. "Some regard teaching about colonialism as simply too political, as if the way we tell history now is somehow neutral." (ll. 55/56) Comment on that statement. In your answer refer to both this article and your coursework.

**Put Our Colonial History on the Curriculum – Then We'll Understand Who We Really Are**

Maya Goodfellow

*Britain's past weighs on our present: learning about it would mean a better debate about race and migration.*

My mum came to the UK from India in 1973, after a chunk of time spent in Uganda, when she was only 13. Colonialism shaped her life, and that of my grandparents; growing up in Newcastle, it was the backdrop to mine too. I'd heard plenty about empire and anticolonial movements at home, but during 14 years in the UK's state education system I learned almost nothing about it. Now, over a decade later, little has changed: new research suggests that there still isn't much systematic teaching about empire.

The national curriculum says young people are supposed to learn about "how Britain has influenced, and been influenced by the wider world", but when it comes to a central part of this country's history, there can be near silence. It's contained in one-month of learning, or hived off from the "core curriculum" in the form of optional modules.

Why does this matter? A leaked draft of the independent review into the Windrush scandal earlier this year showed one reason. It recommended that all Home Office staff should "learn about the history of the UK and its relationship with the rest of the world, including Britain's colonial history".

If we were all taught about colonial history in school, we'd learn at a young age that many of the people who came here from colonies and former colonies did so as citizens, not as immigrants. We'd discuss how so-called immigration policies introduced from the 1960s onward were designed to make it more difficult for people of colour to come to this country, and we'd examine the forms of resistance that came with this.

In a manner similar to the implementation of the anti-Jewish Aliens Act of 1905, successive governments treated minorities as a threat to the UK. They enacted what the academic Gurminder Bhambra calls "policies of racialisation". "If we understood that," she told me, "we wouldn't just shift the boundary of citizen and migrant to include people from (former) colonies. To say that I'm not a migrant is not a lack of solidarity with those who are migrants … If we were to accept that I am British, then that would mean that we would have to think differently about migration in the present."

History is not stuck in the past. What we remember, and how, helps us understand who we are. Learning about empire […] would mean understanding that colonialists created race and the racial hierarchy to control and govern colonies around the world. Unpicking how and why race was constructed would make for a more sophisticated discussion about racism now and chip away at the idea that this was ever an exclusively "white" country.

It might also mean people on either side of the Brexit divide pausing before they demand "we" "take back control" or lament that the UK was a "tolerant" country before the EU referendum.

In a sanitised version of history that is spouted by politicians such as Boris Johnson, the UK grew rich not because of exploitation and resource extraction, [but] because of an innate ability to progress. This colonial thinking persists; the "backward" became the "underdeveloped", while the lives and knowledge of some are still considered more important than others.

Four billion people are not poor because of some unhappy accident or an inherent failing; legacies of colonialism, extractive capitalist economies and racialised hierarchies of power produce poverty. Against a history where supremacy often meant mastering the environment for profit – decimating indigenous communities in the process – it's not by chance that the climate crisis now impacts those least responsible for it.

As part of its race and faith strategy, the Labour party has committed to setting up an Emancipation Education Trust, which would ensure migration, colonialism and this country's multiracial past are taught in schools. So too would the legacy of slavery, including "how it interrupted a rich and powerful black history which is also British history".

Some regard teaching about colonialism as simply too political, as if the way we tell history now is somehow neutral. Relative quiet in our schools is paired with politicians glorifying empire as its realities are erased; nostalgia and amnesia sitting side by side. Britain's bloody colonial history is weighed up as both good and bad; the railways v the Bengal famine. One the UK can take credit for; the other is too far in the past to have much to do with "us". This country is the saviour, never really an oppressor.

[…] there is a chance to change this narrative. It's not about guilt or one-dimensional stereotypes: if histories of exclusion, colonialism and the fierce resistance to much of this were more widely known, it could mean a more nuanced, inclusive understanding of the present. *(787 words)*

*Maya Goodfellow: "Put Our Colonial History on the Curriculum – Then We'll Understand Who We Really Are", 05 December 2019, https://www.theguardian.com/commentisfree/2019/dec/05/britain-colonial-history-curriculum-racism-migration.* 

**Annotations**

ll. 12/13 *Windrush scandal:* 2018 political scandal, in which former migrants were wrongfully detained, denied their rights or even deported, even though many of them had arrived as British citizens or had become British citizens or long-term residents since their arrival

l. 22 *Aliens Act of 1905:* parliamentary act to control immigration, specifically targeted against poor immigrants

ll. 39/40 *Boris Johnson:* British Conservative politician, Prime Minister (2019–2022)

l. 59 *Bengal famine:* famine in the Bengal province of British India (now Bangladesh and eastern India) in 1943 that cost millions of lives

## Lösungsvorschläge

1. *For this task, you should first describe the treatment of Britain's colonial past at school, as it is depicted in the article. Then mention problems the author sees as a result. Remember that for an assignment like "outline", you only have to mention the key points and do not need quotes from the text. Start your answer with a topical sentence in which you summarise the message of the article briefly and name its source, author, date of publication etc.*

   *You could mention the following points:*
   - *introduction*
   - *treatment of Britain's colonial past at school:*
     - *Maya Goodfellow's own experiences: lack of formal teaching (cf. ll. 4/5)*
     - *situation today: still not much systematic teaching (cf. ll. 5/6), colonialism not part of the core curriculum (cf. ll. 8–11)*
   - *problems resulting from the lack of formal teaching:*
     - *British multicultural identity often disregarded or misunderstood (cf. ll. 16–29)*
     - *incomplete knowledge about the origin of race ideologies (cf. ll. 30–35)*
   - *conclusion: unbalanced glorification of Empire (cf. ll. 56–61, 62–65)*

In her article, "Put Our Colonial History on the Curriculum – Then We'll Understand Who We Really Are", published in *The Guardian* in December 2019, Maya Goodfellow criticises the lack of education about colonialism in the British school system. She attributes a limited understanding of history to that lack. (introduction)

Goodfellow herself has had little to no formal teaching on the subject of colonialism in her 14 years in the British school system. Apparently, very little has changed since the author's schooldays: British colonialism is hardly taught at all in schools. Goodfellow mentions that it is not part of the core curriculum. Instead, it is only treated very briefly or in optional modules, which the students can choose to attend or not. (treatment of Britain's colonial past at school)

The result of this is that despite its significance for British history, people often have only a fragmented view of Britain's colonial past and lack an overall understanding of the topic. Goodfellow deduces problems for the present from this omission of the past: she argues that if people knew more about the British Empire and its legacy, this could change their view on British multicultural society today. British identity might be better grasped and seen as something more inclusive, while race ideologies and discrimination could be challenged if people were well-informed about who is or was a British citizen and how and why race ideologies were formed. (problems resulting from the lack of formal teaching)

As it is now, only carefully selected parts of the country's imperial history are commonly known, which leaves a lot of space for misguided interpretations. Consequently, Maya Goodfellow's thesis is that a more thorough historical knowledge would prevent the currently prevailing sentiments of the British as "bringers of civilisation" or of the country as only made up of White citizens. *(287 words)* conclusion

2. *The author's own opinion is already given in the assignment: She thinks "that British colonial history should be part of the curriculum". Furthermore, you have described for task 1 why the British school system's ignorance of the country's imperial history could be seen as problematic. What is left to do now is a closer examination of how Maya Goodfellow expresses her ideas in a convincing manner. Typical means and strategies you could look out for include stylistic devices, sources the author quotes to give her text credibility or the way the readership is made to feel included.*
*The following aspects come up in the sample solution:*
   - *introduction: summary of Maya Goodfellow's opinion*
   - *strategies to create a feeling of inclusivity:*
     - *reference to the author's own background as a second-generation immigrant (cf. ll. 1–4)*
     - *use of the pronoun "we" (cf. heading, ll. 16–18)*
     - *British history/Britishness seen as inclusive (cf. ll. 27, 53/54)*
   - *quoting "authorities" to give her opinion credibility:*
     - *independent review (cf. ll. 12–15)*
     - *academic Gurminder Bhambra (cf. ll. 23–29)*
     - *Labour Party's Emancipation Education Trust (cf. ll. 50–54)*
   - *use of metaphorical language:*
     - *"Britain's past weighs on our present" (introductory lines)*
     - *"History is not stuck in the past." (l. 30)*
   - *current examples to stress relevance:*
     - *Brexit debate influenced by lack of knowledge about colonial history (cf. ll. 36–38)*
     - *climate crisis with connection to colonial history (cf. ll. 46–49)*
   - *invalidating opposing views:*
     - *use of quotation marks to show opposing views as wrong (cf. ll. 37, 41/42)*
     - *opposing view as simplified in contrast to scientifically bolstered arguments: "Four billion people are not poor because of some unhappy accident […]; legacies of colonialism, extractive capitalist economies and racialised hierarchies of power produce poverty." (ll. 44–46)*
   - *criticism of glorification of Empire:*
     - *metaphor "nostalgia and amnesia sitting side by side" (cf. ll. 57/58)*
     - *personification: Britain as "the saviour" (l. 60)*
   - *appeal to include colonialism in the curriculum:*

- *positive word "chance" (l. 62)*
- *ending of article: "if histories of exclusion, colonialism and the fierce resistance to much of this were more widely known, it could mean a more nuanced, inclusive understanding of the present" (ll. 63–65)*

Maya Goodfellow's article is a strong appeal to include teaching about colonialism in the core curriculum of British schools. The author uses different strategies to convince the reader of the significance of such a step. — introduction

Starting with the heading of her article, her use of the pronoun "we" (cf. also ll. 16–18, for instance) sends a strong message of inclusivity. Both she, who is a second-generation immigrant herself (cf. ll. 1–4), and the readers should be interested in defining British history in a new way. Apart from addressing the readers directly, this is also shown in the stress Goodfellow puts on the definition of Britishness. Academic Gurminder Bhambra emphasises that she is British (cf. l. 27) and Black history is also explicitly called "British history" by Labour's Emancipation Education Trust (l. 54). — strategies to create a feeling of inclusivity

Quoting the former two, an individual expert (cf. ll. 23–29) as well as a political committee (cf. ll. 50–54), Maya Goodfellow makes use of another strategy to give credibility and relevance to her opinion: she shows that experts agree with her that a more thorough teaching and understanding of the country's history would be beneficial. Another example of this strategy can be found in lines 12 to 15, when an official review is quoted as concluding that even a political scandal could have been prevented through more knowledgeable individuals. — quoting "authorities"

Goodfellow furthermore uses metaphorical language to illustrate her point. In the introductory lines, the past's "weight" on the present makes it clear that what happened cannot simply be forgotten, an argument which is taken up again in the sentence, "History is not stuck in the past" (l. 30). — metaphorical language

The author further underlines the past's influence on the present when she mentions topics, such as Brexit (cf. ll. 36–38) or the climate crisis (cf. ll. 48/49). These are currently of high relevance and were shaped in one form or the other by events during colonialism that were never genuinely addressed. — current examples

The Brexit example also illustrates another of Goodfellow's strategies, namely her way of treating opposing views. She does give them some room in her article, but by writing ideas like "we [have to] take back control" (l. 37) in quotation marks, she shows them as misguided. The same goes for people with persistently colonial attitudes, who call fellow human beings "backward" or "underdeveloped" (ll. 41/42). That their line of thought — invalidating opposing views is wrong and overtly simplified becomes especially obvious when the understatement of "some unhappy accident" (l. 44) befalling those who are poor is contrasted with the more scientifically correct causes for their poverty, namely "legacies of colonialism, extractive capitalist economies and racialised hierarchies of power" (ll. 45/46).

That ignorance of the true extent of colonialism can also be due to laziness and an unwillingness to leave one's comfort zone is further underlined by the metaphor of "nostalgia and amnesia sitting side by side" (ll. 57/58). It is so much easier and more comfortable to continue seeing Britain as "the saviour" (l. 60) than it is to confront history in its entirety. — criticism of glorification of Empire

However, the end of Goodfellow's article is a strong appeal to do the latter: By using the positive word "chance" (l. 62), the author makes it clear that not all is lost. There is a way to come to "a more nuanced, inclusive understanding of the present" (ll. 64/65) and this way is to be found in education. This is the perfect conclusion to her article, the main message of which is to put colonial history on the school curriculum. *(589 words)* — appeal to include colonialism in the curriculum

3. *"Comment" means that it is sufficient to give arguments for your own opinion. You need not discuss all possible angles. So, in that case, it will probably prove the easiest to agree with Maya Goodfellow that the way history is taught now, incomplete and one-sided, is political too. However, it makes sense to start your answer by explaining the given quote in your own words. Therefore, you might mention reasons why "teaching about colonialism [could be] too political".*
*The sample solution mentions the following points:*
- *introduction: explanation of quote in own words*
- *main part: agreement with Goodfellow's quote*
  - *argument 1: withholding information is political too*
  - *argument 2: exclusion of parts of the population when their history is not addressed*
  - *argument 3: critical discourse is always about seeing things from different perspectives*
- *conclusion: difficult subjects and mistakes are especially important as topics of history lessons because we should learn from them*

introduction

Opponents of teaching British colonial history in a more profound way tend to bring forward the argument that this part of the country's past can never be treated in a neutral and objective way and thus should not be taught at all. Maya Goodfellow, however, counters that its omission from the curriculum is not neutral either. What she means by her criticism is that it is not only what you do, say, or teach that reveals your attitude, but also what you decide to keep quiet about.

I must say that I totally agree with Maya Goodfellow that not talking about colonialism at all will be almost exactly as bad as exploiting it for political propaganda. Of course, one way of spreading propaganda is to show past events in a particularly favourable or unfavourable light, whatever your political agenda demands. However, concealing parts of the truth or intentionally skimming over them can also lead to one-sided attitudes forming or becoming acceptable. That this has indeed happened in the UK can be seen from the fact that the Empire is too often glorified or only seen in a positive light because its unpleasant facts, such as the brutal oppression of and racist attitudes towards the colonised, are simply not widely known.

main part: argument 1: withholding information is political too

Besides keeping the common public un- or misinformed, the silence over such a significant part of the UK's past also excludes large parts of the population by not acknowledging them, their history and often their suffering. The way history is told and the past is remembered always depends on the materials and perspectives which are dealt with in the classroom. Chinua Achebe, a Kenyan author and a prominent voice in postcolonial literature, once explained this phenomenon with the following example: "Until the lions have their own historians, the history of the hunt will always glorify the hunter." So, the colonised and their descendants will only get their say when their stories and voices are included in the official version of British history as well. If they are not, this will perpetuate their role as victims for whom others speak and who do not feel as true and equal members of their society.

argument 2: exclusion of parts of the population when their history is not addressed

Moreover, irrespective of the topic, students should always learn that a real discussion involves seeing different angles. Only this allows a more nuanced view of the world and fosters critical thinking as well as empathy. By acquiring these skills, students will be well prepared for current and future challenges they and society as a whole face. It is no use pretending that there is only one dimension or one accepted view when this is simply not the whole truth. This will never solve any problems, but only generate division and hate.

argument 3: critical discourse always about seeing things from different perspectives

In conclusion, especially for many White people (like myself), colonialism and its effects may be an inconvenient topic to talk about, since our ancestors often do not appear in a positive light in this context. That, however, makes it all the more crucial that this aspect of the past is taught and discussed in class. Mistakes are the worst when you are not prepared to learn from them. Then they can influence the future in a negative way. A well-in-

conclusion

formed mind, on the other hand, can be the first step towards a more open and inclusive society. *(550 words)*

## Abiturprüfung Englisch (Hamburg) – Übungsaufgabe Schreiben 2

*The United Kingdom – Diverse and Disunited?*

## Assignments

### Comprehension

1. Summarise why Doug is sceptical about the referendum's outcome.

### Analysis

2. Compare how Doug and Nigel are presented in the excerpt and analyse whose attitude towards the Brexit referendum is shown as more convincing.

### Comment/Creative Writing

3. Imagine you are a journalist like Doug. You want to write an article in which you express your personal opinion and try to convince people to vote for "Remain". Based on the excerpt and your background knowledge, write that article.

### Jonathan Coe, *Middle England* (excerpt)

*The following excerpt is a conversation between Douglas Anderton, a left-leaning political journalist, and Nigel Ives, a young press officer for the Conservative party. It takes place in March 2016, shortly before the Brexit referendum.*

"Well," said Doug, "since you're convinced it's not going to happen, you don't really need a word for it, do you?"

Nigel smiled happily when he heard this. "Of course – you're absolutely right. It's not going to happen, so we don't need a word for it."

"There you are, then."

"After all, in a year's time, all this silly business will be forgotten."

"Exactly."

"Nobody will even remember that some people wanted to Brixit."

"Quite. Although, you know, some of those people ..." He wondered how to put this. "Well, they're serious players, aren't they? Boris Johnson, for instance. He's a real heavyweight."

"I don't think you should be rude about his personal appearance," Nigel said. "Even though Dave is *very* angry with him."

"He wasn't expecting him to declare for Leave?"

"Not at all." [...]

"And then Michael Gove. Another big hitter coming out for Leave."

"I know. Dave is *very* angry with Michael. Luckily, there are still a lot of loyal, sensible Conservatives who appreciate the benefits of EU membership. [...] But imagine how Dave feels about Michael and some of the others. I mean, he went all the way to Brussels and got us this wonderful deal, and these people still aren't happy."

"A lot of people just don't like the EU," said Doug. "They think it's undemocratic."

"Yes, but leaving it would be bad for the economy."

"They think that Germany pushes the other countries around."

"Yes, but leaving it would be bad for the economy."

"They think too many immigrants have come in from Poland and Romania, and are pushing wages down."

"Yes, but leaving it would be bad for the economy."

"OK," said Doug, "I think I've just found out what the three main planks of Dave's campaign strategy are going to be." Now it was his turn to make some notes. "And what about Jeremy Corbyn?"

Nigel drew in his breath with a long hissing sound, and seemed to visibly recoil. "Jeremy Corbyn?"

"Yes. Where does he fit into this?"

"We don't talk about Jeremy."

"Why not?"

"Why not? Because he's a Marxist. A Marxist, a Leninist, a Trotskyist and a Communist. A Maoist, a Bolshevik, an anarchist and a Leftist. A radical socialist, an anti-capitalist, an anti-royalist and a pro-terrorist."

"But he's also a Remainer."

"Really?"

"Apparently."

"Then of course, we're thrilled to have him on board. But I don't think Dave would be prepared to share a platform with him."

"He won't have to. Jeremy refuses to share a platform with him."

"Good. Well, there you are – it's good to see that political opponents can put aside their differences in the service of a common cause, and agree on something for once."

"Namely, refusing to share a platform with each other."

"Precisely."

"And what about Nigel Farage?"

Nigel drew in his breath with a hiss again. "We don't talk about Nigel Farage."

"There seem to be a lot of things you don't talk about. Why don't you talk about Nigel Farage?"

"Dave came up with a very memorable phrase about UKIP and its supporters. I've forgotten it for the moment, but it was very memorable."

"He called them 'fruitcakes, loonies and closet racists'."

"Really? That was nasty of him. Anyway, we don't take Nigel Farage seriously. Or UKIP. They only have one MP, after all."

"But that's because of first-past-the-post. Actually they have twelve per cent support – which makes them the third-most popular party."

"That's the beauty of our parliamentary system. It keeps the – what was Dave's phrase again?"

"Fruitcakes, loonies and closet racists."

"It keeps the fruitcakes, loonies and closet racists from having any real influence. I mean, think of all the fruitcakes, loonies and closet racists up and down the country, and imagine what would happen if they were given an equal say with everyone else on matters of national importance."

"But that's exactly what this referendum is going to give them."

Nigel sighed. "Negative thinking, Douglas. Always with the negative thinking. Negativity, negativity, negativity. We're about to embark on an amazing exercise in direct democracy. Now come on – you live and breathe politics, don't you? It's been your lifelong passion. Don't you want to see that passion shared with your fellow citizens? What Dave's doing here is starting a *conversation*. For the next three months, the country is going to be consumed, riveted, by a national conversation about Britain's place in Europe and its place in the world. Just think of that! Just think of Mrs Jones ..."

"Who?"

"I'm just giving you an example, a hypothetical example. Just think of Mrs Jones going into the butcher's shop on a Saturday morning. 'Good morning, Mrs Jones,' the butcher might say. 'A dozen rashers of finest back bacon for you and your family, as per usual?' And while he's putting them on the counter and trimming them and wrapping them up, he might say: 'So, what about the impact of these pesky non-tariff barriers, eh? Blow me if they wouldn't have a significant effect on the UK service sector, which makes up eighty per cent of the economy.' And Mrs Jones might say, 'Ah, but under WTO rules –'".

"Nigel," Doug interrupted, "you're completely crazy if you think people are going to be having that kind of conversation. There can't be more than about twelve people in the country who understand how the EU works, never mind how its regulations dovetail into the global economic system. *You* don't understand that and I certainly don't understand it and if you think people are going to be any better informed in three months' time you're living in cloud cuckoo land. People are going to vote how they always vote – with their gut. This campaign's going to be won on slogans and soundbites, and instincts and emotions. Not to mention prejudices – which Farage and his fruitcakes are pretty good at appealing to, incidentally." *(982 words)*

*Jonathan Coe,* Middle England, *Viking/Penguin House, London 2018, pp. 266–269*

**Annotations**

l. 1 *it:* referring to the British people's potential vote for leaving the EU, which, according to Nigel, the Conservatives have been calling "Brixit", ignorant of the more common name "Brexit"

l. 10 *Boris Johnson:* British Conservative politician, London's mayor (2008–2016) and a strong advocate for the "Leave" campaign, later became Secretary of State for Foreign Affairs and Prime Minister

l. 13 *Dave:* referring to David Cameron, British Prime Minister from 2010 to 2016, who initiated the Brexit referendum but was a strong supporter of the EU himself

l. 16 *Michael Gove:* British Conservative politician, minister in Cameron's cabinet, strong advocate for the "Leave" campaign

l. 31 *Jeremy Corbyn:* British Labour politician, leader of the opposition from 2015 to 2020

ll. 37/38 *Marxist, Leninist, Trotskyist, Maoist, Bolshevik:* very leftist political positions, supporting Communism in different forms

l. 51 *Nigel Farage:* British politician, long-standing leader of UKIP (UK Independence Party), a Eurosceptic, right-wing populist political party

l. 57 *fruitcakes, loonies:* offensive terms, synonyms for mad people

l. 57 *closet:* (here:) secret, not open

l. 83 *pesky:* irritating, bothering

l. 86 *WTO:* World Trade Organisation

## Lösungsvorschläge

1. *The excerpt is a dialogue between Doug Anderton and Nigel Ives. For this task, you have to focus on Doug's line of argument. As a working hypothesis, you can write that both Doug and Nigel are pro-European. Yet, while Nigel is confident that the referendum will have a positive outcome, Doug mentions or implies several problems connected with it. You might have to read between the lines and look behind the ironic tone of the excerpt to summarise Doug's concerns.*
*The following points could come up in your solution:*
   - *introduction: excerpt (Doug) critical of Brexit referendum*
   - *influential supporters of "Leave" campaign and disunity of "Remainers":*
     - *even members from PM David Cameron's own party support "Leave" (Boris Johnson, Michael Gove) (cf. ll. 9–16)*
     - *inability of political opponents to unite for a common goal (David Cameron and Jeremy Corbyn) (cf. ll. 43–50)*
   - *people do not vote rationally, but rather with their emotions:*
     - *public attitude against EU ("gut feelings" more pressing than economic considerations) (cf. ll. 21–28)*
     - *people do not understand complex workings of the EU (populist parties' strategy more successful) (cf. ll. 87–95)*
   - *danger of referendum: chance for radical parties to become influential (cf. ll. 58–69)*

In his novel *Middle England*, which was published in 2018, Jonathan Coe treats the idea of a Brexit referendum critically. He does so by letting one of his protagonists, the journalist Doug, voice some reasons why people might vote for leaving the EU although he and his interlocutor Nigel would both prefer the "Remain" campaign to be victorious.

introduction: excerpt critical of Brexit referendum

The first concern Doug mentions is that the "Leave" campaign has quite famous and influential supporters. That some of them come from David Cameron's own party only underlines the fact that the "Remainers", in contrast, cannot present a strong front. Despite sharing the same interests as to the referendum's outcome, they are often disunited and unable to cooperate for a common goal, as the example of Jeremy Corbyn and David Cameron, who are both against Brexit, but not willing to agree with each other publicly, shows.

influential supporters of "Leave" campaign and disunity of "Remainers"

Another worrying aspect is Doug's opinion that people normally do not vote rationally, but rather with their emotions. As the public attitude is biased against the EU, this bodes ill for the outcome of the referendum. According to Doug, most people do not really understand the EU's complex workings and therefore do not grasp the economic benefits the membership brings. In-

people do not vote rationally, but rather with their emotions stead, populist parties' scaremongering and appealing to people's fears and emotions might be the more successful strategy. This is especially true in a referendum which asks people directly for their opinion. Unlike in the UK's first-past-the-post parliamentary voting system, which makes radical parties seem weak and uninfluential, their real basis of support should not be underestimated. *(260 words)*

danger of referendum: chance for radical parties to become influential

2. *As you have already summarised Doug's scepticism for task 1, you can now mainly focus on comparing it to Nigel's attitude. As we can look back on the Brexit referendum in retrospect, we know that its result was not what Nigel believed it would be. So, Doug in his scepticism is right whereas Nigel's exaggerated optimism seems naive and uninformed. You can use this general information as a starting point, but should of course find evidence in the text that supports this depiction.*
   *The following points could come up in your solution:*
   - *starting point: both Doug and Nigel against Brexit, Doug sceptical about referendum, Nigel overtly optimistic*
   - *characterisation of Nigel as naive and almost stupid:*
     - *needs confirmation to bolster his own confidence:*
       - *repetition: "it's not going to happen" (ll. 1, 4)*
       - *repetition: "all this silly business will be forgotten", "Nobody will even remember that some people wanted to Brixit." (ll. 6, 8)*
       - *use of term "Brixit" to show his ignorance (l. 8)*
     - *overtly familiar treatment of politicians:*
       - *pun: "Boris Johnson [...]'s a real heavyweight." – "I don't think you should be rude about his personal appearance" (ll. 10–12)*
       - *Prime Minister called "Dave" (ll. 13, 17, 19)*
       - *simple/childlike language: "Dave is* very *angry with him/Michael." (ll. 13, 17)*
     - *exaggerated and immature reaction to political opponents:*
       - *exaggerated reaction to mention of Jeremy Corbyn: "Nigel drew in his breath with a long hissing sound, and seemed to visibly recoil." (l. 32); "We don't talk about Jeremy." (l. 35)*
       - *enumeration of negatively connoted terms to describe Corbyn (cf. ll. 37–39)*
     - *inability to show a united front with other "Remain" supporters:*
       - *inconsistency: "we're thrilled to have him on board. But I don't think Dave would be prepared to share a platform with him." (ll. 43/44)*
       - *paradox: "it's good to see that political opponents can put aside their differences in the service of a common cause, and agree on something for once." – "Namely, refusing to share a platform with each other." – "Precisely." (ll. 46–50)*

- *underestimation of UKIP and idealisation/glorification of situation:*
  - *paradoxical statements: "Dave came up with a very memorable phrase about UKIP and its supporters. I've forgotten it for the moment, but it was very memorable." (ll. 55/56), "... what was Dave's phrase again?" (ll. 62/63)*
  - *childish answer to "fruitcakes, loonies, and closet racists" (l. 57): "That was nasty of him." (l. 58)*
  - *positive words to describe the current situation: "the beauty of our parliamentary system" (l. 62), "an amazing exercise in direct democracy" (ll. 71/72), "the country is going to be consumed, riveted, by a national conversation about Britain's place in Europe and its place in the world." (ll. 75/76)*

– *characterisation of Doug as composed and more sensible:*
  - *shorter speeches than Nigel*
  - *irony as to the flaws in the Conservatives' campaign ("I've just found out what the three main planks of Dave's campaign strategy are going to be.", ll. 29/30)*
  - *loss of temper (cf. ll. 87–95) in response to Nigel's completely unrealistic image of Mrs Jones and the butcher (cf. ll. 79–86)*
  - *Doug is really "liv[ing] and breath[ing] politics" (l. 72)*

– *conclusion: Doug is right (also in historical hindsight)*

Both Doug and Nigel are politically interested and both are supporters of Britain remaining a part of the EU. Yet, while Doug realistically foresees some dangers inherent in the Brexit referendum, Nigel is presented as overtly optimistic and naive in his belief that the "Remain" side is bound to win the vote.

starting point: both against Brexit, Doug sceptical, Nigel overtly optimistic

Throughout the excerpt, Nigel's behaviour and language are childlike, almost stupid. At the very beginning, he is avid for Doug's confirmation that "[Brexit]'s not going to happen" (ll. 1, 4). He misunderstands him and "smile[s] happily" (l. 3) when he apparently gets what he wants although Doug is in fact only echoing Nigel's own statement. To bolster his own confidence, he repeats the same information twice when he says that "all this silly business will be forgotten" (l. 6) and that "[n]obody will even remember that some people wanted to Brixit" (l. 8). His use of the term "Brixit" (l. 8) instead of the actually common word "Brexit" further proves how ignorant and uninformed about public opinion he really is.

characterisation of Nigel as naive and almost stupid:
needs confirmation to bolster his own confidence

When the conversation turns to the politicians Nigel works for, respectively against, his comically exaggerated ignorance and naivety are further stressed. In a pun, he misunderstands Doug's warning that "Boris Johnson [...]'s a real heavyweight" (ll. 10/11), reacting with the words, "I don't think you should be rude about his personal appearance" (l. 12), as if political influence

overtly familiar treatment of politicians

were only secondary to looks or similarly personal considerations. This impression is continued when he speaks of the Prime Minister as "Dave" (ll. 13, 17, 19) and paraphrases important political disagreements with the simple words, "Dave is *very* angry with him/Michael" (ll. 13, 17).

exaggerated and immature reaction to political opponents

When it comes to political opponents, Nigel's reaction is similarly exaggerated and immature. At the first mention of Jeremy Corbyn, he "dr[aws] in his breath with a long hissing sound, and seem[s] to visibly recoil" (l. 32). Then he categorically crosses him out as a potential topic of conversation (cf. l. 35). When asked for the reason for his refusal to speak about him, Nigel describes the Labour politician with an enumeration of terms denoting a Communist affiliation (cf. ll. 37/38), which culminate in the more and more negative and absurd characterisations as "[a] radical socialist, an anti-capitalist, an anti-royalist and a pro-terrorist" (ll. 38/39).

inability to show a united front with other "Remain" supporters

When Doug points out that Corbyn also supports the "Remain" campaign, a fact which Nigel was not even aware of (cf. ll. 40/41), he makes a complete U-turn and suddenly states that "[they]'re thrilled to have him on board" (l. 43), while at the same time still stressing that "Dave would[n't] be prepared to share a platform with him" (ll. 43/44). This inconsistency builds up to the highly ridiculous praise that Cameron's and Corbyn's good deed for their common aim consists in agreeing not "to share a platform with each other" (l. 49).

underestimation of UKIP

While Nigel's reaction to Jeremy Corbyn is evidence of his party's apparent inability to show a united front with other "Remain" supporters, his refusal to discuss Nigel Farage and UKIP highlights a similarly dangerous tendency to ignore, underestimate and ultimately hide away from political opponents. First of all, it is revealing that Nigel repeatedly forgets "[Dave's] very memorable phrase about UKIP and its supporters", which is a paradox in itself (cf. ll. 55/56, 62/63). When Doug reminds him that the Prime Minister "called them 'fruitcakes, loonies and closet racists'" (l. 57), Nigel again reverts to treating politics in a too familiar and almost childish way when he simply says, "That was nasty of him" (l. 58). Yet, he does not disagree with his boss and refuses to see the party as a real threat.

idealisation / glorification of situation

Instead, he tends to idealise and glorify the situation. For instance, he speaks of "the beauty of our parliamentary system" (l. 62) and brushes away criticism of the referendum by calling it "an amazing exercise in direct democracy" (ll. 71/72), by which the whole country will "be consumed, riveted" (l. 75).

In contrast to Nigel's unrealistic and unworldly idealism bordering on stupidity, Doug is presented as a rather composed and indulgent listener. This can already be seen when comparing Doug's short comments to Nigel's much longer eulogies.

characterisation of Doug as composed and more sensible

Yet, it becomes clear that Doug does see the flaws in the Conservative campaign with keen eyes. For instance, he remarks with dry irony that he knows "the three main planks of Dave's campaign strategy" (ll. 29/30) in reply to Nigel's stubbornly repetitive argument that Brexit "would be bad for the economy" (ll. 23–28).

dry irony

Only at the very end of the excerpt does Doug lose his temper, namely when Nigel paints his completely unrealistic picture of Mrs Jones debating with her butcher about immensely complicated political connections (cf. ll. 79–86). This image is all the more absurd due to the immediate juxtaposition of everyday topics and language, such as "as per usual" (l. 82) or "So, what about [...], eh?" (ll. 83/84), and highly complex issues, such as "non-tariff barriers [and their] significant effect on the UK service sector" (ll. 83–88). Doug finally interrupts him calling him "completely crazy" (l. 87) and "living in cloud cuckoo land" (l. 92). He even exaggerates that "[t]here can't be more than about twelve people in the country who understand how the EU works" (ll. 88/89).

loss of temper in response to Nigel's completely unrealistic image of Mrs Jones and the butcher

This exasperation with the unprofessional and naive way with which the "Remain" campaign is led can be seen as proof for Doug really "liv[ing] and breath[ing] politics" (l. 72). That is why he fears the incompetence of Downing Street's campaign being their country's downfall.

Doug "liv[ing] and breath[ing] politics"

The whole excerpt is written in a comical tone, but with a serious and critical undercurrent: Just like Doug, the reader might see Nigel and the government he works for as ridiculous, presumptuous blunderers. Yet, due to the further historical developments after the Brexit vote, which the reader will probably know about, Doug's scepticism is hardly misplaced "[n]egativity, negativity, negativity" (l. 71), but should be read as an honest and serious warning. *(1,008 words)*

conclusion: Doug is right (also in historical hindsight)

3. *This is a creative task because you have to take on the role of a journalist and write an article. As you want to convince your readers to vote for "Remain", your language should be argumentative and persuasive. Yet, as you are writing as a political journalist, correct language is also expected. When it comes to content, the task makes your position clear: You should argue for the UK remaining in the EU. The excerpt only mentions one clear-cut argument for this position, namely the economic repercussions of a Brexit vote. So, you have to fall back upon your*

*classroom work and background knowledge to find further arguments. However, as the excerpt shows, it might also make sense to take fears and contra arguments seriously. Do not forget to give your article an eye-catching headline and structure it in clear paragraphs.*
*The sample answer contains the following points:*
- *heading*
- *subheading*
- *introduction: contradicting the idea that leaving the EU would be progress*
- *main part: arguments to vote for "Remain"*
  - *economy would suffer from Brexit*
  - *Brexit would weaken Britain's political influence in a globalised world*
  - *values connected with EU membership are worth preserving*
- *conclusion: appeal to consider long-term consequences of Brexit*

**Progressing by "Remaining"**

heading

*Why we should think twice about ending our country's membership in the EU.*

subheading

Progressing by "Remaining"; that sounds like a paradox at a superficial glance. Those in favour of cutting our ties with the EU like to point out that theirs is the way forward and that the bulky bureaucracy of the EU is actually paralysing our country and hindering our progress. Yet, I think we should all think twice before voting for "Leave" in the referendum because we could lose so much more than what we actually want to leave behind.

introduction: contradicting the idea that leaving the EU would be progress

Let's start with the argument, which is apparently the strongest, namely the economic losses Brexit could cause. Campaigners for "Leave" like to calculate all the costs the EU is bringing us, referring to "weaker" economies which "we" have to bail out of their various financial crises. What we should not forget, however, is the fact that we profit so much more than we lose. Of course, there is no business transaction without investments, but Europe is our country's main trading partner and the abolishment of trade barriers is in sum beneficial. For me, it is not self-evident that our country alone would be able to secure similarly good deals with foreign economies or would be seen as a reliable and strong partner on its own.

main part: arguments to vote for "Remain": economy would suffer from Brexit

That leads me directly to my next point: To put it quite bluntly, I think we are kidding ourselves when we exaggerate our country's independence, strength and power in a globalised world. If we leave the EU, we will also refuse to be a part of one of the most influential global players and thereby risk our country's isolation on the political stage. I do not want to deny that there is well-justified criticism of many of the EU's institutions and

political influence weakened in a globalised world

regulations. However, it is only from within that we really have a chance to develop and improve them.

After these "hard facts", let me finish with an appeal to the "soft values" our country's membership in the EU stands for: Founded to promote economic cooperation among its member states, the EU has long since grown into more than a profit-oriented business venture. It also fosters peace, freedom and open-mindedness, be it through youth exchange programmes or the possibility to flexibly live and work in different countries. Do we really want to give up on these achievements for the dubious pleasure of being "our own masters"? Would we not rather be sending a wrong message of backwardness, of being rigidly confined to our own limited set of thinking and thereby of exactly those attitudes that trigger disunity, strife and conflict? Scotland with its pro-European attitude and Ireland, which has only quite recently reached peace by help of EU regulations, can be warning reminders of what is at risk when we leave the path of openness and cooperation.

values connected with EU membership are worth preserving

I want to conclude my article with a very personal request: Every single one of us has the future of our country in their hands when we vote on this 23rd of June. Let us take this responsibility seriously and let us decide not based on some apparent short-term benefits, but with a long-term strategy in mind. In short, let us at least consider intensively to progress by "Remaining". *(546 words)*

conclusion: appeal to consider long-term consequences of Brexit

## Abiturprüfung Englisch (Hamburg) – Übungsaufgabe Schreiben 3

### *Love and Power in Shakespeare's Plays*

*Für Ihr Schwerpunktthema müssen Sie einzelne Szenen aus Shakespeare-Stücken kennen (auch wenn eher unwahrscheinlich ist, dass Ihnen genau eine dieser Textstellen tatsächlich als Prüfungstext im Abitur vorgelegt wird). Mit der folgenden Aufgabe können Sie sich eine dieser Schwerpunktszenen inhaltlich erschließen und zugleich das richtige Vorgehen bei der Schreibaufgabe trainieren.*

### Assignments

**Comprehension**

1. Summarise the reasons which speak against the murder of King Duncan.

**Analysis**

2. Analyse how Lady Macbeth persuades her husband to murder the king.

**Comment/Creative Writing**

3. Imagine you are a criminologist. As such, you write an article for a magazine in which you assess the extent to which ambition can be a powerful motive for committing a crime. Refer to the text and your knowledge from your coursework.

**William Shakespeare, *Macbeth* (excerpt)**

*Having been told by three witches that he will become King of Scotland, Macbeth is torn between the loyalty to King Duncan and his own ambition.*
*The following scene takes place during a banquet at Macbeth's castle attended by King Duncan.*

**Macbeth:** If it were done when it is done, then it were well
It were done quickly: if the assassination
Could trammel up the consequence, and catch
With his surcease success; that but this blow
Might be the be-all and the end-all – here,
But here, upon this bank and shoal of time,
We'd jump the life to come. – But in these cases,
We still have judgment here; that we but teach
Bloody instructions, which, being taught, return
To plague the inventor: this even-handed justice
Commends the ingredients of our poisoned chalice
To our own lips. He's here in double trust;
First, as I am his kinsman and his subject,

Strong both against the deed; then, as his host,
Who should against his murderer shut the door,
Not bear the knife myself. Besides, this Duncan
Has borne his faculties so meek, has been
So clear in his great office, that his virtues
Will plead like angels, trumpet-tongued, against
The deep damnation of his taking-off;
[…] I have no spur
To prick the sides of my intent, but only
Vaulting ambition, which o'erleaps itself
And falls on the other.
*(Enter Lady Macbeth.)*
How now! What news?

**Lady Macbeth:** He has almost supped. Why have you left the chamber?

**Macbeth:** Has he asked for me?

**Lady Macbeth:** Know you not, he has?

**Macbeth:** We will proceed no further in this business:
He has honoured me of late; and I have bought
Golden opinions from all sorts of people,
Which would be worn now in their newest gloss,
Not cast aside so soon.

**Lady Macbeth:** Was the hope drunk,
Wherein you dressed yourself? Has it slept since?
And wakes it now, to look so green and pale
At what it did so freely? From this time
Such I account thy love. Art thou afeard
To be the same in thine own act and valour,
As thou art in desire? […]

**Macbeth:** Prithee, peace.
I dare do all that may become a man;
Who dares do more, is none.

**Lady Macbeth:** What beast was it then,
That made you break this enterprise to me?
When you durst do it, then you were a man;
And, to be more than what you were, you would
Be so much more the man. Nor time, nor place,
Did then adhere, and yet you would make both:
They have made themselves, and that their fitness now
Does unmake you. I have given suck, and know
How tender it is to love the babe that milks me:
I would, while it was smiling in my face,
Have plucked my nipple from his boneless gums,
And dashed the brains out, had I so sworn
As you have done to this.

**Macbeth:** If we should fail?

**Lady Macbeth:** We fail?
But screw your courage to the sticking-place,
And we'll not fail. When Duncan is asleep
(Whereto the rather shall his day's hard journey
Soundly invite him), his two chamberlains
Will I with wine and wassail so convince,
That memory, the warder of the brain,
Shall be a fume […]
What cannot you and I perform upon
The unguarded Duncan? What not put upon
His spongy officers, who shall bear the guilt
Of our great quell?

**Macbeth:** […] Will it not be received,
When we have marked with blood those sleepy two
Of his own chamber and used their very daggers,
That they have done it?

**Lady Macbeth:** Who dares receive it other,
As we shall make our griefs and clamour roar
Upon his death?

**Macbeth:** I am settled, and bend up
Each corporal agent to this terrible feat.
Away, and mock the time with fairest show:
False face must hide what the false heart doth know.
*(Exeunt.)* *(615 words)*

*Excerpt from: William Shakespeare.* Macbeth. *1606. (slightly adapted)*

**Annotations**

l. 3 *to trammel up the consequence:* to be without consequence
l. 4 *surcease:* death
l. 7 *to jump the life to come:* to risk God's punishment
l. 11 *chalice:* cup
l. 17 *has borne his faculties:* has carried out his powers as king
l. 23 *vaulting:* jumping (Macbeth uses a metaphor from horse riding)
ll. 39/40 *thy/thine:* your
l. 42 *prithee:* please, I pray you
l. 47 *when you durst do it:* when you dared to kill Duncan
l. 50 *to adhere:* to be right
l. 52 *I have given suck:* I have breastfed a baby
l. 60 *screw your courage to the sticking-place:* get your courage up
l. 63 *chamberlains:* bodyguards
l. 64 *wassail:* alcoholic drink; a drinking toast, similar to "Cheers!"
l. 69 *spongy:* completely drunk
l. 70 *quell:* murder, slaughter
ll. 78/79 *to bend up each corporal agent:* to tense every muscle in one's body
l. 80 *to mock the time with fairest show:* to deceive the world

## Lösungsvorschläge

1. *The whole scene is about Macbeth hesitating to kill the king and Lady Macbeth trying to convince her husband to go ahead with the murder. The reasons which speak against the deed are therefore likely to be found among Macbeth's considerations. Using your own words, as is required for a summary, should not prove too difficult, because you only have to "translate" Shakespeare's words into more modern language. The annotations will help you to grasp the meaning behind some of the more outdated phrases.*
   *You could mention the following points:*
   - *introduction*
   - *Macbeth's fear of the consequences of his deed (cf. ll. 2–12)*
   - *Macbeth's duty to take care of his guest as a host (cf. ll. 14–16), kinsman and liegeman (cf. ll. 13/14)*
   - *Duncan's character: noble, popular, uncorrupted (cf. ll. 16–20) → the deed cannot be morally justified (cf. ll. 21–24)*
   - *conclusion*

At the beginning of the scene, Macbeth is unsure whether to kill King Duncan or not. Talking to himself, he tries to make up his mind. Although he does not fear God's punishment, there are several reasons against assassinating Duncan.

introduction

First of all, he is afraid that murdering Duncan will lead to serious consequences. The king's followers might take revenge, so that Macbeth, as the killer, might die himself.

fear of the consequences of murder

Furthermore, Macbeth is related to Duncan, which means he would be murdering a family member. As a Scottish nobleman, Macbeth also owes allegiance and loyalty to his king, which implies that he must protect him from harm. Moreover, Macbeth is Duncan's host, and the medieval concept of hospitality forbids the murder of one's vulnerable guest.

duties as a host, kinsman and liegeman

Finally, Duncan has shown many positive qualities as a king and gained a lot of support from his fellow noblemen. Murdering such a good and virtuous king could never be plausibly justified.

Duncan's character

So, Macbeth's reasons against murdering King Duncan are both fear of the consequences and moral reasons. *(172 words)*

conclusion

2. *To fulfil this task, you have to analyse how Lady Macbeth finally persuades her hesitant husband to murder the king. She only enters the scene in line 25 of this excerpt and learns of Macbeth's doubts in lines 30 to 34. So, you can limit your analysis to the part of the text that starts on line 35. You should focus on both the content and form of her statements. Lady Macbeth's argument is well structured. Therefore, it is advisable to copy her line of argument and substantiate the individual aspects with linguistic devices. Quote from the text to support your answer.*

*The following aspects come up in the sample solution:*
- *introduction: summary of the scene's starting point: Macbeth's decision to abandon the murder (cf. l. 30)*
- *Lady Macbeth's strategies of persuasion:*
  - *provocation by questioning Macbeth's manhood (cf. ll. 35–49)*
    - *metaphor: hope was only "drunk" (l. 35) and Macbeth is now suffering from a hangover (cf. ll. 36–38)*
    - *questioning of Macbeth's love (cf. ll. 38/39)*
    - *repetition of "man" (ll. 43, 47, 49)*
  - *pressure through stressing the small window of opportunity (cf. ll. 49–52)*
  - *comparisons between her own courage and reliability and her husband's (cf. ll. 52–57)*
    - *drastic imagery of "dash[ing] the brains out" of a smiling baby (cf. ll. 52–57)*
    - *comparison of her own alleged behaviour and Macbeth's breaking of his promise ("I would [...] had I so sworn/As you have done to this.", ll. 54–57)*
  - *assurance of the feasibility of her plans (cf. ll. 59–77)*
    - *rhetorical questions (cf. ll. 67/68, 68–70, 75–77)*
    - *use of adjectives to underline the simple feasibility of the plan ("asleep", l. 61; "unguarded", l. 68; "spongy", l. 69)*
- *conclusion: Lady Macbeth pushes the right buttons*

introduction

When Lady Macbeth enters the scene, her husband has just decided to abandon the plan to murder Duncan (cf. l. 30), which is the opposite of what she wants. Therefore, she immediately sets upon him and tries to convince him to carry out the crime.

Lady Macbeth's strategies of persuasion: provocation by questioning Macbeth's manhood

Her first strategy is one of open provocation: she compares his ambition to a drunken fancy from which he now awakes feeling sick as if he were suffering from a hangover (cf. ll. 35–38). Thus, she leaves him with the choice of either having been a fool in the past or being one in the present. Then she goes on taunting him by implying that from now on she will see him as a coward rather than a loving husband (cf. ll. 38–41). Knowing full well that she is hitting a sore spot in Macbeth, she forces him to assert his bravery and manhood, which he does immediately (cf. ll. 43/44). This way, she has him hooked. All her subsequent remarks centre on questioning his manliness, repeating the word "man" twice to emphasise the subject (cf. ll. 47, 49). Killing Duncan would be proof of Macbeth's manhood, even enhancing his status (cf. ll. 48/49) from that of a normal nobleman to being a king himself.

pressure through stressing the small window of opportunity

She puts further pressure on him by declaring that he is panicking at the wrong moment (cf. ll. 49–52): both time and place would be perfect to commit the crime. This implies that there is a small window of opportunity which Macbeth is going to miss if he fails to take his chance.

comparisons between her own courage and reliability and her husband's

To prove that even a woman like her is stronger than him, Lady Macbeth claims that in contrast to Macbeth, she would always be as good as her word. She is prepared to sacrifice everything that is dear to her to achieve the crown: "I would, while [the baby] was smiling in my face, Have […] dashed [its] brains out" (ll. 54–56). The juxtaposition of the smiling baby and the violent act of killing it by hitting it on the head shows her cruelty and lack of emotion but also her determination: Lady Macbeth is even prepared to deny her maternal nature to achieve the crown. Once more, she also implies that Macbeth has less willpower than a woman, thereby declaring him unmanly again. To prove her wrong, he needs to commit the murder.

assurance of the feasibility of her plans

She subsequently uses a different strategy: she reveals that she has already made a plan to commit the murder (cf. ll. 61–70). Using a rhetorical question (cf. ll. 75–77), she calms down Macbeth by claiming that the evidence against Duncan's bodyguards will be so strong that nobody would question their guilt. She uses various adjectives to illustrate the situation: the king, "asleep" (l. 61) and "unguarded" (l. 68), and the "spongy" (l. 69) guards would not stand a chance against Macbeth. Therefore, his doubts about pursuing their plan make him appear even weaker.

conclusion

In conclusion, Lady Macbeth's persuasive strategy reveals an intimate knowledge of her husband's character. She hits his weak spot when questioning his manhood and removes his doubts by presenting her plan as foolproof. Macbeth now has no choice but to kill Duncan in order not to appear weak and cowardly and to re-establish her trust in him. *(555 words)*

3. *For this task, you have to write an article on ambition as a motive for murder. You are supposed to take on the role of a criminologist, so make some references to your profession. You should also include certain characteristics of an article, such as a catchy title and a clear structure, etc. To strengthen the argument that ambition is (not) the main motive for committing crimes, you should refer to other plays you have studied during your coursework. The following solution presents the opinion that in the case of many crimes, ambition is not the most powerful motive. You are also free to express an opposing view, of course.*
*You could, for example, use the following argumentative structure:*
   - *introduction: why ambition could be a strong motive*
   - *main part: in the case of many crimes, ambition is not the most powerful motive*
     - *cf.* Macbeth: *Lady Macbeth's persuasion as the driving force behind her husband's deed (ambition alone not sufficient)*
     - *cf. other Shakespearean plays and the motives in them:*

- *jealousy, e. g. in* King Lear *and* Much Ado About Nothing
- *revenge, e. g. in* Romeo and Juliet

– *conclusion: with new criminological methods, ambitions will probably not be "rewarded" by crimes*

### Ambition – an Outdated Motive for Crimes?

heading

introduction

It seems to be typical of the human race that we are constantly trying to better our position in society. Therefore, ambition could be expected to be quite a powerful motive for committing a crime, but is it really? What do both literature and the experience of criminologists tell us about the reasons behind bloody deeds?

main part: in the case of many crimes, ambition is not the most powerful motive: *Macbeth:* Lady Macbeth's persuasion needed

In Shakespeare's famous drama *Macbeth*, while brooding over whether to kill the king or not, the protagonist admits to himself that it is only his "[v]aulting ambition" that drives his murderous thoughts. Macbeth wants to become king, which is the highest position a man can reach in his lifetime. Nevertheless, there is no criminal intent in Macbeth until his wife persuades him to kill Duncan. She knows about her husband's desire for the crown but also about his hesitant nature, which keeps him from giving in to his ambition. Thus, one could argue that ambition is a powerful motive in *Macbeth* but were it not for his wife, this desire would probably not have resulted in Macbeth becoming a murderer.

jealousy *(King Lear, Much Ado About Nothing)*

Further literary examples might illustrate what other motives criminologists encounter in their profession. Shakespeare's works display a variety of motives for committing crimes. Jealousy is one of the most prominent ones, and it is not necessarily connected with the consideration and rationality involved in many crimes driven by ambition. In *King Lear*, Goneril, one of the evil daughters, poisons her own sister, Regan. Despite being a very ambitious person, the killing of her sister is not driven by ambition; it is driven by jealousy. Goneril has fallen in love with Edmund and suspects that Regan also has a romantic interest in him. In *Much Ado About Nothing*, Don John also acts out of jealousy and spite with regard to his half-brother, Don Pedro, who, in contrast to himself, is a legitimate heir: he deceives his brother's friend Claudio by telling him that Hero, Claudio's love interest, is having an affair with Borachio. Deception and defamation are not quite as bad as committing a murder, but they are still crimes, committed with evil intent.

revenge *(Romeo and Juliet)*

Another example of a very ubiquitous motive for crime is revenge, which can also be found in many of Shakespeare's plays. In *Romeo and Juliet*, for example, Romeo is banned from Verona for killing Tybalt. Romeo's motive, however, is not to get further in life by committing the murder. He does not have anything to gain from Tybalt's death. Romeo kills him to take revenge for the killing of his best friend, Mercutio, who has been stabbed by Tybalt in a duel.

In conclusion, ambition and enhancing one's position in life may well be important motives for committing crimes. After all, human beings have always been attracted to power, and probably always will be. However, they are not the only possible motives and maybe not even the strongest or most common. If the public perception is that crimes are mostly committed due to ambition, this perception is most likely flawed. Nowadays, the reasons for committing crimes are much better researched. The methods of investigation and detection have also improved enormously in the last 50 years. So, many people might not be able to achieve the position they have been striving for without being caught by the police. Therefore, it seems likely that people who commit crimes must have a motive that is even stronger or more far-reaching than an increasingly improbable reward. conclusion

*(577 words)*

## Abiturprüfung Englisch (Hamburg) – Übungsaufgabe Schreiben 4

*Love and Power in Shakespeare's Plays*

### Assignments

**Comprehension**

1. State why the author claims that Shakespeare does not belong in the classroom.

**Analysis**

2. Analyse the way the author uses argumentative techniques and language to persuade the readers of his view.

**Comment/Creative Writing**

3. Evaluate the author's view that "most of the kids have no concept of the vitality of [Shakespeare's] youth" (ll. 8/9). Refer to your background knowledge as well as film adaptations that you know.

**Kill Bill: Why We Must Take Shakespeare Out of the Classroom**
Mark Powell

Shakespeare wrote to put money in his pocket, food on the table and fire in the bellies of his audiences, not strike modern teenagers with fear. Most of Shakespeare's audiences were illiterate. His words were chosen to be spoken or heard, not to be read and deadened behind a desk – they wither when performance is removed.

Our schools are full of Shakespeare, but often in completely the wrong places. Old uncle Bill has become the relative that we invite to family gatherings out of habit, not because we actually want to. He sits there in the corner sharing his stories with anyone who'll listen; the adults lend a patient ear out of a sense of duty and most of the kids have no concept of the vitality of his youth.

Even before, and most definitely since, the recent plummet in drama's status as a specialist subject in schools, many young people's first experience of Shakespeare is in an English classroom taught by enthusiastic purveyors of imagination, but primarily non-theatre practitioners. It's an English teacher's remit to analyse language, but pick apart every word of Shakespeare and you've dissected the butterfly – pretty in parts but a nonsensical whole and certainly unable to fly.

A well-meaning English teacher can take a student through the meaning of every word in a sentence and it soon becomes a drawn out and confusing process. Shakespeare's audience didn't know the meaning of every word uttered (uncle Bill was busily making new ones up) but the sounds and pictures they created kept viewers enthralled for hours.

English teachers agree that Shakespeare's language isn't intended to be desk-bound; it's crafted for stage. Simple. Well, not so simple these days. Recent governments have decreed that Shakespeare is so key to our national identity and intelligence that he should be studied by all the children in a specific year group. Great, you might say, but it's not.

Over the past few years I've welcomed fewer and fewer school groups to our theatre. The planning and paperwork involved is prohibitive. Consider as well the amount of staff needed to accompany such a group and the knock-on cost of cover needed back at school. Don't forget the travel time to get to a theatre for what is often a three hour show, plus travel time back. Trips can rarely happen in a school day because of other "core" subjects missed, and teachers can't be relied upon to give up their evenings to deliver what has become a luxury.

If a teacher does manage to get kids to a theatre for a rare visit, it's not always useful. Students who are inexperienced theatregoers think that a particular director's version is how Shakespeare intended his play to be done, when actually the personal interpretations can be brave, boring or bad enough to put a child off theatre for life. So, a teacher keeps the class in school and tries hard to explain the play.

Teachers are supposed to have all the answers, but dramatic literature is a playground of opinions: why does Juliet say this? Why would Macbeth do that? The real answer is that we don't know, but teachers are not encouraged to say just that: "I don't know." Their own suppositions are often reported back in essays as facts. Plays aren't meant to be taught like this. They are meant to be explored on their feet. Actors and audiences are supposed to argue over meaning, finding multiple ways of delivering word and deed.

Our BTEC acting course has just started work on *The Tempest*. These are engaged, talented young people from a range of secondary schools who auditioned to be on the course, but the majority expressed disdain, dislike and hatred for poor uncle Bill. They had all experienced him separately in schools, behind desks. Shakespeare had made them feel stupid rather than empowered.

Let's give English teachers a break, give drama teachers a boost and give young people an important sense of equality. You don't need an expensive education to understand the words, but you do need the luxury of time, space and specialism to put his words on their feet and try them out. *(694 words)*

*Mark Powell: "Kill Bill: Why We Must Take Shakespeare Out of the Classroom." In:* The Guardian, 


**Annotations**

l. 10 *plummet:* Since 2012 various decisions in educational policy have severely decreased the status of drama as a school subject.

l. 45 *BTEC (Business and Technology Education Council):* provides secondary school leaving qualifications and further education qualifications

## Lösungsvorschläge

1. *Both the heading of the article and the wording of the task tell you that Mark Powell is against Shakespeare being taught at school. All that remains for you to do is to find the reasons for this attitude in the article and summarise them in your own words. Do not quote from the text directly, but try to group your findings into larger contextual paragraphs.*
   *You could mention the following points:*
   - *introduction*
   - *wrong theoretical approach to Shakespeare's lively plays:*
     - *Shakespeare's plays are to be seen and heard but not to be read (cf. ll. 3/4, 21/22)*
     - *declining importance of drama as a school subject (cf. ll. 10–13)*
     - *difficulties in taking school groups to the theatre for organisational reasons (cf. ll. 26–32)*
   - *analysis of plays makes them seem boring and overly complicated:*
     - *studying and teaching Shakespeare is more a duty than a desire (cf. ll. 6/7, 22–24)*
     - *English teachers' analysis of Shakespeare's words → depriving the plays of their entertainment value, confusing (cf. ll. 13–20)*
   - *Shakespeare lessons do not encourage discussion or student empowerment:*
     - *teachers seen as omniscient experts instead of discussing the plays' meaning (cf. ll. 38–44)*
     - *dealing with Shakespeare makes students feel ignorant (cf. ll. 48/49)*
   - *conclusion: Shakespeare should be taught in drama lessons, not in English lessons*

In his article "Kill Bill: Why We Must Take Shakespeare Out of the Classroom", published in *The Guardian*, Mark Powell argues that Shakespeare's plays should no longer be taught in English lessons. — introduction

The most important reason he gives in this regard is that these plays are not supposed to be read but to be seen and heard in a theatre. This, however, is becoming more and more difficult as the regulations for taking school groups to the theatre are getting stricter and stricter, according to the author. Moreover, he complains, decisions in educational policy have reduced the importance of drama as a school subject in its own right. — wrong theoretical approach to Shakespeare's lively plays

Powell holds the view that Shakespeare is taught more out of a sense of duty than from a real desire to deal with his works. He adds that English teachers tend to analyse Shakespeare's words and thus deprive his plays of their entertainment value. He claims that this approach to Shakespeare makes it more difficult for students to understand the texts and thus leads to even more confusion. — analysis of plays makes them seem boring and overly complicated

Finally, teachers are believed to know how to interpret Shakespeare's plays, so instead of the meaning of the plays being discussed, students just convey their teachers' understanding of the plays in their essays. As a result, Powell's experience shows that students hate Shakespeare because reading his plays makes them feel ignorant. Shakespeare lessons do not encourage discussion or student empowerment

All in all, Powell argues that plays should not be taught by English teachers but by drama teachers, who teach their students how to stage Shakespeare's plays. *(254 words)* conclusion

2. *You have already summarised the author's arguments for why Shakespeare should be taken out of the classroom in task 1. Now you need to focus on how he makes this message clear and tries to convince his readers to adopt the same opinion. Important means you could mention are stylistic devices, the general argumentative structure of the text and the sources/authorities the author quotes, etc. Always make sure that you not only list the techniques used but put them in a meaningful context.*

   *The sample solution mentions the following points:*
   - *introduction*
   - *contrast between the original intention behind the plays and how they are handled today (cf. e. g. ll. 1–4, 21/22)*
   - *metaphors of "killing" Shakespeare's plays:*
     - *plays "wither" (l. 4) like flowers without water if they are not performed → importance of seeing the plays in a theatre*
     - *analysing Shakespeare is like "dissect[ing] the butterfly" (l. 14) → easier for the reader to imagine the detailed approach that is taken to deal with Shakespeare, and its consequences: butterfly is dead, imagination is not stimulated*
     - *plays have to be "on their feet" (ll. 42, 53) → vitality of performances*
   - *effects of "deadening" approach on students:*
     - *enumeration ("disdain, dislike and hatred", l. 47) → studying Shakespeare in school makes students hate the Bard*
     - *contrast ("stupid rather than empowered", l. 49) → Shakespeare makes them feel ignorant*
   - *allegory of "[o]ld uncle Bill" (cf. ll. 6–9) → easy for the reader to imagine the situation*
   - *expert knowledge of decisions in educational policy:*
     - *references to recent decisions in educational policy (cf. ll. 10/11, 22–25) → displays his authoritative knowledge in order to come across as more trustworthy*
     - *anticipation of the readers' reaction, which he seeks to contradict (cf. ll. 24/25) → refutes counterarguments*
     - *listing numerous reasons why fewer and fewer school groups come to the theatre (cf. ll. 27–32)*

- *alliteration, enumeration (cf. l. 36) → if one manages to take students to a play, it might even be a poor performance*
- *personal experience (cf. ll. 45–49) → students are going to act in a Shakespeare play on stage even though most of them learned to hate him at school*

– *concluding appeal (cf. ll. 50–53)*
– *conclusion of most important strategies*

The author stresses his view that Shakespeare should be removed from the classroom by employing different argumentative techniques which are supported by stylistic devices such as contrast, figurative speech, allegory and imperatives. — introduction

Throughout the text, Powell emphasises that Shakespeare cannot be taught without his plays being acted out or at least seen in a theatre. To prove this assertion, he describes what Shakespeare intended to achieve with his plays when he wrote them 450 years ago, namely "to put […] fire in the bellies of his audiences, not strike modern teenagers with fear" (ll. 1/2). The contrast underlines the counterproductive effect Shakespeare's plays have when taught inside today's classrooms. Further contrasts which stress that the plays belong on stage can be found in lines 3 to 4 and 21 to 22. — contrast between the original intention behind the plays and how they are handled today

The author also claims that Shakespeare's plays are dead if their language is analysed and they are not put "on their feet" (l. 42). When he makes this point, he uses figurative speech. For instance, he employs the verb "wither" (l. 4) to describe what happens to the words "when performance is removed" (l. 4) and compares the analysis of the plays' language to "dissect[ing] the butterfly – pretty in parts but a nonsensical whole and certainly unable to fly" (ll. 14/15). The comparison to the butterfly allows the readers to vividly imagine the detailed approach that is taken when dealing with Shakespeare in the English classroom. Furthermore, most people would probably not want to dissect a butterfly, as this would slowly destroy its beauty, merely leaving parts of a dead body. So it can be deduced that they would not want to analyse Shakespeare word by word either. — metaphors of "killing" Shakespeare's plays

Powell uses different stylistic devices to stress the effect this approach has on the students. He employs enumeration to show the damage it causes, with students left feeling "disdain, dislike and hatred" (l. 47) for the poet. Using contrast, he points out that dealing with Shakespeare's plays makes students "feel stupid rather than empowered" (l. 49). Thus, it seems entirely counterproductive to teach Shakespeare at school. — effects of "deadening" approach on students

Additionally, the author argues that Shakespeare is only dealt with out of a sense of tradition rather than enthusiasm. To stress this argument, Powell employs an allegory in which he calls — allegory of "old uncle Bill"

Shakespeare "[o]ld uncle Bill" (l. 6) and compares him to a relative whom we invite "out of habit, not because we actually want to" (ll. 6/7). The reader can easily relate to this situation as it is a typical experience many families share.

Powell argues that the situation is getting worse due to recent decisions in educational policy. Dealing with Shakespeare has become obligatory for students "in a specific year group" (l. 24). Powell assumes that many readers might agree with that decision and therefore anticipates what readers might think, only to contradict them: "Great, you might say, but it's not" (ll. 24/25). He can thus refute possible counterarguments. The problem he perceives is that the status of drama as a subject in its own right has declined. The word "plummet" (l. 10) emphasises the seriousness of the situation. To make matters worse, it is also becoming harder and harder for teachers to take their students to the theatre because of the "planning and paperwork involved", which he calls "prohibitive" (l. 27). The adjective stresses the hopelessness of the situation. Furthermore, Powell lists numerous other reasons why fewer and fewer students come to the theatre (cf. ll. 26–32). On the rare occasion that a group attends a performance, they even risk seeing a poor one. Here Powell uses enumeration and alliteration to make his point ("brave, boring or bad", l. 36). The readers readily believe the author as he has first-hand experience (cf. ll. 45–49) and therefore radiates authority. Increasing the importance of Shakespeare in the national curriculum whilst weakening drama as a subject at the same time does not seem to make much sense.

expert knowledge of decisions in educational policy

Finally, the author uses imperatives (cf. l. 50) and enumeration (cf. l. 52) to summarise his demands in a nutshell. As he does so in the last paragraph of his comment, the readers can easily keep his demands in mind.

concluding appeal

To sum up, Powell uses the historical perspective, a humorous allegory and his personal experience to support his most important argument for taking Shakespeare out of the classroom: the fact that a play is pointless if it is not performed. *(739 words)*

conclusion: summary of most important strategies

3. *You should start by explaining the meaning of the quote in your own words. The word "evaluate" means that you need to look at the quote from different angles and find arguments that both confirm and refute its message. In the end, you should come to a conclusion and state this opinion concisely.*
   *The sample solution mentions the following points:*
   - *introduction: explanation of quote: young people do not understand that Shakespeare's plays are still up-to-date*

- *main part: evaluation of quote*
  - *arguments that confirm the message conveyed by the quote:*
    - *difficulty of Shakespeare's language*
    - *old-fashioned characters and values (e. g. role of women)*
  - *arguments that refute the message conveyed by the quote:*
    - *modern adaptations can bring the plays to life*
    - *Shakespeare's topics are still important today, e. g. love, power, jealousy*
- *conclusion: attractiveness of Shakespeare's plays depends on how the plays are put on stage, turned into films or discussed in class*

In his article, Mark Powell claims that young people today fail to see that Shakespeare's plays are still up-to-date. According to him, they are bored by the plays because they do not grasp the energy and enthusiasm that is inherent in them. Whereas it is certainly true that it is difficult to fill young people with enthusiasm for Shakespeare, it is not impossible. — introduction

The main reason why it is hard for young people to accept that Shakespeare's plays are still up-to-date is probably their language. These plays were written about 450 years ago in Elizabethan English and many of their words are outdated, such as "thee" and "thou". Furthermore, Shakespeare made up a lot of words, some of which have become part of everyday language, but sometimes their meaning is difficult to grasp. Therefore, this language is hard for British teenagers to understand, and all the more so for learners of English as a second language. They need to decode the meaning of Shakespeare's words before they can grasp the ideas he wants to convey, which often requires a painstaking effort. — main part: arguments in favour of the quote: difficulty of Shakespeare's language

Moreover, some of his characters and their values seem old-fashioned. The role of women especially has changed considerably. These days, they are not usually dominated by their fathers or husbands. — old-fashioned characters and values

On the other hand, modern theatre productions and films can demonstrate Shakespeare's vitality. As teenagers are more likely to go to the cinema than to the theatre, films are an adequate medium to use to bring Shakespeare closer to young people. Baz Luhrmann's film adaptation of *Romeo and Juliet*, for example, is set in the present but still uses Shakespeare's words. Alongside the film's very powerful imagery, Shakespeare's play becomes understandable and topical. — arguments against the quote: modern adaptations can bring the plays to life

Moreover, the action in the film is convincing to a young audience. Romeo and Juliet are madly in love with each other and cannot imagine their lives apart. Even though today most young people would hopefully not commit suicide out of lovesickness, they still dream of passionate and overwhelming love. Other — timeless topics plays deal with jealousy, hatred or ambition, for instance, which are also feelings that young people today can easily share.

All in all, it is a question of how Shakespeare's plays are put on stage or adapted to film in my opinion. If these productions manage to convey the impression that the action and the message are still important today, many young people will readily accept Shakespeare's vitality. conclusion *(403 words)*

# Abitur 2019 Englisch (Hamburg) – grundlegendes Anforderungsniveau

## Hörverstehen

You will hear each recording **twice**. After each listening you will have time to complete your answers.

### Task 1: Political participation

6 BE

You will hear six young people talking about political participation.
While listening, match the headings A to G with the speakers 1 to 6.
There is one more heading than you need.

**Opinions:**

**A** Maturity required

**B** Getting actively involved

**C** Fines for not participating

**D** Too little democratic awareness

**E** Modern means of communication

**F** Financial obligations and political voice

**G** Legal change for adolescents suggested

| speaker | 1 | 2 | 3 | 4 | 5 | 6 |
|---|---|---|---|---|---|---|
| opinion | | | | | | |

### Task 2: Serial migration

6 BE

You will hear an excerpt from a BBC radio interview with Anne Phoenix, a professor at the Institute of Education, University College London. While listening, take notes on the following points. You need not write complete sentences.

1. Focus of Anne Phoenix' research:
   - ______________________________
2. Two definitions of serial migration the interview is about:
   - ______________________________
   - ______________________________

3. Type of work done by female migrants:
   - ______________________________

4. The consequences migration has for the families:
   - ______________________________
   - ______________________________

**Task 3: Studying abroad and modern media** 7 BE

You will hear a report about studying abroad and the use of modern technology. While listening, tick (✓) the correct answer (a, b, c or d). There is only one correct answer.

1. When Katie's phone broke, she
   a) ☐ felt insecure.
   b) ☐ felt homesick.
   c) ☐ had a good time.
   d) ☐ had a surprising encounter.

2. Wairimu Ndirangu finds that the use of social media
   a) ☐ has pros and cons.
   b) ☐ needs to be banned.
   c) ☐ should be restricted.
   d) ☐ should be encouraged.

3. Barbara Hofer states that social media
   a) ☐ improves students' cultural awareness.
   b) ☐ is also part of the host country's culture.
   c) ☐ has a major impact on students' experiences.
   d) ☐ helps to learn the language of the host country.

4. Exchange students in Japan who used modern media
   a) ☐ made more Japanese friends.
   b) ☐ learned Japanese less successfully.
   c) ☐ spent less time at the Japanese university.
   d) ☐ found it easier to understand Japanese culture.

5. Modern media can
   a) ☐ teach students responsibility.
   b) ☐ prevent students from becoming independent.
   c) ☐ discourage students from going on exchanges.
   d) ☐ help students abroad to better deal with problems.

6. Another result of the study is that some modern media
   a) ☐ distract students from learning.
   b) ☐ help students to deal with frustration.
   c) ☐ make a lot of students miss their families even more.
   d) ☐ encourage students to become more computer-savvy.

7. Zoe Kaslow has learned that disconnecting
   a) ☐ encourages creativity.
   b) ☐ makes stays abroad harder.
   c) ☐ was not an option for her back home.
   d) ☐ led her to concentrate more on her environment.

**Task 4: Youth in trouble** 4 BE

You will hear the beginning of a radio report about a juvenile rehabilitation center. While listening, answer the following questions. You need not write complete sentences.

1. Why are the young people in this juvenile rehabilitation center? (Give two reasons.)
   - ______________________________
   - ______________________________

2. What life skills does Lisa Elder teach? (Give two examples.)
   - ______________________________
   - ______________________________

## Sprachmittlung

### Assignment

You are taking part in an international youth project about sustainable food consumption in different countries.

Write a blog entry for the project website, presenting *Mealsaver.*

**Zum Wegwerfen zu schade**

Von Marvin Strathmann

*Wie Start-ups und Initiativen versuchen, mithilfe von Apps die Verschwendung von Essen zu reduzieren.*

Kurz vor Ladenschluss im Hamburger Café Philo. In einer weißen Box liegen ein Stück Quiche, zwei Scheiben Baguette und ein gemischter Salat mit Caesar-Dressing. Eigentlich müsste das Café diese Lebensmittel wegwerfen, morgen wären sie unverkäuflich. Das Brot wäre vertrocknet, der Salat nicht mehr frisch. Doch Rettung naht bereits – in Gestalt von Ilona Ardiuschkina.

Ein Mitarbeiter des Cafés sieht auf Ardiuschkinas Smartphone, tippt auf den Bildschirm, dann darf Ardiuschkina die Box mit dem Essen mitnehmen. Bezahlt hat sie vorab per Handy. Mealsaver heißt die App, die ihr eine Freundin empfohlen hat. Mit ihr soll Lebensmittelverschwendung bekämpft werden.

Über Mealsaver können Restaurants und Geschäfte am Ende des Tages übrig gebliebene Lebensmittel Nutzern der App billiger anbieten. Was es gibt und wie viel die Nutzer sparen können, hängt vom Restaurant und vom Tag ab. […]

Dahinter steckt ein Berliner Start-up mit 16 Mitarbeitern, die EatUp GmbH. Seit Oktober bieten etwa 150 Restaurants übrig gebliebene Lebensmittel in der Hauptstadt an. Hamburg ist seit Dezember dabei, dort sind es bisher etwa 25 Restaurants. Weitere Städte sollen folgen.

In Deutschland landen der Umweltorganisation WWF zufolge jedes Jahr mehr als 18 Millionen Tonnen Lebensmittel im Müll. Weil man sich beim Wocheneinkauf verschätzt hat, Gemüse zu klein oder zu krumm gewachsen ist oder im Supermarkt Joghurt aussortiert werden muss, der am Tag darauf abläuft. Und eben, weil Restaurants, Cafés und Bäckereien ihre Waren am nächsten Tag nicht mehr anbieten können oder wollen. Mealsaver soll helfen, das zu vermeiden, wenigstens im Kleinen. „Vorher hatte ich etwa fünf Liter Reste pro Tag", sagt Anja Merten, die Inhaberin des Cafés Philo. „Jetzt eigentlich gar keine mehr, nur noch das, was auf den Tellern übrig bleibt. Ich kann Gerichte verkaufen, die ich sonst weggeschmissen hätte und der Kunde bekommt ein gutes, günstiges Essen."

Die Boxen kosten meist zwischen zwei und vier Euro. Das Geld geht nicht komplett an die Restaurants. Einen Euro erhält Mealsaver für die Vermittlung und die Gebühren an Paypal. Das Unternehmen stellt auch die biologisch abbaubaren Boxen bereit, die mit Essen gefüllt werden. Die App zeigt Restaurants, die die sogenannten

Foodboxen anbieten, in einer Liste an und sortiert sie nach ihrer Nähe zum Standort des Nutzers.

Auch auf einer Karte können sie angezeigt werden. Die App erkennt allerdings immer wieder mal den Standort nicht und schlägt den Nutzern dann auch Restaurants in 250 Kilometern Entfernung vor. Außerdem dauert es manchmal recht lange, bis die Karte geladen hat. Ein Neustart der App löst meist die Ortungsprobleme.

Außer der Entfernung bietet Mealsaver weitere Informationen zu den Restaurants an: Welche Gerichte werden angeboten, wie viel kostet eine Foodbox, wann können Nutzer sie abholen. Tippen die Nutzer auf die Vorschau, zeigt die App eine kurze Beschreibung des Restaurants an, die genaue Adresse und wie viele Foodboxen es dort noch gibt. Über den „Auswählen"-Knopf können Nutzer schließlich die Zahl der Boxen bestimmen und bestellen. Allerdings können Nutzer nur mit einem Paypal-Konto bezahlen.

Nach dem Kauf erhält der Nutzer einen virtuellen Gutschein. Den kann er einlösen, wenn er das Essen abholt. Ein Nachteil: Viele Restaurants verkaufen ihre Foodboxen erst spät am Abend, kurz bevor sie schließen. So kann der Kunde das Essen beispielsweise erst um 21 Uhr oder noch später abholen. Bei Bäckereien und Cafés sieht es anders aus, sie können schon am Nachmittag übrig gebliebene belegte Brötchen in die Box packen. *(547 Wörter)*

*Marvin Strathmann: Zum Wegwerfen zu schade.* Süddeutsche Zeitung *24. 01. 2017, https://www.sueddeutsche.de/wirtschaft/lebensmittelverschwendung-zum-wegwerfen-zu-schade-1.3347226?reduced=true*

## Lösungsvorschläge

### Hörverstehen

**Text 1: Political participation**

1. I think a big cause of political apathy is a lack of education. So students are usually taught that democracy is something that happens in government. So you vote for people and that's the end of democracy.
2. I don't think that lowering the voting age to 16 is a very good idea at all because I just don't think 16-year-olds have enough life experience to be able to vote properly. And adults over 18, I think they're much better equipped to make these big political decisions.
3. There's lots of ways you can make a difference other than voting. You can make sure you're in contact with your MP or a representative by writing to them, by giving your opinion, by meeting them at public meetings. If you're unhappy with something they're doing, you can join a pressure group, you can lobby politicians.
4. I think the voting age definitely (should) be lowered to 16. Those who are older will not be around to see the effects of what they're voting … what they voted for, but the 16-year-olds will be and therefore I think that perhaps they have a greater right to vote.
5. OK, so I think the best way for young people to get involved in political and social processes is through using social media because young people are constantly staring at their phones nowadays and looking down at a screen. That's the most effective way to get the message through to them. If young people are exposed to political ideas regularly and on a daily basis then that's the best way to get the message across.
6. So one of the fundamental principles which made the Americans decide that they wanted to declare their independence from Britain in the 18th century was the idea that if you pay taxes, you can decide how the money is spent and because immigrants pay taxes, normally in the countries they live in, if they live there and if they work there, then the idea that they wouldn't be able to decide with everyone else how that money is spent by their government, I think that's a very bad principle. So, for that reason, if you can pay the tax, you have to decide, be able to decide how the money is spent. I think immigrants should definitely be able to vote.

*Ministerium für Bildung und Kultur, Saarbrücken* – Political Participation, *2017*


| **speaker** | 1 | 2 | 3 | 4 | 5 | 6 |
|---|---|---|---|---|---|---|
| **opinion** | **D** | **A** | **B** | **G** | **E** | **F** |

Distraktor: C

## Text 2: Serial migration

**Reporter:** Ann Phoenix, let's hear more about your work on identity. So, you're a professor at the Institute of Education (University College London) where you and a team are researching how childhood experiences in family life inform the identity of the adults that they grow up to become, and one of the family setups that you're paying special attention to is the case of children from the Caribbean who come to Britain to join their parents who are already here in a process called serial migration. Are these transnational families becoming more common in a globalised world?

**Ann Phoenix:** Yes, they are, and serial migration means two things frequently. One, where people move to one place and then they either don't like it or there's a reason to move on to another one and they move somewhere else. And the sense in which I'm using it here is not that, it's where members of the family migrate in series so that one person migrates, and then another, or a couple migrate and then later on somebody else. And it was very common for Caribbean families to have parents migrate first and then children join them later. So serial migration where the children were joining them. But you're absolutely right, Jo, that it's becoming much more common around the world and one reason is that more women are migrating, often from the global south, so many different countries in the global south, to the global north in order to work in care, whether that's looking after children, or elders. And they do that because they can then provide better for the children left behind.

**Reporter:** Is that a real split that you observe in the world? Between those parts of the world where you expect mother and child to stay together and for separation to be the unusual situation. And parts of the world where actually maybe that separation is quite common, often for financial reasons.

**Ann Phoenix:** Well, in the global north, it's taken for granted that attachment is key and that attachment requires co-residence of parents and children. So that's frequently taken for granted and many parents can actually achieve that for their children. But in much of the world, whether across countries or within countries, parents have to make the best arrangements that they can for their children, economically as well as emotionally, and that does involve, for many of them, being away from their children for certain periods. So, for example, in the Philippines, something like nine million children, and this is an estimate from UNICEF, are living away from their mothers, while their mothers have migrated for reasons of employment and, you know, that is roughly a quarter of the children. In places like Moldova, a third of children will be living away from their parents, and so on, and we don't have good figures. But yes, so there is a split between those who are able to do this and those who are not able.

*BBC World Service – The Forum, "A single world, many identities?" (2016, 13 April), www.bbc.co.uk/programmes/p03py4zc*

1. Focus of Anne Phoenix' research:
   **childhood experiences and how they form identities**
2. Two definitions of serial migration the interview is about:
   - **moving somewhere and then moving on to somewhere else**
   - **family members migrating one after the other (second party joining later)**
3. Type of work done by female migrants:
   **working in care, either for children or for elders**
4. The consequences migration has for the families:
   - **children are separated from their parents**
   - **children are provided for financially**

## Text 3: Studying abroad and modern media

**Hinweis:** Aus lizenzrechtlichen Gründen ist die ungekürzte Original-Passage der NPR-Sendung abgedruckt. Die in der Abituraufgabe nicht berücksichtigten Passagen sind durch eine kleinere Schriftgröße kenntlich gemacht und für die Bearbeitung der Aufgaben nicht relevant.

**Rachel Martin,** *Host:* A record number of American college students are studying abroad – nearly 300,000 according to the most recent data. Educators say that's good – that international education promotes cross-cultural understanding. But many in the field also worry the influx of technology and social media may make it harder for American students to fully immerse themselves abroad. Vermont Public Radio's Nina Keck has more.

**Nina Keck,** *Byline:* It's late afternoon and Kris Roberts fixes a cup of tea, sets up her iPad and calls her daughter.

**Kris Roberts:** Hi.

**Katie Fusco:** Hi, Mom. How are you?

**Roberts:** How are you, honey?

**Keck:** Roberts is in Vermont. Her 18-year-old daughter, Katie Fusco, is 4,000 miles away in Brazil. The two sit down for a video chat about once a week and text every few days. Fusco says she's been on social media as much, if not more, in Brazil. And while she likes being able to catch up with family and friends, she admits last month her phone broke and she was surprised to find the two weeks without it were the best of her trip.

**Fusco:** Without my phone I would just stay downstairs and talk with my family. And it was, like – it was great. And now I have my phone back and I just kind of leave it in my room now because I don't like it anymore.

**Keck:** Technology was a hot topic at a recent study abroad fair at Middlebury College. Wairimu Ndirangu has directed St. Lawrence University's Kenya program for 15 years.

**Wairimu Ndirangu:** We talk about it all the time. It's nice that students get connected and feel safe in that way, but then, on the other hand, we feel like we are losing quite a bit of the full student when they are plugged to the other side.

**Keck:** It's something Barbara Hofer, a psychology professor at Middlebury College, is researching. She says she was shocked at how intrusive social media had become while leading American students through Europe.

**Barbara Hofer:** Before they ate a meal in a German pub having to take a picture of the big beer and the food before they actually ate it because they need to immediately post it on Facebook to let everybody back home know what they're doing.

**Keck:** Technology can certainly help students abroad, says Hofer, but she's found it definitely comes with a price. For example, she was part of a study abroad program in Kyoto, Japan, 10 years ago just as American students began to own cellphones. Hofer says the faculty felt those phones greatly hurt students' ability to learn Japanese and understand the culture.

**Hofer:** Prior to that time, when students lived in host families, they had to contact the host family via the landline in order to speak to the student who was living there in order to make plans. That required using a different form of the language and the way that you interact with your elders.

**Keck:** Historically, Hofer says students abroad have had to find their own solutions to problems that come up. But in her study she found that American students connected with their parents an average of 22.4 times a week, making those important lessons of autonomy and responsibility harder to learn. The Middlebury researcher says one of the most surprising findings from her study is that face-to-face connections, like Skype, make many students more homesick, not less. Zoe Kaslow, a senior at Middlebury who spent a semester in Indonesia, says it takes time to find the right balance.

**Zoe Kaslow:** At the beginning of the program, I relied a lot on the Wi-Fi and having access to the Internet, but I noticed that I didn't actually feel better after I had access to the Wi-Fi. I felt pretty anxious, kind of waiting to get messages. There was a 12-hour time difference from home, and it was just really frustrating.

**Keck:** After several weeks, she gave up and focused more on her surroundings and says since coming home she's chosen to be less connected. For NPR News, I'm Nina Keck in Chittenden, Vermont.

*https://www.npr.org/2015/02/10/385267279/tech-may-get-in-the-way-of-good-culture-shock-while-studying-abroad*

1. When Katie's phone broke, she
   c) ☑ had a good time.
2. Wairimu Ndirangu finds that the use of social media
   a) ☑ has pros and cons.
3. Barbara Hofer states that social media
   c) ☑ has a major impact on students' experiences.
4. Exchange students in Japan who used modern media
   b) ☑ learned Japanese less successfully.

5. Modern media can

   b) ☑ prevent students from becoming independent.

6. Another result of the study is that some modern media

   c) ☑ make a lot of students miss their families even more.

7. Zoe Kaslow has learned that disconnecting

   d) ☑ led her to concentrate more on her environment.

### Text 4: Youth in trouble

**Hinweis:** Aus lizenzrechtlichen Gründen ist die ungekürzte Original-Passage der NPR-Sendung abgedruckt. Die in der Abituraufgabe nicht berücksichtigten Passagen sind durch eine kleinere Schriftgröße kenntlich gemacht und für die Bearbeitung der Aufgaben nicht relevant.

**Audie Cornish,** *Host:* The NPR Ed team has been on the lookout for great teaching, and this led them to Lisa Elder. She teaches delinquent kids about manners, laundry and a good handshake. And she does this at a juvenile facility in Vermont. Elissa Nadworny has the story.

**Elissa Nadworny,** *Byline:* Drugs, theft, assault and life coaching – welcome to Woodside Juvenile Rehabilitation Center, Vermont's only facility for youth in trouble. Young people come from all over the state for smaller crimes like shoplifting or selling drugs to felony charges like sexual assault or murder.
On the second floor, Lisa Elder's classroom. She doesn't teach math or English, though they're offered here. She doesn't have a lesson plan or an attendance book. She does have a large walkie-talkie.

**Unidentified Man #1:** Downstairs is ready.

**Unidentified Man #2:** English ready.

**Lisa Elder:** Life skills ready.

**Nadworny:** Three teens – two boys, one girl – shuffle into her concrete room. They're dressed in blue and maroon polos, black shorts, no pockets and black slip-on shoes – Woodside's standard uniform.

**Elder:** Why don't you have a seat? And I'm going to tell you guys what we're doing.

**Nadworny:** Lisa teaches life skills. I'll let her explain what that is.

**Elder:** If you want to wake up in the morning and go out and greet people and walk into your office, walk into your classroom – those – we're already talking about skills right there that are needed.

**Nadworny:** She teaches her student to use napkins, to fill out a form with good handwriting, to learn how to open a bank account.

**Elder:** For some kids, it's like, God, I just hope you get better and you're able to sit in a room with three people. You know, I hope that someday when you get angry that you aren't violent.

**Nadworny:** For other kids, she's seen them get their GED, even go on to college. But most days, she's teaching intangibles – empathy, forgiveness, understanding. Today, the class is cutting out leaves and writing life skills on them.

**Elder:** Which is pretty cool.

**Nadworny:** Completed leaves read patience, hygiene. There's a few interruptions, but it's going well. Then Lisa notices a boy named Brandon. We've agreed not to use his or any other student's last name in order to protect their privacy.

Brandon – he's upset. He's hunched over and he's got his fists clenched against his chest. It's shaking. It doesn't look like anything to me, but Lisa has seen this behavior in his file. It's a warning sign. She calls for backup.

**Elder:** Could I have a youth worker come on up to life skills – nonemergent.

**Nadworny:** It's amazing how calm everyone is. Lisa's approach – roll with it, don't get fazed. The youth worker comes, and by now, Brandon's turned his desk to face the back wall. He's getting more and more agitated. He's still not responding.

**Elder:** OK, Brandon, here are the choices. If you want to stay in my classroom and participate, I would love you to and I will do anything I can to help you. But if all you're going to do is turn your back and avoid everything that people are asking of you, then I'm going to have you brought down to the unit. I would like you to make the better choice and stay with me.

**Nadworny:** Unfortunately, that's not the choice Brandon makes. It becomes clear. He could go off at any moment. Lisa evacuates the room.

**Elder:** So, like, when I tell you that I don't really know what the day's going to bring, that's a perfect example.

**Nadworny:** Even in this moment, Lisa is enthusiastic, laughing and cracking jokes with the other two students. She's 52. She's a bit of a hippie and a diehard Bruce Springsteen fan. She's taught almost every school subject at Woodside – math, English, even a little science. In nearly three decades, she's seen it all.

**Elder:** I have been assaulted only once in any serious manner. And I had to go back in the next day because if I didn't I didn't think I ever would.

**Nadworny:** She's been going back every morning for 27 years. She likes it. She's good at it. More importantly, she connects with the kids.

**Elder:** I say this after the kids – I say, you know, public schools don't want you or me.

**Nadworny:** One of the biggest challenges for Lisa – her class changes daily. Kids come and go. When I visit Woodside, there's 13 kids. The oldest is days away from his 18th birthday. The youngest is 12. One boy has been there for nearly two years; another just arrived last night.

**Elder:** I'm looking at kids who are 14 years old who've been getting kicked out of schools since day cares. People give up on these kids.

**Nadworny:** For many, Woodside is the first stable place they've had. Most have experienced trauma. They come from troubled homes, foster care, even from the streets.

**Elder:** We've had kids who've never used forks and spoons.

**Unidentified student:** If we're going to do branches, we should, like, do an outline.

**Elder:** Yeah, that's – hey, my trunk is good.

**Nadworny:** The next day, I return to Lisa's classroom. Brandon's back. He's in good spirits. He's wearing a paper pirate hat. Lisa and a girl named Emily are sitting on the floor.

**Emily:** I've been here at least four times.

**Nadworny:** She describes herself as a handful for Lisa. She says most adults were angry about her repeat visits but not Lisa.

**Emily:** She didn't yell at me. She's just like, well, you shouldn't be back, but I guess it's good that you're getting the help you need.

**Nadworny:** Emily says she likes life skills. It's not so much the class, the curriculum, the lessons – it's the teacher.

**Emily:** She's just, like, you can tell she cares. Like, no matter how mad you get, no matter how many names you call her, you know she cares. In the end, you know she cares.

**Nadworny:** She repeats it again. You just know she cares. It's almost as if she's telling me and reminding herself at the same time. Elissa Nadworny, NPR News, Essex, Vt.



*Bei diesen zwei Fragen in Aufgabe 4 gibt es jeweils mehr als zwei Antwortmöglichkeiten. In unserer Musterlösung können Sie verschiedene mögliche Lösungen nachlesen. Entscheiden Sie sich in der Prüfung aber für genau zwei Beispiele und schreiben Sie nicht mehr als verlangt, da Sie sonst Punktabzug riskieren.*

1. Why are the young people in this juvenile rehabilitation center? (Give two reasons.)
   **petty crime / shoplifting / drug dealing / felony charges / murder / sexual assault**

2. What life skills does Lisa Elder teach? (Give two examples.)
   **manners / filling in forms / opening a bank account / intangibles / behaving peacefully and keeping their calm / working with others / forgiveness / understanding / empathy**

## Sprachmittlung

*Diese Aufgabe erfordert von Ihrer Seite eine Textzusammenfassung. Der Text an sich ist leicht verständlich – die größere Herausforderung ist jedoch eine sinnvolle Strukturierung Ihrer Lösung. Die Informationen zu* Mealsaver *sind im Originaltext recht verstreut. Markieren Sie sich daher beim ersten Lesen alle wichtigen Informationen zum Unternehmen und zur App. Überlegen Sie dann, wie man die einzelnen Aspekte strukturieren kann. Da Ihre Lösung in Form eines Blogeintrags geschrieben sein soll, der sich an Jugendliche richtet, kann Ihr Text auch Umgangssprache enthalten.*
*Ihr Text sollte auf die folgenden Punkte eingehen:*

- *Ziel des Unternehmens: Das Wegwerfen von noch essbaren Lebensmitteln verhindern. Dafür hat das Unternehmen EatUp eine App namens Mealsaver programmiert.*
- *Funktionsweise der App: Kunden können bei partizipierenden Restaurants per App bestellen und per PayPal bezahlen. Sie erhalten einen virtuellen Gutschein, für den sie im Restaurant zum kleinen Preis ihre Gerichte abholen können, die sonst weggeworfen worden wären.*
- *Hintergründe zum Unternehmen und den Restaurants: EatUp erhält einen Euro pro Bestellung und managt die Bestellungen. Das Start-Up stellt auch die umweltfreundlichen Transportboxen für das Essen. Die Restaurants stellen vor Ladenschluss übrige Mahlzeiten zu einem reduzierten Preis online und akzeptieren die Mealsaver-Gutscheine als Zahlungsmittel.*

- *Nachteile der App: Manchmal funktioniert die App nicht ganz reibungslos, dann muss man sie neu starten. Viele Restaurants bieten ihre Gerichte erst sehr spät an, aber beispielsweise Bäckereien schließen früher.*

**Too good to be thrown away – how food waste can be avoided**

In Germany more than 18 million tonnes of food are thrown away annually. Most of the nourishment that is destroyed is still edible, it is just disposed of because it won't be fresh the following day or it will soon expire.
The Berlin start-up company EatUp offers an app called Mealsaver to do something about this problem. People can choose between 150 restaurants, bakeries and cafés in Berlin, and 25 in Hamburg and the figures are still increasing (you probably can use it in other large cities soon). On the app users can see a list with all the participating shops and restaurants nearby, they get some information about the food that can be found in the boxes, they can order online and pay via PayPal. The customers receive a virtual voucher to collect their order. The average price of a meal is two to four Euros of which one Euro is transferred to EatUp. The packaging also contributes to the protection of the environment, because the meals are sold in biodegradable boxes offered to the restaurants by the start-up business.
The app sometimes still has trouble with loading the map and tracking where you are correctly. In that case just try closing the app. Another disadvantage is that most restaurants don't offer their leftovers before nine in the evening, which is quite late to eat dinner, but sandwiches and bakery products are available earlier. *(235 words)*

## Abitur 2019 Englisch (Hamburg) – erhöhtes Anforderungsniveau

## Hörverstehen

You will hear each recording **twice**. After each listening you will have time to complete your answers.

### Task 1: British National Parks

13 BE

You will hear a radio feature about British National Parks. While listening, answer the questions. You need not write complete sentences.

| | |
|---|---|
| 1. What is the situation in the Lake District National Park?<br>a) problem:<br>b) solution: | a)<br><br>b) |
| 2. How many people have used Tree Top Track since its opening? | |
| 3. What are the £ 50,000 used for? | |
| 4. What is the aim of the National Parks Partnerships? | |
| 5. What does Richard Leafe say about finding potential partners? | |
| 6. According to Kathryn Ellis, what kind of product would be ideal to be advertised with the National Parks? | |
| 7. What mistakes should companies that work with the National Parks avoid? (*Name one*) | |

| | |
|---|---|
| 8. Why is the US National Park Foundation mentioned in this radio programme? | |
| 9. What are the two concrete examples of Disney's engagement with National Parks? | • <br> • |
| 10. What does Disney gain by supporting the National Park Foundation? | |
| 11. What overall attitude do American companies show towards the country's National Parks? | |

## Task 2: Roots

14 BE

You will hear a radio program about a new TV miniseries called *Roots.* It is based on a book by Alex Haley that was already turned into a TV series almost fifty years ago. The protagonist is called Kunta Kinte. While listening, do the given tasks. You need not write complete sentences.

1. What is *Roots* about?

_______________________________________________

2. What is L. Fishburne's part in the new version of *Roots?*

_______________________________________________

3. Why was a new version of *Roots* made?

_______________________________________________

4. LeVar Burton's involvement in *Roots* …

| | |
|---|---|
| in the old version | |
| in the new version | |

5. What and where was Juffure?

_______________________________________________

6. How did Malachi Kirby first encounter the name of Kunta Kinte?

_______________________________________________

7. The original series. Complete the table.

| | |
|---|---|
| influence on American society | |
| pieces of evidence for success (*Name two*) | • <br> • |
| the producer's brilliant idea | |

8. In what ways is the new version of *Roots* different from the old one? (*Name two differences.*)

- ______________________________
- ______________________________

9. Why does LeVar Burton say that he understands that series like *Roots* are "tough to watch" for black people?

______________________________

**Sprachmittlung**

## Assignment

Your school is doing a project on air pollution with your partner school in London. You are presenting the CityTree project developed by a German start-up company, which has won a prestigious environmental award.
On the basis of the two texts, write an article for the project website. Outline what CityTrees are and why they might be interesting for big cities.

**Material 1: CityTree – Multifunktionale Grünfläche für die intelligente Stadt**

Bundessieger Umwelt 2015: Green City Solutions mit ihrem Chef Dénes Honus (rechts im Bild)
© *https://land-der-ideen.de/projekt/citytree-multifunktionale-gruenflaeche-fuer-die-intelligente-stadt-317*

Besonders in den Städten belastet die Luftverschmutzung Umwelt und Gesundheit. Doch oft fehlen Platz und Geld für mehr Bäume und Parks. Das Dresdner Start-up Green City Solutions hat mit dem CityTree eine spezielle Grünflache entwickelt: Die mobile Vertikalbegrünung bietet Wuchsfläche für Feinstaub absorbierende Moose und Blütenpflanzen. Zugleich fungiert sie als WLAN-Hotspot und Werbeträger. Logos oder QR-Codes lassen sich darauf mit Pflanzen oder Kunststoffpixeln abbilden. Noch ein Plus: Das multifunktionale Pflanzsystem erfasst dank Sensor- und Fernwartetechnik Daten zur Luftreinhaltung. Ein nachhaltiges Projekt, von dem Bürger, Unternehmen und Umwelt profitieren. *(87 Wörter)*

*Deutschland – Land der Ideen. CityTree – Multifunktionale Grünfläche für die intelligente Stadt. 2015*

**Material 2: Diese genialen Quadrat-Bäume sollen Smog wegfiltern**

Die Erfinder nennen die quadratischen Gebilde CityTrees, Stadtbäume. Denn die High-Tech-Elemente erfüllen genau den Zweck von Bäumen. Sie binden Schadstoffe – und reduzieren die Luftverschmutzung.

Die gut vier Meter hohen CityTrees sind mit einem speziellen Moos verkleidet, das dreckige Luft extrem gut absorbiert – einer der künstlichen Bäume leistet angeblich so viel wie 275 echte Bäume. Die Erfinder der eckigen Moos-Bäume stammen aus Deutschland, die Firma hat ihren Sitz in Dresden.

Ihre erste große Asien-Premiere haben die CityTrees nun Tausende Kilometer weiter östlich, in Hongkong. Die ehemalige britische Kronkolonie ist vom Smog ebenso geplagt wie ganz China. [...]

Die Idee ist eine der spektakulärsten auf einem hochlukrativen Markt. Denn Urbanisierung, wachsender Wohlstand und wachsender Verkehr lassen viele Städte auf dem Globus unter dreckiger Luft leiden. Die Nachfrage nach Anti-Smog-Lösungen wird immer größer.

Denn in einer globalen Welt ist saubere Luft inzwischen nicht nur eine Gesundheits-, sondern auch eine Standortfrage. Nur jene Metropolen können die besten Talente der Welt anlocken, die diesen auch ein gesundes Leben mit guter Luft anbieten können. Und nur wo die besten Fachkräfte leben und arbeiten wollen, siedeln sich Firmen an und wächst der Wohlstand.

Die CityTrees kombinieren Natur und Technik. So befinden sich in dem Moos eines der in Hongkong aufgestellten Elemente über hundert Sensoren, die die Sonneneinstrahlung und den Wasserverbrauch messen und diese Daten an eine Anwendung in der Cloud weitergeben.

Der Strom dafür wird mithilfe von Solarzellen erzeugt. Wenn alles klappt, wird das zuständige Grünflächenamt also automatisch über den aktuellen Zustand des biologischen Filters informiert.

Welche Moossorte es genau ist, die die Luft reinigen kann, will Honus nicht verraten. „Das Moos wird in Deutschland gezüchtet, es ist mindestens 20 Jahre haltbar", sagt er lediglich. [...] Ein CityTree besteht dabei nach Angaben von Honus aus 1 682 Mooseinheiten und verbraucht rund drei Quadratmeter Bodenfläche. „Damit erreichen wir die Filterleistung von 275 normalen Straßenbäumen, das Moos amortisiert die Abgase von 420 Pkw", erklärt der 29-Jährige.

Die Filterleistung des zusammen mit drei deutschen Universitäten entwickelten Konzepts sei höher als bei herkömmlichen Straßenbäumen. „Die Moose nehmen die Schadstoffe in die eigene Biomasse auf, sie sind der Luft damit permanent entzogen", erklärt er.

Das hat jedoch seinen Preis: Für einen Moos-Baum werden je nach Ausstattung zwischen 14 000 und 25 000 Euro fällig. Das sei jedoch im Verhältnis nicht viel, sagt Honus: „Allein die Stadt Leipzig gibt in acht Jahren rund 160 Millionen Euro für die Luftbesserung aus." [...]

„Der Bedarf nach Luftreinigung ist da, vor allem in Asien", sagt auch Richard Cope, Trendanalyst beim Marktforschungsinstitut Mintel in London. 1,6 Millionen

Chinesen, rechnet er vor, sterben pro Jahr an den Folgen der Luftverschmutzung. Auch in Europa ist das Problem jedoch nicht zu unterschätzen.

So zeigen aktuelle Zahlen des King's College in London, dass im Schnitt knapp 9 500 Bewohner der britischen Hauptstadt pro Jahr am Smog und dessen Folgen sterben. „Die Verbraucher werden sensibler, was die Luftverschmutzung angeht", sagt Cope. „Es ist kein Nischenthema mehr, sondern Mainstream." […]

[Dénes Honus] glaubt, dass sich Hongkong aufgrund der begrenzten Fläche besonders gut für die kommerzielle Anwendung des Konzepts eignet. „Mit einem CityTree reinigen wir die Luft auf einer Fläche von 50 mal 50 mal 50 Metern", sagt er. 2 500 Anlagen reichten aus, um die Luft der Sieben-Millionen-Stadt dauerhaft zu reinigen. *(538 Wörter)*

*Nina Trentmann: Diese genialen Quadrat-Bäume sollen Smog wegfiltern,* Die Welt *23. 04. 2016, https://www.welt.de/wirtschaft/article154677312/Diese-genialen-Quadrat-Baeume-sollen-Smog-wegfiltern.html*

# Lösungsvorschläge

## Hörverstehen

### Text 1: British National Parks

**Speaker:** On *Costing the Earth* this week, we'll plot the national park's route to financial survival as government money shrinks.

**Reporter:** I'm in the heart of one of our most iconic national park landscapes – the Lake District. But that fame and beauty has not protected it from the government's acts. The government grant here has gone down from seven million to five million, but they've managed to raise quite a lot of commercial money in that time to make up the difference and Richard Leafe is going to show me how.

**Richard Leafe:** This is Treetop Trek. It's a high ropes course that ends in three 250 m ziplines. We've had about 120,000 people come through this since it opened a couple of years ago. Overall it contributes, along with the net, about £ 50,000 to help running this national park.

**Speaker:** But there's now also a new body – the National Parks Partnerships – which is starting to explore how the national parks brand can be used collectively to make money for all 15 parks in England, Scotland and Wales. And Richard Leafe, the Lake District Chief Executive is in charge.

**Richard Leafe:** It's an organisation that we bought together to enable us to raise money from commercial sponsorship and our offer there is an ability to work with the 15 national parks here in the UK and gain some benefit from using a trademark that we all use called Britain's Breathing Spaces in return for a financial relationship.

**Reporter:** Give me an example of the kind of things you're thinking about doing in the future. Disney? Would that be a potential partner for you?

**Richard Leafe:** Potentially, yes, why not? I mean I wouldn't say these companies [are] in or these companies are out. It's very early days for us and we would want to explore as wide a possible net of businesses as we can to see who may be interested in collaborating with us.

**Speaker:** Let's try to answer that question. Who would be interested in collaborating with the national parks? I put it to Kathryn Ellis, who works in the Bristol office of McCann, a global advertising and communications agency.

**Kathryn Ellis:** It would be perfect for outdoors brands, so Merrell has already had a partnership with the national parks but people like clothing manufacturers, tents, all that kind of gear, it's a great place to show off their wares and obviously with social media being really important, brands are looking to create content and show demonstrations of their products, so it'd be a perfect place to road test their products.

**Reporter:** You've sat in meetings with brands, talking about campaigns they might have. But how demanding might they be in terms of what they want back out of it? I mean are they going to demand logos in the parks and things like that?

**Kathryn Ellis:** I think that is the danger that they just do want to slap their logo on everything and it doesn't fit with the context but I think, you know, for the relationship to work, and when it works well, is when both partner is [sic] very sensitive to the context. For example, even if they wanted to have their logo in as many places as possible, they would probably consider sponsoring something like the staff uniforms and providing those as opposed to just putting billboards up around the national parks, which would compromise the beauty of those places. So they would look for more creative ways to use the affiliation or the partnership.

**Speaker:** This new collective money-raising body – National Parks Partnerships – is based on an American model, called The US National Park Foundation. There, it's done some big deals with famous names. The foundation expects to raise $ 70 million this year from private donors and corporate partners. Here's David French, Senior Vice President at the Foundation.

**David French:** I give you a couple of examples – Disney has been a long-time supporter of the parks and through a variety of ways. Whether it's by releasing a movie in which the benefits go to support the National Park Foundation or through supporting what we call our Open OutDoors for Kids programme, which is really allowing kids that would otherwise never have the opportunity to have one of these experiences.

**Reporter:** And what do Disney get?

**David French:** Certainly. Yes, Disney gets the, you know, recognition within the National Park Foundation through our media channels and efforts. We can report that last year, Disney helped us get over 100,000 kids in parks. That's valuable to them.

**Reporter:** But that corporation in particular has even, you know, given its name to a phenomenon that people worry about – Disneyfication. That the countryside kind of turns into some cute commodity. Is that a risk, and has that happened at all in America?

**David French:** You know, the marketers over here are very savvy, and they understand to … in any way try [sic] to, like, commercialise the national parks does actually more damage to their brand than good. Everyone over here honours what these places represent, that these are cultural and environmental icons of this country.

*From: Tom Heap, Costing the Earth, Paying for our Parks, 13. 05. 2015, https://www.bbc.co.uk/programmes/b06grjmx*

| | |
|---|---|
| 1. What is the situation in the Lake District National Park?<br>a) problem:<br>b) solution: | a) funding through government has gone down recently<br>b) raising commercial money |
| 2. How many people have used Tree Top Track since its opening? | about 120,000 (people) |
| 3. What are the £ 50,000 used for? | (to) help run the National Park |

| | |
|---|---|
| 4. What is the aim of the National Parks Partnerships? | (to) raise enough money to sustain all 15 parks / (to) benefit from cooperating with commercial sponsors |
| 5. What does Richard Leafe say about finding potential partners? | (he) can't say yet who he would like to cooperate with / currently open to any partnership / wants to explore a wide net of businesses |
| 6. According to Kathryn Ellis, what kind of product would be ideal to be advertised with the National Parks? | outdoor gear or outdoor clothing |
| 7. What mistakes should companies that work with the National Parks avoid? (*Name one*) | *Name one of the following:* putting up logos everywhere / compromising the beauty of the place / ignoring the context of the national parks / not being creative with their advertising |
| 8. Why is the US National Park Foundation mentioned in this radio programme? | model for the British endeavour / has done big deals with famous names |
| 9. What are the two concrete examples of Disney's engagement with National Parks? | • money from movie release supported the parks<br>• Open OutDoors for Kids programme |
| 10. What does Disney gain by supporting the National Park Foundation? | publicity and promotion through the National Parks' media channels |
| 11. What overall attitude do American companies show towards the country's National Parks? | they honour them as cultural and environmental icons |

## Text 2: Roots

**Hinweis:** Aus lizenzrechtlichen Gründen ist die ungekürzte Original-Passage der NPR-Sendung abgedruckt. Die in der Abituraufgabe nicht berücksichtigten Passagen sind durch eine kleinere Schriftgröße kenntlich gemacht und für die Bearbeitung der Aufgaben nicht relevant

**Steve Inskeep,** *Host:* The History Channel is going back to "Roots." That's the name of a famous miniseries from the 1970s which focused the nation's attention on the horrors of slavery. Over the next four nights, the History Channel will air a new version of "Roots." NPR TV critic Eric Deggans says this program walks a fine line between recalling classic TV and reinventing a 40-year-old epic.

*(Soundbite of TV Show, "Roots")*

**Laurence Fishburne:** *(As Alex Haley)* This is how I heard about the boy, Kunta Kinte. And this is how I'll tell you the story.

**Eric Deggans,** *Byline:* Laurence Fishburne's mesmerizing narration as author Alex Haley in this new "Roots" pulls viewers in immediately. But it also kind of begs the question – why? Why do a new version of "Roots"?

**LeVar Burton:** I heard today that fully 50 percent of the population of the United States that is alive now was not alive in 1977, when the original "Roots" aired.

**Deggans:** That's LeVar Burton. He starred as Haley's ancestor, Kunta Kinte, in the original version of "Roots" and serves as co-executive producer of the new version.

**Burton:** I'll tell you, I'm not a big fan of remakes. I didn't think this would ever happen – you know, retelling this story. And I didn't necessarily believe that it should happen, but I recognized immediately that there was an opportunity here – one that I had not seen – to retell this story to and for a new generation.

*(Soundbite of TV Show, "Roots")*

**Fishburne:** *(As Alex Haley)* There was once a rich and sophisticated city named Juffure in a Mandinka kingdom in West Africa. It was located on the banks of the Kamby Bolongo, the great river of the Gambia.

**Deggans:** Like the original, this new "Roots" portrays the journey of Haley's ancestors from life in Africa to slavery in America. And it also reimagines some of the most iconic moments in TV history. Here's a scene from the new series, where Haley's ancestor, Kunta Kinte, is given his name by his father as a baby and held up to the stars.

*(Soundbite of TV Show, "Roots")*

**Babs Olusanmokun:** *(As Omoro Kinte, foreign language spoken).* Behold Kunta Kinte, the only thing that is greater than you.

**Malachi Kirby:** You know what? I had heard of Kunta Kinte before I heard of "Roots."

**Deggans:** That's Malachi Kirby, who plays the new Kunta Kinte. He grew up in London as the grandson of Jamaican immigrants.

**Kirby:** There were kids that would call me Kunta Kinte if ever my hair was particularly rough that day or I was dressed scruffy. It was a negative attribute from my perspective at the time to be called Kunta Kinte or to be associated with being African.

**Deggans:** Kirby was in his 20s when he actually saw "Roots," which helped him see Africa in a more positive way. Burton says changing these kind of perspectives is the point of both versions of "Roots."

**Burton:** You know, the original "Roots" 40 years ago, it had the power to change the way this nation, America, views slavery. After "Roots," it became impossible to think of the institution of slavery without considering, without contemplating the human cost. "Roots" put a face on the institution of slavery.

*(Soundbite of Music)*

**Deggans:** The original "Roots" was an ambitious project. Based on Alex Haley's 1976 novel, "Roots: The Saga Of An American Family," the miniseries drew more than a hundred million viewers back in 1977 and won nine Emmy awards. It recounted how Haley's ancestor Kunta Kinte was brought to America as a slave and birthed a family who would eventually be free. The miniseries was revolutionary in presenting that journey as an American story, featuring black stars such as Leslie Uggams, John Amos and Cicely Tyson. Producer David Wolper's masterstroke was casting beloved white TV actors from "The Brady Bunch" and "The Mary Tyler Moore Show" as slave owners and overseers. Here, Ed Asner is a ship's captain carrying slaves for the first time. And Ralph Waite, star of "The Waltons," is his experienced slave overseer.

*(Soundbite of TV Show, "Roots")*

**Edward Asner:** *(As Captain Thomas Davies)* What are they like, the blacks?

**Ralph Waite:** *(As Slater)* Just a different kind of breed, sir – you know, like a man would breed a dog for hunting and breed another sort of dog for his wife and children to play with.

**Deggans:** Burton confirms executive producer Wolper did this to bring white audiences into the show. When it was time to cast the remake, LeVar Burton worked hard to find the new Kunta Kinte. He and his fellow producers searched for six months to find Malachi Kirby, a veteran of British TV shows like "Doctor Who" and "EastEnders." Once production started, Kirby said Burton did not offer much direct advice. Instead, the "Roots" veteran said something enigmatic just before they re-created the climactic scene where Kunta Kinte is beaten by an overseer with a nail-studded whip until he calls himself by his slave name, Toby.

**Kirby:** He told me that he was a mighty child, and I am a mighty man.

**Deggans:** Kirby thought he was talking about their difference in experience. Kunta Kinte was LeVar Burton's first professional audition and first real acting job. Malachi Kirby had been acting for eight years. But then, the scene began.

*(Soundbite of TV Show, "Roots")*

**Unidentified Actor:** *(As character)* Your name is Toby. Now tell me your name.

**Kirby:** *(As Kunta Kinte)* I'm Kunta Kinte.

**Unidentified Actor:** *(As character)* That's not your name. Toby's your name.

**Kirby:** *(As Kunta Kinte)* Kunta Kinte.

**Kirby:** And I remembered these words that LeVar had shared with me – I am a mighty man – and it caused me to resist. He goes on for much longer than, I believe, in the original.

**Burton:** Twenty lashes longer. In the original, it's 10 lashes that Kunta receives. It is a fully thirty lashes in this version.

**Deggans:** Those aren't the only differences. The black people in this modern "Roots" resist more and fight harder against being victimized. The stories move faster and focus more on Haley's family. We don't see white slavers agonizing over their decisions. The original "Roots" and author Alex Haley have faced controversy over the years. Haley, who died in 1992, settled a lawsuit by an author who accused him of plagiarizing parts of "Roots." Burton says new scholarship inspired by "Roots"' success helped them to revise the story.

**Burton:** So we know now that the Mandinka were horse warriors. Alex didn't know that. We know that Juffure was a major center of commerce. When Alex encountered Juffure in the early '70s, it was a sleepy little burg of a village. This new historical information is now a part of Kunta's origin story.

**Deggans:** Other recent films and TV shows have told slave stories for today's generations, including the WGN America series "Underground" and the Oscar-winning film "12 Years A Slave." Burton says these stories are important, though he understands why some black people would find them tough to watch.

**Burton:** Black people still live in America. And America is still a society that is based on the color line, OK? I'm really hoping that this time around, we can have that conversation with each other on both sides of the color line and leave behind the shame.

**Deggans:** But accomplishing that conversation without disappointing fans of the original "Roots" just might be the biggest challenge this new miniseries faces. I'm Eric Deggans.

*(Soundbite of Music)*

1. What is *Roots* about?
   **(the horrors of) slavery**

2. What is L. Fishburne's part in the new version of *Roots?*
   **(he) narrates the story as author Alex Haley**

3. Why was a new version of *Roots* made?
   **half of the American population was not alive when the first version aired in 1977**

4. LeVar Burton's involvement in *Roots* …

| | |
|---|---|
| in the old version | **actor, played Kunta Kinte** |
| in the new version | **co-(executive) producer** |

5. What and where was Juffure?
   **a city in West Africa (on the banks of the river Gambia)**

6. How did Malachi Kirby first encounter the name of Kunta Kinte?
   **other kids used it to insult him and discriminate against him**

7. The original series. Complete the table.

| | |
|---|---|
| influence on American society | **(it) changed the way the American society looked at slavery** |
| pieces of evidence for success (*Name two*) | • **(it had) more than 100 million viewers**<br>• **(it) won 9 Emmy awards** |
| the producer's brilliant idea | **casting beloved White TV actors** |

8. In what ways is the new version of *Roots* different from the old one? *(Name two differences.)*
   ***Name two of the following:***
   - **Black people fight back harder**
   - **stories move faster**
   - **there is more focus on Haley's family**
   - **White slavers do not agonise over the decisions they made**

9. Why does LeVar Burton say that he understands that series like *Roots* are "tough to watch" for black people?
   **modern America still has a problem with the colour line (and the series reminds people of this problem.)**

## Sprachmittlung

*Diese Aufgabe erfordert von Ihrer Seite eine Textzusammenfassung. Achten Sie darauf, dass Sie keine Übersetzung von Textpassagen produzieren, sondern mit eigenen Worten die Hauptaussagen aus beiden Texten zusammenfassen. Streichen Sie sich dafür die wichtigsten Punkte in beiden Texten an und strukturieren Sie Ihren Artikel sinnvoll. Ihre Lösung soll ein Artikel für eine Projektwebseite sein, daher sollten Sie möglichst wenig Umgangssprache verwenden, aber da Sie eher eine jugendliche Leserschaft ansprechen, muss der Text nicht komplett förmlich sein. Geben Sie Ihrem Text eine treffende Überschrift und beginnen Sie mit einem Einleitungssatz, der alle wichtigen Informationen enthält.*
*Ihr Artikel sollte auf die folgenden Punkte eingehen:*
- *Was ist CityTrees?*
  - *Start-Up-Firma aus Dresden*
  - *Produkt: Künstliche Bäume; verbessern Luftqualität in verschmutzten Großstädten*
  - *Teuer, aber sehr effektiv*
  - *Bäume enthalten Solarzellen und Sensoren, um Daten zu sammeln, fungieren aber auch als Werbeflächen und WLAN-Hotspots*
- *Warum könnte das Konzept für Großstädte interessant sein?*
  - *Verbessert das Wohlbefinden der Anwohner in Großstädten*
  - *Fördert die Attraktivität von Städten als Wohnraum und Industriestandort und somit auch den Wohlstand der Region*

**CityTrees for cleaner air: How a German start-up sets out to breathe new life into the world's cities**

Because of the ongoing urbanisation with its massive increase in traffic, air pollution in inner cities all over the world is considered a serious problem. It endangers people's health and is forcing cities and nations to think of new ways to keep their air clean.
A German start-up company might have come up with a feasible solution to the problem in the form of what they refer to as "CityTrees" – four-metre-tall mobile rectangular constructions covered with a special kind of moss and other plants intended to absorb polluted air. In fact, one of these *CityTrees* is said to clean as much air as 275 traditional trees would while taking up comparatively little space.
Economically speaking, the use of such *CityTrees* could indeed pay off. Although they come at a fairly substantial cost, they could be a good investment in the future of cities, as investors and workers alike are attracted to places with clean air. This makes a successful clean air policy a pull factor for economic growth and overall wealth.
To make the product even more attractive, the *CityTrees* also serve as Wi-Fi hotspots and electronic billboards. Furthermore, they are equipped with solar cells and high-tech sensors which enable them to automatically collect data on air quality and energy consumption. All in all, they are marketed as the modern alternative to parks and green spaces in crowded cities. *(247 words)*

# Abitur 2020 Englisch (Hamburg) – grundlegendes Anforderungsniveau

## Hörverstehen

You will hear each recording **twice**. After each listening you will have time to complete your answers.

### Task 1: The National Park Service

14 BE

You will hear an excerpt from a report about the U.S. National Park Service (NPS). While listening, complete the table. You need not write complete sentences.

| | |
|---|---|
| 1. What the NPS manages: *(Name two more.)* | • national parks<br>•<br>• |
| 2. Why Nathan Rott reported from several national parks in 2016: | |
| 3. What Heidi Brill likes about early mornings: *(Name two aspects.)* | •<br>• |
| 4. What the NPS wants to achieve according to Rott: | |
| 5. Where the middle school group came from: | |
| 6. Information about Cassius Cash's childhood: *(Name two aspects.)* | •<br>• |
| 7. Results of a survey on visitors of Great Smoky Mountains National Park: *(Name two.)* | •<br>• |
| 8. How Cash is different from most of his colleagues: | |
| 9. What Cash sees as his mission: | |
| 10. How one attraction of the NPS is affected by climate change: | |

**Task 2: A High School in Indiana** 10 BE

You will hear a report about students at East Allen University, a high school in Fort Wayne, Indiana. While listening, tick (✓) the correct answer (a, b, c or d). There is only one correct answer.

1. The city of Fort Wayne …
   a) ☐ offers counselling for refugees.
   b) ☐ has a housing program for refugees.
   c) ☐ has a significant number of refugees.
   d) ☐ offers Asian refugees integration courses.

2. When Na Da Laing started elementary school in the US, she …
   a) ☐ spoke only basic English.
   b) ☐ did not like the other children.
   c) ☐ did not fit in with her schoolmates.
   d) ☐ fought a lot with the kids in her class.

3. Years later, she …
   a) ☐ studies French history.
   b) ☐ understands English literature.
   c) ☐ helps solve conflicts between students.
   d) ☐ participates in English theater performances.

4. If Na Da Laing succeeds at her high school, she will …
   a) ☐ find a good job.
   b) ☐ receive a scholarship.
   c) ☐ make her parents proud.
   d) ☐ benefit from it in her future studies.

5. East Allen University is located in …
   a) ☐ a modern suburb.
   b) ☐ a development area.
   c) ☐ a run-down industrial district.
   d) ☐ an underprivileged neighborhood.

6. The headmaster says that the students who came as refugees …
   a) ☐ cope with challenges.
   b) ☐ are never a nuisance.
   c) ☐ never take the initiative.
   d) ☐ struggle with school rules.

7. According to the English teacher, the Burmese refugee students …
   a) ☐ need extra tutoring.
   b) ☐ are the most motivated ones.
   c) ☐ are unfamiliar with American literature.
   d) ☐ bring a new perspective to discussions.

8. Many teachers at the school help students with …
   a) ☐ finding future jobs.
   b) ☐ their academic performance.
   c) ☐ the university admission process.
   d) ☐ integrating into the neighborhood.

9. Unlike her parents, Na Da Laing will be able to …
   a) ☐ start her own business.
   b) ☐ study at a university abroad.
   c) ☐ choose her future profession.
   d) ☐ earn a diploma in foreign languages.

10. Besides her studies she wants to work in order to …
   a) ☐ travel around the USA.
   b) ☐ help her family financially.
   c) ☐ visit her country of origin.
   d) ☐ afford her own apartment.

**Task 3: Visions of the Future** 4 BE

You will hear Theo Hobson, a writer and artist, presenting his vision of the future in a BBC podcast. While listening, complete the table. You need not write complete sentences.

According to the speaker, the fight against global warming might affect our lives …

| | |
|---|---|
| 1. in negative ways: *(Give two examples.)* | • <br> • |
| 2. in positive ways: *(Give two examples.)* | • <br> • |

## Assignment

Your school and your British partner school are working on a project on wildlife in the 21st century. You have been asked to contribute an example from Germany.

On the basis of the interview below, write an article for the project website, outlining the facts on wolves in Germany and the different responses to their return.

**Der Wolf ist ein völlig normales Wildtier**

Von Peter Carstens

Der Wolf ist zurück in Deutschland. Aber ist er auch willkommen? Im Interview mit GEO.de spricht der Zoologe und Fotograf Axel Gomille über [...] wild lebende Wölfe. [...]

**Vor allem Umweltverbände begrüßen die Rückkehr des Wolfs. Was ist eigentlich gut daran?**

Da gibt es mehrere Gründe. Zum einen könnte der Wolf einen Teil der ökologischen Rolle wieder übernehmen, die er einmal ausgeübt hat – nämlich als Raubtier, das auch große Huftiere reißen kann. Wir könnten uns also wieder ein kleines Stück in Richtung des Urzustandes einer natürlichen Regulation von Räubern und Beutetieren annähern. Was in der Praxis allerdings kaum möglich ist. Wir haben heute in Deutschland mehrere Millionen wildlebender Huftiere, die wenigen hundert Wölfen gegenüberstehen. Der andere Punkt ist, dass der Wolf einen hohen Symbolwert hat. In Deutschland gehört er zu den seltensten Säugetieren überhaupt. Und genießt darum zu Recht den höchsten Schutzstatus.

**Man hört gelegentlich die Kritik, die Befürworter des Wolfs seien Großstädter mit einer romantischen Vorstellung von „Natur“. Ist da was dran?**

Es stimmt schon: Manche Städter haben ein verklärtes Bild vom Wolf. Für die ist er das Symbol der Wildnis, und wenn er zurückkehrt, dann kehrt auch die Wildnis zurück. Aber so einfach ist es nicht. Der Wolf braucht nämlich keine Wildnis. Ich habe schon Wölfe in Kiesgruben beobachtet. Oder in Tagebauen. Besonders wohl fühlen sie sich ja auch in militärischen Sperrgebieten, in denen auch mal scharf geschossen wird. Das zeigt, dass die Wölfe sehr wohl in unseren Kultur- und Industrielandschaften zurechtkommen, solange sie geeignete Rückzugsgebiete und genug Beutetiere haben.

**Zurzeit gibt es 60 Rudel in Deutschland, die aus durchschnittlich acht Tieren bestehen. Die Population wächst um rund ein Viertel jährlich. [...] Trotz aller Freude: Was ist mit den Geschädigten, vor allem Viehhaltern?**

Wölfe sind aus Polen wieder nach Deutschland eingewandert, und die Gesetzeslage ist klar – die Tiere sind bei uns strengstens geschützt. Insofern müssen wir Wege des Miteinanders finden. Das bedeutet aber auch, dass wir die, die betroffen sind, nicht alleinlassen. Darum gibt es verschiedene Förderprogramme für Herdenschutz, also zum Beispiel Schutzzäune und Herdenschutzhunde.

**Und das reicht?**

Ich habe bei meinen Recherchen viel mit einem Schäfer aus der Lausitz gesprochen, der in Deutschland die ersten Angriffe überhaupt von Wölfen hatte. Er hat damals zunächst höhere Elektrozäune errichtet und sich einen Herdenschutzhund angeschafft. Das half zunächst, doch nach einer Weile gab es weitere Angriffe, er verlor insgesamt 38 Schafe. Erst als er sich einen zweiten Herdenschutzhund zugelegt hatte, war Ruhe. Offenbar war den Wölfen klargeworden, dass sich Angriffe nicht mehr lohnen. Also jagten sie wieder Rehe und Wildschweine. Aus der Sicht dieses Schäfers ist es sogar wichtig, erfahrene Wölfe in der Gegend zu haben – weil die Tiere territorial sind, halten sie fremde Artgenossen aus ihrem Revier und damit auch von den Herden fern. In jedem Fall muss das Ziel sein, möglichst wenige Vorfälle zu haben. Tierhalter müssen also ihre Tiere schützen – und sie müssen eine Förderung bekommen, um diesen Schutz zu gewährleisten. Prävention ist das Zauberwort.

**Werden Wölfe in Deutschland irgendwann normal sein?**

Die Zeit arbeitet für sie. Viele Menschen sind verunsichert und haben irrationale Ängste. Aber die Leute werden die Erfahrung machen, dass Wölfe für sie selbst kein Problem darstellen. Man kann auch weiterhin, ohne Angst haben zu müssen, im Wald Pilze suchen, man kann joggen und mit Kindern spazieren gehen, denn die Wölfe werden verschwinden – selbst wird man sie nur ganz selten zu Gesicht bekommen. Der Wolf ist weder eine reißende Bestie noch ein Kuscheltier. Sondern ein völlig normales Wildtier, das zu unserer Fauna gehört. *(576 Wörter)*

*Peter Carstens, Axel Gomille: „Der Wolf ist ein völlig normales Wildtier“,* Geo *vom 15. 11. 2017, https://www.geo.de/natur/tierwelt/17811-rtkl-woelfe-deutschland-der-wolf-ist-ein-voellig-normales-wildtier*

## Lösungsvorschläge

### Hörverstehen

### Text 1: The National Park Service

**Hinweis:** Aus lizenzrechtlichen Gründen ist die ungekürzte Original-Passage der NPR-Sendung abgedruckt. Die in der Abituraufgabe nicht berücksichtigten Passagen sind durch eine kleinere Schriftgröße kenntlich gemacht und für die Bearbeitung der Aufgaben nicht relevant.

**Renée Montagne,** *Host:* There's a big birthday today being celebrated from the marble steps of the White House to the granite peaks of the North Cascades. The National Park Service is turning 100. When it was created back in 1916, there were just 35 national parks and monuments for the Park Service to oversee. Today, the National Park Service system manages more than 400 sites, everything from battlefields like Gettysburg to the historic Oregon Trail, and of course the national parks themselves. NPR's Nathan Rott has had the enviable job of reporting on the National Park Service during this centennial year and joins us in the studio now. Good morning.

**Nathan Rott,** *Byline:* Good morning, Renée.

**Renée Montagne,** *Host:* Tough assignment, Nate?

**Nathan Rott,** *Byline:* Yeah. It was a real hardship visiting some of the prettiest places in the country, hiking the Appalachian Trail with rangers, getting to shadow people whose jobs include mornings like Heidi Brill's. She's an animal caretaker. Let's hear from her.

**Heidi Brill:** I would say the best part of my job by far is the early mornings with the animals. Everything's so quiet, and the animals are steaming, you know, as the sun comes down and hits the forest floor. And the animals are starting to get sweated up and crossing through creeks. It's just visually a beautiful sight.

**Renée Montagne,** *Host:* A beautiful sight that you got to see, Nate.

**Nathan Rott,** *Byline:* Yeah. Not so bad, huh?

**Renée Montagne,** *Host:* OK. But in the centennial year, many of your reports actually focused on the future.

**Nathan Rott,** *Byline:* Yeah. Instead of looking at the last hundred years where the Park Service has been, how it got here, we decided to look at how it's doing right now and where it's going – we being myself and other NPR member station reporters. And the way we did that was by identifying what we saw as the four biggest challenges facing the National Park Service and its future. I'm sure people would add to this list, but the four we identified were climate change, overcrowding, financing and relevancy.

**Renée Montagne,** *Host:* And relevancy, what exactly do you mean by that?

**Nathan Rott,** *Byline:* Well, the National Park Service needs to be relevant to all Americans, or at least more of them than it is now. So let's look at the Great Smoky

Mountains National Park. I spent ten days there on the border of Tennessee and North Carolina earlier this summer, tagging along with park employees like Heidi Brill while they did their jobs. And one of those days included a soggy, rainy hike with the park superintendent, Cassius Cash, and a group of about 20 middle-school kids from the nearby Eastern Cherokee reservation. The hike started like this.

**Cassius Cash:** Before I get into the history of anything, how many of you have been hiking in the national park?

**Nathan Rott,** *Byline:* A few hands go up. Cash tries to put the others at ease.

**Cassius Cash:** When I was you guys' age, I used to always think bad things happen in the woods. I was a kid that grew up in Memphis. I had never been to a national park or a national forest.

**Nathan Rott,** *Byline:* Cash gives this speech to a lot of people he goes hiking with, especially when they're minority groups or from cities. He wants them to be comfortable. He wants them to connect because it took a while for him to feel either of those things. Later in the hike, he told me the only reason he ever got over his fear of the woods was because of the Boy Scouts.

**Cassius Cash:** If it wasn't for that, as a kid from Memphis, I wouldn't have had that shot.

**Nathan Rott,** *Byline:* Now, Great Smoky Mountains National Park does not have a visitation shortage. That's not what's driving his efforts. In fact, Great Smoky Mountains is the most visited national park, with more than eleven million visits last year. The thing about those visitors, though, is they are not representative of the community and nation around them. The park did a survey of visitors the year previous.

**Cassius Cash:** The average age was 41 years old.

**Nathan Rott,** *Byline:* And most of those visitors were white. Now, that's no different than the rest of the Park Service overall. For years, the National Park Service has made increasing diversity a priority. And still, most of its workforce and its visitors are white. Cash himself is the first African American superintendent in Great Smoky's history and one of only a handful in the service. Cash says that's a problem. He points to the kids.

**Cassius Cash:** This is the most diverse generation this country has seen. If these kids have no connection to the natural world, what message are we sending 15 years from now?

**Nathan Rott,** *Byline:* That's why Cash has been leading a centennial effort to go on hikes with folks that don't typically visit national parks. That's how he is celebrating this centennial.

**Cassius Cash:** And it is my hope that we don't make this about a birthday or a celebration. It's a launching pad into what we should be doing for the next hundred, right?

**Nathan Rott,** *Byline:* And, Renée, that's a message I heard over and over and over during my reporting, from the head of the National Park Service to literally the guys cleaning the bathrooms. The centennial is an opportunity to look in the mirror and plot a course forward.

**Renée Montagne,** *Host:* Which sounds like the National Park Service is at a crossroads.

**Nathan Rott,** *Byline:* Yeah, I think in a lot of ways it is. I mean, take climate change. Part of the Park Service's mandate is to preserve these places and the wildlife and ecosystems in them for future generations while at the same time, the glaciers in Glacier National Park are melting. The habitat where Joshua trees will grow is shrinking because of higher temperatures in Joshua Tree National Park. I mean, it goes on and on. John Jarvis, the director of the National Park Service, put it to me this way.

**John Jarvis:** Essentially, the paradigm upon which we manage is being shifted. And we have to begin thinking about how we manage for multiple futures.

**Nathan Rott,** *Byline:* Rather than just assume that a landscape or an ecosystem with minimal human impact is going to more or less stay the way it is.

**Renée Montagne,** *Host:* And Nate, you listed a different challenge as well, overcrowding. I know that the Park Service broke their visitation record last year with more than 300 million visitors.

**Nathan Rott,** *Byline:* Yeah. I mean, it's a good problem to have, right? The parks want people to visit these sites. But at a certain point, it can be too much. We've seen some of that in parks like Yellowstone this year, where you have more people visiting the park than the staff can manage. And that's not to speak ill of the park staff. They're just stretched too thin.
Now, a lot of that has to do with funding. One of the other big challenges we identified, the National Park Service has not been able to pay its bills for a long, long time. It has more than $ 12 billion in deferred maintenance. Those are roads that need to be fixed and buildings that need repairs, even – in some cases, it's entire sewer systems that need repaired, but the money just isn't there. And it doesn't seem like Congress is going to give them any more anytime soon.

**Renée Montagne,** *Host:* So you looked at funding, overcrowding, climate change, relevancy. Was there anything that surprised you?

**Nathan Rott,** *Byline:* Yeah. It definitely changed the way I view national parks. I mean, I'm the kind of person that likes to go out to the parks to get away, to hike, fish, just disconnect. But I met a lot of people that wanted to visit parks to connect, either by traveling in big, loud groups or meeting other people there or even just by posting stuff on social media, you know, taking a photo of that bear and getting a bunch of likes.
And I've realized how valuable that is to the parks, too. My version of how the park should be might not be your version or somebody else's, but that's OK. And I think the Park Service is realizing that, too, and doing a better job of accommodating and meeting people where they are.

**Renée Montagne,** *Host:* Well, good stuff, Nate. Thanks very much.

**Nathan Rott,** *Byline:* Thank you.

**Renée Montagne,** *Host:* That's NPR's Nathan Rott, who's been reporting on the National Park Service's centennial, a birthday being celebrated across the country today.



| | |
|---|---|
| 1. What the NPS manages: *(Name two more.)* | *Name two of the following:*<br>• battlefields<br>• monuments<br>• the historic Oregon Trail |
| 2. Why Nathan Rott reported from several national parks in 2016: | the NPS turned 100 |

| | |
|---|---|
| 3. What Heidi Brill likes about early mornings: *(Name two aspects.)* | *Name two of the following:*<br>• the quietness<br>• the animals are steaming<br>• the sun hitting the forest floor<br>• animals crossing through creeks<br>• visually beautiful |
| 4. What the NPS wants to achieve according to Rott: | the NPS needs to be relevant to all Americans |
| 5. Where the middle school group came from: | the nearby (Eastern Cherokee) reservation |
| 6. Information about Cassius Cash's childhood: *(Name two aspects.)* | *Name two of the following:*<br>• grew up in Memphis<br>• had never been to a national park or forest<br>• got over his fear of the woods through the Boy Scouts |
| 7. Results of a survey on visitors of Great Smoky Mountains National Park: *(Name two.)* | *Name two of the following:*<br>• more than 11 million visits in one year<br>• visitors not representative of the area<br>• average visitor is 41 years old<br>• average visitor is White |
| 8. How Cash is different from most of his colleagues: | only one of very few African American superintendents in NPS |
| 9. What Cash sees as his mission: | go on hikes with people who do not usually visit national parks / go on hikes with ethnically diverse groups |
| 10. How one attraction of the NPS is affected by climate change: | glaciers are melting / areas where (Joshua) trees are growing are shrinking |

## Text 2: A High School in Indiana

**Hinweis:** Aus lizenzrechtlichen Gründen ist die ungekürzte Original-Passage der NPR-Sendung abgedruckt. Die in der Abituraufgabe nicht berücksichtigten Passagen sind durch eine kleinere Schriftgröße kenntlich gemacht und für die Bearbeitung der Aufgaben nicht relevant.

**Scott Simon,** *Host:* In the United States, about one in every ten students is an English-language learner, and many schools struggle to get these students comfortable with their new language. Getting them ahead and to college is another hurdle. One school in Indiana gets that done because their English learners are graduating high school with a diploma and associate's degree. Claire McInerny of Indiana Public Broadcasting went to Fort Wayne to find out how.

**Claire McInerny,** *Byline:* Fort Wayne – it's the second-largest city in Indiana, home to around 250,000 people. And it has one of the largest Burmese refugee populations in the country, including 16-year-old Na Da Laing and her family.

**Na Da Laing:** I struggled in my elementary school because I was different from other students. I couldn't speak English at all.

**Claire McInerny,** *Byline:* Now, eight years later, she's reading George Orwell's *Animal Farm* in English.

**Na Da Laing:** I know conflict will arise because the leader, Napoleon, is going to break the rules of killing someone. So I think the animals are going to go against him.

**Claire McInerny,** *Byline:* For Laing, it's a huge accomplishment to be here. This is a college-level course. She's earning credit for high school and college-level English. And this is the norm for all of her classes. If Laing and her classmates stay on track, they can complete up to half of their Bachelor's degree credits when they leave high school.

At Laing's school, East Allen University – but it's a high school – 20 percent of the students are Burmese refugees.

**Doug Hicks:** Don't forget, students, our yearly semi-formal dance will be held on …

**Claire McInerny,** *Byline:* This is a public school. Anyone can enroll. But the focus is on college prep and college credit.

**Doug Hicks:** Students, Mrs. Irvins will be at EAU all day on Wednesday …

**Claire McInerny,** *Byline:* Principal Doug Hicks says the district started this program five years ago. They chose a building in one of the poorest parts of the city where a growing number of refugee families live. Hicks says they are some of his hardest working students.

**Doug Hicks:** They don't speak English in their household. They didn't live in the country from day one. They have all the strikes against them that we would think as educators that would keep people from achieving, yet they continue to do it.

**Claire McInerny,** *Byline:* Even when Burmese students here get comfortable with English, Shannon Eichenauer, who's Laing's English teacher, says there's more nuance to their learning. When reading *The Great Gatsby*, for example, American students don't think twice about the characters drinking alcohol during prohibition.

**Shannon Eichenauer:** And then you have some Burmese students who – they don't understand – to them, like, why would you break the law? So we have those conversations, and it's really – it's really good. It's rich. It adds to the classroom for sure.

**Claire McInerny,** *Byline:* Eichenauer was teaching at a local college when Principal Hicks recruited her to get licensed in high-school English and come here. That's the story with a lot of other teachers, too, who feel like now they're more than just educators. They're ambassadors to college for these families who sometimes have no understanding of the system. The school also offers college-counselling tutors because even paperwork can be new and unfamiliar. Principal Hicks.

**Doug Hicks:** One thing we've run into here is social security numbers and how old they are and that type of thing.

**Claire McInerny,** *Byline:* When she graduates high school next year, Na Da Laing will be the first in her family to have career options. Her parents started labor jobs back in Myanmar before reaching eighth grade. After graduation, her plan is to attend Indiana Purdue University at Fort Wayne and work part-time to support her parents. As for academics …

**Na Da Laing:** Yeah, I want to major in education and communication Bachelor's degree.

**Claire McInerny,** *Byline:* Do you want to be a teacher?

**Na Da Laing:** English.

**Claire McInerny,** *Byline:* For NPR News, I'm Claire McInerny.

*(Soundbite of Babysleepdreams Song, "Soothing Ride")*

**Scott Simon,** *Host:* This is NPR News.

*Claire McInerny: "A High School's Lesson for Helping English Language Learners Get to College",* IPBS, *25 March 2017, https://www.npr.org/sections/ed/2017/03/25/520848889/a-high-schools-lesson-for-helping-english-language-learners-get-to-college*

1. The city of Fort Wayne …
   c) ☑ has a significant number of refugees.
2. When Na Da Laing started elementary school in the US, she …
   c) ☑ did not fit in with her schoolmates.
3. Years later, she …
   b) ☑ understands English literature.
4. If Na Da Laing succeeds at her high school, she will …
   d) ☑ benefit from it in her future studies.
5. East Allen University is located in …
   d) ☑ an underprivileged neighborhood.
6. The headmaster says that the students who came as refugees …
   a) ☑ cope with challenges.
7. According to the English teacher, the Burmese refugee students …
   d) ☑ bring a new perspective to discussions.
8. Many teachers at the school help students with …
   c) ☑ the university admission process.
9. Unlike her parents, Na Da Laing will be able to …
   c) ☑ choose her future profession.
10. Besides her studies she wants to work in order to …
    b) ☑ help her family financially.

**Text 3: Visions of the Future**

So global warming is still a problem. The huge changes that we and other countries have made over the last decades have not been sufficient – a steeper reduction in carbon emissions is needed, to limit the warming of the planet. But what if most of us remain reluctant environmentalists?
Then we'll need the government to curtail our freedom. That would mean a strange new era of politics, in which the state becomes a sort of green nanny. It's possible to imagine this in dystopian terms – parents denounced by their children for eating the wrong thing, and foreign travel only available to a super-rich elite, and people condemned for thought crimes against the planet. But it's also possible to imagine the shift in more positive terms, as a sort of liberation from the era of excess. Maybe we will feel more in touch with the natural world, through a new sense of our solidarity with the vulnerable planet. Admittedly that's pretty difficult to imagine – our freedom to choose to be excessive consumers is a pretty big part of who we are.



According to the speaker, the fight against global warming might affect our lives …

| | |
|---|---|
| 1. in negative ways: *(Give two examples.)* | *Name two of the following:*<br>• the state will need to limit personal freedom<br>• people might denounce each other (for anti-environmental behaviour)<br>• travelling will only be affordable for rich people<br>• thought crimes against the planet will be punished |
| 2. in positive ways: *(Give two examples.)* | *Name two of the following:*<br>• liberation from consumerism and excess<br>• people might be more in touch with nature<br>• new solidarity with the suffering planet |

## Sprachmittlung

*Für ein internationales Schulprojekt sollen Sie zum Thema „Wölfe in Deutschland" recherchieren und Ihre Ergebnisse in einem Artikel für die Projektwebseite zusammenfassen. Dabei sollen Sie zum einen auf die aktuelle Faktenlage zu den heimischen Wölfen eingehen und zum anderen darlegen, welche verschiedenen Reaktionen die Rückkehr der Wölfe auslöste. Wählen Sie eine treffende Überschrift für Ihren Text und bedenken Sie, dass Sie den Text im Kontext eines Projektes schreiben, in dem es um Wildtiere im 21. Jahrhundert geht, und Sie besonders auf die deutsche Perspektive eingehen sollen.*
*Gliedern Sie Ihren Text schlüssig, indem Sie mit einer Einleitung beginnen, die neugierig macht und das Problem skizziert, und indem Sie Ihren Artikel mit einem Ausblick*

*abrunden. Ihr Artikel soll informativ sein, also bemühen Sie sich um eine möglichst objektive Wortwahl.*
*Folgende Informationen aus dem Text sollte Ihr Artikel beinhalten:*
- *Informationen über die Lebensart und die aktuelle Ausbreitung der Wölfe:*
  - *Wölfe sind wieder nach Deutschland eingewandert, nachdem sie lange verschwunden waren (s. Z. 27/28).*
  - *In Deutschland stehen sie unter Artenschutz (s. Z. 13/14; 28).*
  - *Es gibt etwa 480 Tiere, die Population wächst (s. Z. 24/25).*
  - *Wölfe können sich auch an einen modernen Lebensraum gut anpassen und sind sehr territorial (s. Z. 19–23; 40).*
  - *Sie jagen Nutztiere, aber auch Waldtiere wie Hirsche und Wildschweine (s. Z. 36/37; 38/39).*
- *Reaktionen auf die Rückkehr der Wölfe:*
  - *Viele Menschen haben negative Vorurteile und Ängste (s. Z. 46/47).*
  - *Menschen, vor allem in Großstädten, haben ein verklärtes Bild vom Wolf, den sie als Symbol der wiederkehrenden Wildnis sehen (s. Z. 17/18).*
  - *Wölfe sind Hoffnungsträger, denn sie können einen Beitrag zur Wiederherstellung des natürlichen Gleichgewichts zwischen Raub- und Beutetieren leisten (s. Z. 6–9).*
  - *Schäfer*innen und Besitzer*innen von möglichen Beutetieren müssen besondere Sicherungsmaßnahmen ergreifen, aber können dann weitestgehend friedlich mit den Wölfen zusammenleben (s. Z. 37/38; 42–44).*

**A fairy tale come true? The return of wolves to Germany**

Wolves are the villains of many gruesome fairy tales. So when they were starting to make a comeback to the forests of Germany, where they had not been present for decades, it triggered many prejudices in the minds of people. Some were afraid of going to the woods in fear of being attacked, whereas others romanticised the idea of their return as a symbol for the reintroduction of the wilderness to our modern lifestyle.
The truth is somewhere in between. There are currently only very few wolves living in Germany, about 480 in total. That is not yet enough to have a positive impact on the ecological balance. However, the wolves are protected by the German law and the numbers are rising. They adapt well to the modern habitat they encounter. Once a pack of wolves has settled in an area, they are very territorial and will defend their hunting grounds. They can hunt anything from livestock to wild animals. That means that protective measures like herding dogs or electric fences have to be taken by livestock owners but, once the boundaries are set, they are unlikely to experience any incidents. Wolves used to be part of Germany's rich fauna and it is paramount to welcome them back, while at the same time supporting those negatively affected by their return. Practice has shown that peaceful cohabitation is possible and an irrational fear of the "Big Bad Wolf" should remain in the land of fairy tales. *(245 words)*

## Abitur 2020 Englisch (Hamburg) – erhöhtes Anforderungsniveau

### Hörverstehen

You will hear each recording **twice**. After each listening you will have time to complete your answers.

**Task 1: Nonstop Travel** 13 BE

You will hear a radio feature about PRT. While listening, answer the questions. You need not write complete sentences.

1. What does PRT stand for?

 ______________________________

2. What is Mike Lester's job?

 ______________________________

3. According to Mike Lester, what are the advantages of PRT in an urban setting?
 *(Name three.)*
 - ______________________________
 - ______________________________
 - ______________________________

4. What evidence is there that a PRT system might work?
 *(Name one aspect.)*

 ______________________________

5. What features of the PRT full-size prototype are mentioned?
 *(Name three more.)*
 - bright red, tiny, pod-like cars
 - ______________________________
 - ______________________________
 - ______________________________

6. Why has PRT not been implemented according to Ken Halverson?

 ______________________________

7. Why has a PRT system not been built in Minnesota?

 ______________________________

8. What is Tom Sorel's assessment of the future of PRT?

___

9. What is used to start and end the radio program?

___

**Task 2: Photos**

16 BE

You will hear a radio feature about some very special photos. While listening, do the tasks. You need not write complete sentences.

1. What did Sir Arthur Conan Doyle think of the photos?

___

2. What made the garden in Cottingley so attractive for Frances? *(Name two aspects.)*

- ___
- ___

3. According to Hazel Gaynor, why did Frances come up with her story? Tick (✓) the correct answer (a, b, c or d).

a) ☐ to impress her English cousin
b) ☐ to distract her family from the war
c) ☐ to have an excuse for getting dirty
d) ☐ to be permitted to use her father's camera

4. The two famous photographs. Complete the table.

| | What is happening? | Where is it set? |
|---|---|---|
| 1st photo | | |
| 2nd photo | Elsie watching a gnome walking towards her | |

5. Perception of the photos over time. Complete the table.

| | perception | explanation |
|---|---|---|
| in the 1920s | good quality | |
| today | bad quality | |

6. What explanation does Elsie Wright give to prove that the photos are real?

____________________________________________

7. How did the girls create the image of the figures in the photos?
   *(Name two aspects.)*
   - ________________________________________
   - ________________________________________

8. Why does Elsie Wright tell the truth in the end?

____________________________________________

9. What makes the fifth photo different from the others?

____________________________________________

10. What does Hazel Gaynor think of Frances Griffiths and her story?
    Tick (✓) the correct answer (a, b, c or d).

    Hazel Gaynor …

    a) ☐ would love some of the story to be true.
    b) ☐ is convinced Frances Griffiths was right.
    c) ☐ makes it clear that she does not believe her.
    d) ☐ accepts that people can have unusual ideas.

11. What is Hazel Gaynor's role in this radio programme?
    Tick (✓) the correct answer (a, b, c or d).

    a) ☐ author
    b) ☐ expert
    c) ☐ presenter
    d) ☐ researcher

## Sprachmittlung

### Assignment

As an intern at the Leipzig tourist office, you have been asked to contribute an article about the *Reclam* Museum for the website www.english.leipzig.de.
On the basis of the interview, write the article presenting the museum, its founder Hans-Jochen Marquardt and the *Reclam* publishing house.

**Material: „Ich glaube nicht, dass es eine vollständigere Sammlung gibt"**
Von Luise Checchin. Ein Interview mit Hans-Jochen Marquardt.

Am Mittwoch dieser Woche eröffnet das weltweit erste *Reclam*-Museum in Leipzig. Zu sehen geben wird es eine Präsenzbibliothek mit mehr als 10 000 Bänden, eine Dauerausstellung zur Geschichte der „Universal-Bibliothek" und Raritäten wie zwei Feldbüchereien oder ein *Reclam*-Bücher-Automat. [...]

**Je nachdem, wie gerne jemand den Deutschunterricht hatte, lösen *Reclam*-Bücher entweder Abscheu oder Nostalgie aus. Können Sie sich an Ihr erstes *Reclam*-Heft erinnern?**

Meine Situation war etwas speziell, weil mein Vater lange Jahre Leiter des DDR-*Reclam*-Verlags war. Nach dem Zweiten Weltkrieg gab es ja einen Verlag in Leipzig und einen in Stuttgart. Ich hatte also schon von klein auf eine Verbindung zu dem Thema. Aber natürlich wurde auch ich – wie wohl jeder im deutschsprachigen Raum – in der Schule damit konfrontiert. Und wenn der Deutschlehrer reinkam mit einem Stapel Hefte und sagte: „Wir lesen heute mal *Emilia Galotti* mit verteilten Rollen", dann gab es sehr unterschiedliche Reaktionen. Entweder fiel die Kinnlade runter oder es ging ein Lächeln über das Gesicht. Bei mir war es eher Letzteres, ich liebte schon immer Literatur.

**In den Zwanzigerjahren warb *Reclam* mit dem doch recht frechen Spruch „*Reclam* braucht keine Reklame".**

Klar ist das ein bisschen frech. Ein Unternehmen, das damit wirbt, dass es keine Werbung braucht, hat es geschafft. Für diesen Erfolg gab es mehrere Gründe: 1867 wurden die Urheberrechte für viele Autoren frei, die 30 Jahre vorher gestorben waren. Das nutzten etliche Verlage, aber *Reclam* setzte sich dabei durch. Das lag an Neuerungen in der Drucktechnik, aber auch an *Reclams* Idee der „Universalbibliothek". Damit konnte sich plötzlich jeder für wenig Geld eine kleine Bibliothek zusammenstellen. Und zwar musste man nicht, wie damals üblich, eine ganze Buchreihe erwerben, sondern durfte einzelne Bände kaufen. So stillte man den Bildungshunger der Arbeiterklasse.

**Könnte man im Internetzeitalter, in dem Wissen umsonst zur Verfügung steht, nicht meinen: *Reclam* ist überflüssig?**

Loriot hat mal gesagt, ein Leben ohne Mops ist möglich, aber sinnlos. So ähnlich ist es mit *Reclams* Universal-Bibliothek. Natürlich kann man auch ohne diese Buchreihe Literatur studieren. Aber ich würde es niemandem raten. Gerade für den Einstieg ist die Reihe wahnsinnig wichtig, weil *Reclam* Wert darauf legt, auch Texte, die man zigtausend Mal gedruckt hat, wie etwa Goethes *Faust*, immer wieder kritisch zu überprüfen, zu kommentieren und die Textgestalt zu hinterfragen. *Reclam* hat eine Geschichte, die mehr als 150 Jahre währt. Das ist eine gewaltige Kulturleistung, die da vollbracht worden ist. Das gibt es so nirgendwo in der Welt.

**Wenn der Verlag noch so lebendig ist, warum braucht es dann überhaupt ein *Reclam*-Museum?**

*Reclam* wurde ja einst in Leipzig gegründet, aber 2006 hat der Verlag die Stadt endgültig verlassen und ist seitdem nur noch in Ditzingen bei Stuttgart ansässig. Das riesige Verlagsgebäude, das *Reclam* von der Treuhand zugesprochen bekommen hatte, wurde saniert und dann verkauft. Auch sonst ist fast keiner der großen Verlage, die nach dem Zweiten Weltkrieg aus Leipzig weggezogen waren, nach der Wende zurückgekehrt. Für die Buchstadt Leipzig war das natürlich bitter. Bei dem Museum geht es nun einfach darum, dass *Reclam* nicht aus dem kulturellen Gedächtnis der Leipziger verschwindet.

**Die meisten Bände im Museum kommen aus Ihrem Privatbesitz.**

Nein, alle.

**Alle?**

Ja, wobei das auch nur ein Teil meiner privaten Sammlung ist. Ich habe etwa mit 14 Jahren mit dem Sammeln angefangen.

**Wie kommt ein 14-Jähriger darauf, *Reclam*-Bände zu sammeln?**

Da mein Vater den Verlag in der DDR geleitet hat, hat er mir auch ab und zu einen Band geschenkt. Ich hab mich früh schon mit der Geschichte des Verlags beschäftigt und mich hat das Konzept fasziniert: Möglichst vielen Menschen Literatur zu einem kleinen Preis anzubieten. Später bin ich Germanist geworden, da hat sich das Interesse natürlich noch vertieft. Und irgendwann kam dann auch die Idee hinzu, dass ich der Stadt Leipzig gerne einmal die Sammlung schenken würde.

*(622 Wörter)*

*Luise Checchin: „Ich glaube nicht, dass es eine vollständigere Sammlung gibt"*, Süddeutsche Zeitung *vom 22. 10. 2018, https://www.sueddeutsche.de/kultur/interview-am-morgen-reclam-verlag-ich-glaube-nicht-dass-es-eine-vollstaendigere-sammlung-gibt-1.4176912*

**Anmerkungen**

Z. 4 Feldbücherei: transportable Bibliothek für Soldaten im Ersten Weltkrieg
Z. 30 Loriot: deutscher Humorist
Z. 42 Treuhand: Bundesbehörde, die die Umstrukturierung der Wirtschaft der ehemaligen DDR im Rahmen der Wiedervereinigung organisierte

## Lösungsvorschläge

## Hörverstehen

### Text 1: Nonstop Travel

**Hinweis:** Aus lizenzrechtlichen Gründen ist die ungekürzte Original-Passage der NPR-Sendung abgedruckt. Die in der Abituraufgabe nicht berücksichtigten Passagen sind durch eine kleinere Schriftgröße kenntlich gemacht und für die Bearbeitung der Aufgaben nicht relevant.

**Steve Inskeep,** *Host:* When I was a kid, we went to Disney World. We walked around Tomorrowland or rode on the WEDWay PeopleMover. Little electric cars pulled us around the park on overhead tracks.

**Renée Montagne,** *Host:* A real-life transit concept proposes to take that idea and make it so that individual riders can go wherever they want. It's our subject as we make transportation the focus of a new round of the NPR Cities Project.

**Unidentified Women #1:** Becoming a world-class city.

**Unidentified Man #1:** We have to find a way to move people a lot more efficiently.

**Renée Montagne,** *Host:* We have a vision for a revolutionary form of public transportation. It's under discussion in Greenville, South Carolina, Austin, Texas and Santa Cruz, California. The only place in the U.S. that you can ride it now is on the campus of West Virginia University.

*(Soundbite of Archived Recording)*

**Unidentified Man #2:** Come. Take a ride of the future. But this is not the future. This is the '70s. And you are riding PRT – PRT, personal rapid transit.

**Steve Inskeep,** *Host:* This is the '70s. That is a 38-year-old promotional video for the personal rapid transit system in Morgantown, West Virginia. Cars on a track make nonstop trips to their destinations. Just tell it where you're going, and you're off. PRT is a big idea. And since NPR's Joe Palca is all about big ideas, we asked him to investigate.

**Joe Palca,** *Byline:* I decided a good way to learn more about PRT was to go to Minneapolis …

**Unidentified Women #2:** *(Over loudspeaker)* Green line train to downtown Minneapolis is due in two minutes.

**Joe Palca,** *Byline:* … where I could meet up with Mike Lester, CEO of Taxi 2000, a company that designs PRT systems. To get to my downtown meeting I took light rail, and my trip turned into an unexpected lesson in why PRT might be a good idea. Things went smoothly at first. But when we got to the West Bank Station, the train stopped and sat.

**Unidentified Man #3:** *(Over loudspeaker)* Once again, I apologize for the delay. We are continuing to hold here at this station until further notice.

**Joe Palca,** *Byline:* Apparently, a train up ahead had struck a car at an intersection. I'm running late for my appointment with Mike Lester. So I abandon the train and get in a cab.

*(Soundbite of Phone Ringing)*

**Joe Palca,** *Byline:* Hello?

It's Lester, asking if I'm OK. Hi, I'm fine. But *(laughter)* there was an accident on the green line. And I had to jump in a taxi to get over to you.

The irony here is that one of the advantages of the PRT system Lester wants to build is that it runs on an elevated guideway. So it wouldn't run the risk of hitting cars or pedestrians.
And there's the station.

I asked Lester to meet me downtown so he could show me some of the advantages of PRT in a crowded urban setting.

**Mike Lester:** One of the things I wanted to point out to you is – see the buses?

**Joe Palca,** *Byline:* Yeah, a lot of buses.

**Mike Lester:** Empty – but they still need to circulate.

**Joe Palca,** *Byline:* Lester says in a PRT system, the pods only run when they have passengers.

**Mike Lester:** One of the benefits of having an elevated system that only moves when somebody's paying is you're not in traffic. And you're not running empty buses.

**Joe Palca,** *Byline:* Another advantage is the elevated guideway doesn't take up much space. He points to a lamppost.

**Mike Lester:** That's the post we need, right? And then you come up with a 90 foot piece of guideway. And you set it on the post.

**Joe Palca,** *Byline:* So you only need a post every 90 feet. And Lester says you can install a PRT system for about a quarter of the cost per mile of a light-rail system. Now, there are a multitude of studies, reports, assessments and reviews of the PRT concept. And many say PRT will relieve traffic congestion and move people efficiently. There've even been a few small systems built. There's one at Heathrow Airport Terminal 5, and there's one at Masdar City in Abu Dhabi. But these are the exceptions. For the most part, PRT has gone nowhere. This hasn't fazed Mike Lester. And he's eager to have me visit Taxi 2000's headquarters so I can see a concrete example of his vision for the future. Headquarters is off a busy road in a small industrial park in the Minneapolis suburb of Fridley.

**Mike Lester:** This is where we have our full-size operating prototype.

**Joe Palca,** *Byline:* And Lester wants me to go for a ride on it. To start, Lester hands me a laminated fare card.

**Mike Lester:** You go up the stairs. There's a station platform when you get into the second level.

**Joe Palca,** *Byline:* Waiting at the platform is a bright red, tiny pod-like car.

**Mike Lester:** Walk up. Swipe your card.

**Joe Palca,** *Byline:* OK.

**Mike Lester:** And the door will open.

**Joe Palca,** *Byline:* So, the roof and the side just sort of slid back. And what I see is a three-passenger bench. I step in and sit down on the bench. A button over the front window says, "go". So I'm going to press "go".

**Mike Lester:** Yes.

**Joe Palca,** *Byline:* The door slides shut and latches. I'm moving. It's pretty smooth. It's not going very fast, but we're only going about 60 feet I think. And we've arrived. The door glides back, and I step out onto another platform. That's pretty cool.

**Mike Lester:** There you are, ten seconds into the future.

**Joe Palca,** *Byline:* To be honest, I think riding in one of these automated pod cars to work would be kind of fun. So why has PRT failed to catch on? Ken Halverson is chief financial officer for Taxi 2000. He says the company has been getting a lot of inquiries lately.

**Ken Halverson:** We've had 40 or 50 cities tell us they would love to be second. But you can't be second until someone steps up to be first.

**Joe Palca,** *Byline:* Halverson says Greenville, South Carolina, is seriously considering going first. But they haven't yet figured out who's going to pay for it.

**Unidentified Women #2:** *(Over loudspeaker)* Green line train to downtown Saint Paul is due in two minutes.

**Joe Palca,** *Byline:* To find out why Minnesota never built a PRT system, I jumped back on the green line and headed over to Saint Paul to speak with Tom Sorel. He was formerly the state's commissioner of transportation. He says the state did consider PRT, but there was stiff opposition from backers of buses and light rail. And nothing was ever built.

**Tom Sorel:** I think one of the challenges we've always had with PRT is there's no pot of money where this fits well. And that's just not in Minnesota. It's nationally as well.

**Joe Palca,** *Byline:* There already are pots of tax money for things like buses and light rail. Sorel says the other problem facing PRT is that the picture of urban transit is changing. Uber and similar services are already here. Driverless cars aren't far off. Sorel wonders if PRT's time has come and gone.

**Tom Sorel:** Because the last thing you want to do is put up some track all over the place and then have it sit there.

**Joe Palca,** *Byline:* The PRT system in West Virginia is still running. But it didn't kick-start the revolution in rapid transit people had hoped for back in 1975.

*(Soundbite of Archived Recording)*

**Unidentified Man #2:** Personal rapid transit, a ride of the future.

**Joe Palca,** *Byline:* Well, not yet anyway. Joe Palca for NPR's Cities Project.



1. What does PRT stand for?
   **Personal Rapid Transit**

2. What is Mike Lester's job?
   **CEO of the company that designs PRT/Taxi 2000**

3. According to Mike Lester, what are the advantages of PRT in an urban setting? *(Name three.)*
   ***Name three of the following:***
   - **PRT only runs with passengers–no more empty buses**
   - **PRT does not need much space (the pods float through the air)**
   - **passengers cannot get stuck in traffic**
   - **cheaper than other methods of transport**

4. What evidence is there that a PRT system might work? *(Name one aspect.)*
   ***Name one of the following:***
   - **PRT systems already run at Heathrow airport and in Abu Dhabi**
   - **studies and reports came out in favour of PRT**

5. What features of the PRT full-size prototype are mentioned? *(Name three more.)*
   ***Name three of the following:***
   - **to use it, you swipe a laminated fare card**
   - **elevated platform**
   - **roof and side of the pod glide open to let passengers in**
   - **three-passenger bench**
   - **press go-button to launch**
   - **ride is smooth and slow**

6. Why has PRT not been implemented according to Ken Halverson?
   **cities do not want to be the first to implement PRT/would rather see it working in another city before they invest/it is not sure where the money would come from**

7. Why has a PRT system not been built in Minnesota?
   **opposition from established public transport companies/no assigned tax money budget**

8. What is Tom Sorel's assessment of the future of PRT?
   **PRT will not be necessary in modern cities/PRT's time has come and gone/PRT will not be a viable solution in the future**

9. What is used to start and end the radio program?
   **soundbites from a 1975 commercial/an old commercial**

## Text 2: Photos

**Narrator:** And today we go back to 1920 and a claim that would astound the world. Two British girls said they'd photographed fairies and what's more, the creator of Sherlock Holmes, Sir Arthur Conan Doyle, backed them up, saying the pictures proved the existence of fairies.
The story began at the bottom of a garden, by a stream in the tiny village of Cottingley in the North of England. Two girls, Elsie Wright, nearly 16, and her cousin Frances Griffiths, just 9, spent the summer of 1917 playing by the stream, or the beck as they called it, with, they told their parents … the fairies.

**Hazel Gaynor:** It was really Frances who was captivated by the beck at the bottom of the garden.

**Narrator:** Hazel Gaynor is an author who's just published a novel based on the Cottingley fairies and has done extensive research into the story.

**Hazel Gaynor:** She was enchanted by the wildlife around there and liked the sense, the atmosphere of the place. Now Frances, as she became an elderly lady and up to her dying day, did absolutely maintain that she saw real fairy-life in Cottingley beck.

**Narrator:** Frances Griffiths and her mother had come from South Africa to live in Yorkshire with her aunt, uncle and cousin, while her father was away fighting in the First World War.

**Hazel Gaynor:** And, because she kept going to play at the beck, she kept getting wet, her petticoats were muddied and her socks and shoes, and her mother kept telling her not to play there. So, in her own defence, Frances said, "I want to go and play at the beck because I play with the fairies." And it was this sort of almost unplanned admission that led to her and Elsie then concocting some way to prove to Frances's mother that Frances was telling the truth.

**Narrator:** So the girls borrowed Elsie's father's camera and decided to photograph the fairies.

**Hazel Gaynor:** Perhaps most well-known, most iconic, Cottingley photograph is the one of Frances and she's positioned at a mossy bank with the waterfall of Cottingley beck behind her, and she's leaning forward with five little fairies dancing, very animated-looking, in front of her. The second photograph is of Elsie, who is the elder of the two cousins, and she was positioned in a field with what became known as a gnome that seemed to be walking towards her. They're actually very good-quality photographs, given the time at which they were taken and that they were taken by the two girls, and the fairies themselves, they're not tiny wispy barely-there figures, you know, they're quite solid.

**Narrator:** To the modern eye, the fairies look two-dimensional and the photos staged. But for decades, Elsie maintained her encounter with the fairies and the gnome had been real. "Fairy-fever" gripped the nation and the photographs were taken on tour around the UK and the US. Half a century later, Elsie was still proudly defending them.

**Elsie Wright:** The thing that they can't understand is that they were all taken on rather dull days, and yet the fairies were lit up. They're sort of glowing, they said they were luminous, the Kodak man said, and they were moving.

**Narrator:** The mystery endured for several more years, but in 1983 Elsie finally confessed to the BBC. She'd drawn and cut out the fairies and stuck them in the ground using long hatpins so they appeared to be floating.

**News Reporter:** Why have you decided to admit that it wasn't quite what it seemed all these years later?

**Elsie Wright:** Well, I thought about my grand-, I've got three grandchildren. I don't, didn't want them to, err … to think they would get teased, you know, because it will go on and on and on, and it might go on forever. So I thought I'd better nip it in the bud.

**Narrator:** And that is almost the end of the story, except that there's a fifth photo … just fairies in this one, translucent, emerging from a nest of grasses. This one, Elsie's cousin Frances always maintained, was real.

**Hazel Gaynor:** The more I've researched and the more I have understood and read, particularly about Frances, I am really interested in her as a young girl, moving away from her home to an unfamiliar country, her father away at war, and maybe conditions were just right for her to be in tune with something else. And I … I think it's far more, erm …, enchanting to … to believe that there is an element of truth to this story, than to just dismiss it all.



1. What did Sir Arthur Conan Doyle think of the photos?
   **believed they were authentic/believed they proved that fairies existed**

2. What made the garden in Cottingley so attractive for Frances? *(Name two aspects.)*
   ***Name two of the following:***
   - **waterfall and small river/stream/beck**
   - **wildlife**
   - **atmosphere/sense of it**

3. According to Hazel Gaynor, why did Frances come up with her story? Tick (✓) the correct answer (a, b, c or d).
   c) ☑ to have an excuse for getting dirty

4. The two famous photographs. Complete the table.

| | What is happening? | Where is it set? |
|---|---|---|
| 1st photo | **Frances with five dancing fairies** | **in front of the waterfall** |
| 2nd photo | Elsie watching a gnome walking towards her | **in a field** |

5. Perception of the photos over time. Complete the table.

| | perception | explanation |
|---|---|---|
| in the 1920s | good quality | **fairies well visible/solid/appeared real/impressive given the age of the photographers/the time** |
| today | bad quality | **fairies look two-dimensional/ scene seems staged** |

6. What explanation does Elsie Wright give to prove that the photos are real?
   (**despite dull weather**) **fairies look glowing and lit-up/like they are moving**

7. How did the girls create the image of the figures in the photos? *(Name two aspects.)*
   ***Name two of the following:***
   - **drew the fairies**
   - **cut them out from paper**
   - **put them on long hatpins and stuck them in the ground**

8. Why does Elsie Wright tell the truth in the end?
**did not want her grandchildren to suffer or get teased because of the story**

9. What makes the fifth photo different from the others?
**Frances claimed it was real/only fairies (and no people) in the photo**

10. What does Hazel Gaynor think of Frances Griffiths and her story?
Tick (✓) the correct answer (a. b, c or d).

Hazel Gaynor …

a) ☑ would love some of the story to be true.

11. What is Hazel Gaynor's role in this radio programme?
Tick (✓) the correct answer (a, b, c or d).

b) ☑ expert

## Sprachmittlung

*Ihre Aufgabe ist es, Informationen über das* Reclam-*Museum, dessen Gründer und den* Reclam-*Verlag im Interview zu finden und daraus einen Artikel für die Webseite des Leipziger Tourismusbüros zu schreiben. Wählen Sie außerdem eine Überschrift, die Aufmerksamkeit erregt, und schreiben Sie eine Einleitung, die Ihre Leserschaft dazu bringt, weiterzulesen. Reichern Sie Ihren Artikel mit den Informationen an, die Sie gefunden haben, und schreiben Sie am Schluss entweder, warum das Museum einen Besuch wert ist, oder nennen Sie weitere Informationen, die für Touristinnen und Touristen relevant sein könnten. Behalten Sie im Hinterkopf, dass Sie ein Praktikum im Leipziger Tourismusbüro machen und dass Ihre Zielgruppe internationale Besucher *innen der Stadt sind. Dementsprechend sollten Sie den kulturellen Hintergrund einiger Dinge erklären, wie zum Beispiel den der* Reclam-*Bücher.*

*Die folgenden Informationen können Sie dem Text entnehmen:*

- *Informationen über den* Reclam-*Verlag:*
  - *existiert seit mehr als 150 Jahren (s. Z. 36)*
  - *Bestreben, Literatur so preiswert zu verkaufen, dass sie für alle Menschen zugänglich ist (s. Z. 24–27, 56/57)*
  - *klassische Werke (mit Annotationen) (s. Z. 33–35)*
- *Informationen über das* Reclam-*Museum:*
  - *Verlagshaus ursprünglich in Stuttgart und Leipzig ansässig, jetzt nur noch in Stuttgart (s. Z. 9/10, 40/41)*
  - *Museum soll die Wichtigkeit des* Reclam-*Verlages für die Buchstadt Leipzig zeigen (s. Z. 45–47)*
  - *bietet mehr als 10 000 Bücher, eine Ausstellung über die Geschichte* Reclams *und Interessantes wie zwei Feldbüchereien oder einen Bücher-Automaten (s. Z. 2–4)*
- *Informationen über den Gründer Hans-Jochen Marquardt:*
  - *sein Vater war Leiter des DDR-*Reclam-*Verlags (s. Z. 8/9, 54)*
  - *sammelt seit seinem 14. Lebensjahr* Reclam-*Bücher (s. Z. 51/52)*
  - *spendete seine Privatsammlung dem Museum (s. Z. 48/49, 58/59)*

**Literature lovers' heaven: The *Reclam* Museum in Leipzig**

Do you like literature? Experience the concept that has made it accessible to everyone in Germany. Visit the *Reclam* Museum in Leipzig.

*Reclam* is a German publishing house that was founded 150 years ago. Based on cheaper printing methods and a change in copyright, *Reclam* made literary works accessible to the common people at affordable prices. Everyone could put together their own little library according to their taste because contrary to other publishers, *Reclam* books could be bought individually. In connection with the classics, such as Goethe or Schiller, almost all Germans know *Reclam* books.

After the Second World War, the publishing house had a West and an East German branch. The East German branch was managed by the father of our museum's founder, Hans-Jochen Marquardt. Young Hans-Jochen started collecting *Reclam* books at the age of 14. He remained true to his fascination for literature. So, he wanted to keep up the memory of the traditional publishing house in the "book city" when the publisher left Leipzig in 2006.

Marquardt donated 10 000 books from his own private collection to the museum. Apart from these, you can also find out about the history of *Reclam* in a permanent exhibition or admire rare exhibits, such as a mobile library from World War I or a book vending machine.

Isn't that worth a visit? For further information, directions or ticket prices go to: www.reclam-museum-leipzig.de.

*(240 words)*

## Abitur 2021 Englisch (Hamburg) – grundlegendes Anforderungsniveau

### Hörverstehen

You will hear each recording **twice**. After each listening you will have time to complete your answers.

**Task 1: Book Reviews** 5 BE

You will hear five excerpts from radio reports in which the host reviews audiobooks. Match each book review (1 to 5) with one of the headings (A to G) by putting the corresponding letter into the correct box. For each book review there is only one answer which sums up the overall idea best. There are two more headings than you need. You have one minute to read the assignment.

**Headings:**

**A** Stealing to survive
**B** A cruel new parent
**C** Downfall of a nation
**D** Territorial expansion
**E** Frustration upon arrival
**F** History from a female perspective
**G** Hope in the face of financial difficulties

| Book Review | 1 | 2 | 3 | 4 | 5 |
|---|---|---|---|---|---|
| Heading | | | | | |

**Task 2: Lunch** 13 BE

You will hear a BBC report about how lunch breaks have changed.
While listening, fill in the missing information. You need not write complete sentences. Unless otherwise specified, name one aspect. You have one minute to read the assignment.

| | |
|---|---|
| 1. Role of lunch breaks in the past: *(Add two.)* | • enjoy food and drink<br>•<br>• |

| | |
|---|---|
| 2. Reason for the return of lunch breaks in a Singapore institution: | |
| 3. Purpose of lunch breaks in the banking district of London in the past: | |
| 4. Changes in what is consumed: *(Name two.)* | •<br>• |
| 5. Reason why business lunches have changed: | |
| 6. Role of "Marks and Spencer": | |
| 7. Reason why new kind of lunches are considered "democratic": | |
| 8. Changes in the kind of food that can be purchased for lunch: | |
| 9. Way the food is usually consumed: | |
| 10. Result of an international study on the effect of extended lunches: | |
| 11. Assessment of the current situation by the interviewee: *(Name one aspect.)* | |

**Task 3: A New Idea for Travelling** 7 BE

You will hear an interview with the British adventurer Alastair Humphreys. While listening, tick (✓) the correct answer (a, b, c or d). There is only one correct answer. You have two minutes to read the assignment.

1. Having traveled the world, Alastair Humphreys turned to …
   a) ☐ package tours.
   b) ☐ survival training.
   c) ☐ nature preservation.
   d) ☐ unspectacular activities.

2. Humphreys says that the week's experience was …
   a) ☐ relaxing.
   b) ☐ manifold.
   c) ☐ dangerous.
   d) ☐ monotonous.

3. For Humphreys, the advantage of a microadventure is that it is …
   a) ☐ romantic.
   b) ☐ exclusive.
   c) ☐ inexpensive.
   d) ☐ uncomplicated.

4. His contribution to the microadventure concept is to have …
   a) ☐ popularized it.
   b) ☐ commercialized it.
   c) ☐ come up with the idea.
   d) ☐ placed more focus on sports activities.

5. Humphreys' concept motivates people to …
   a) ☐ live healthier lives.
   b) ☐ take random trails.
   c) ☐ cycle along motorways.
   d) ☐ explore the places around them.

6. For Humphreys, spending a night outside …
   a) ☐ unites the family.
   b) ☐ provides a new perspective.
   c) ☐ makes you feel insignificant.
   d) ☐ helps you understand the world.

7. Humphreys' main message is that you should …
   a) ☐ take more but shorter holidays.
   b) ☐ take a break from working too much.
   c) ☐ go on environmentally friendly holidays.
   d) ☐ enjoy ordinary things that fit in with your life.

## Assignment

Your Irish friend is considering a gap year and wants to know what Germans think about this issue.
Based on the article, write him/her an email, outlining the expectations and reservations involved.

**Mut zur Lücke!**
Von Deike Uhtenwoldt

*Ferne Länder sehen, bedrohte Tiere retten, Sprachen lernen: Ein Gap Year zwischen Abitur und Studium ist beliebt und oft nützlich für den weiteren Lebensweg. Manche Angebote allerdings sind völlig überteuert oder wenig sinnvoll für die Karriere.*

Die Lücke zwischen Abi und Studium, in der Familie Brößling ist sie Pflichtprogramm. „Die Kinder kommen durch das G8-Abi sehr jung aus der Schule und haben angesichts des steigenden Rentenalters noch genug Zeit, etwas anderes zu machen, als gleich zum Studium zu rennen", erklärt Mutter Katja Brößling, warum ihre Kinder nach der Schule einen Freiwilligendienst antreten sollen. Die Betriebswirtin zeigt sich offen für die Zukunftspläne der Kinder, ob Ausbildung oder Studium. Was genau es werden soll, dürfen sie selbst bestimmen – solange sie vorher ein Jahr lang bewiesen haben, dass sie auf eigenen Beinen stehen können. „Ich finde dieses Jahr unglaublich praktisch für die jungen Leute", sagt sie. „Sie können sich ausprobieren. Ohne den Druck, gleich wieder im ersten Semester eine Leistung abliefern zu müssen."

Brößlings Sohn ist gerade 18 geworden und wird ab September einen Bundesfreiwilligendienst in der Seehundauffangstation in Norden-Norddeich absolvieren. Die Tochter hat noch ein Jahr bis zum Abi, sie will sich politisch engagieren, am liebsten in Frankreich, und fragt gerade bei Parteiorganisationen im Nachbarland an. Zwischendurch hatte die 16-Jährige auch mal mit einer Auszeit in Neuseeland geliebäugelt, aber ihre Eltern hatten ziemlich schnell deutlich gemacht, dass das Jahr selbst finanziert werden muss – und möglichst gesellschaftlich sinnvoll sein soll [...].

Seehunde retten, abgeschieden mit anderen Freiwilligen zusammenwohnen oder möglichst viel von der Welt entdecken und sie hier und da ein wenig besser machen – für die unterschiedlichen Zielvorstellungen junger Schulabgänger gibt es inzwischen einen Begriff: das „Gap Year", ein Lückenjahr also. Aber mit Pause und Nichtstun hat es wenig zu tun: „Es geht um die Phase zwischen zwei Lebensabschnitten, die eine neue Erfahrung mit sich bringt, über eine längere Zeit andauert und häufig mit einem Auslandsaufenthalt junger Menschen in Verbindung gebracht wird", sagt die Geographin Manuela Bauer. Die Wissenschaftlerin schließt gerade ihre Promotion über „Gap-Year-Reisen" ab und hat typische „Gappers" befragt, wie sie sagt. Auszubildende nach der Lehre, Studierende zwischen Bachelor- und Masterabschluss, Abiturienten.

„Die Schulabgänger sind die zahlenmäßig größte Gruppe", sagt Bauer. Schon die Altersverteilung ihrer Erhebung macht es deutlich: 18,9 Jahre alt waren die Probanden im Schnitt, als sie ihre Reise antraten. Um diese jungen Erwachsenen ohne Berufserfahrung oder Studienabschluss für sich zu gewinnen, sie mit Papieren wie Arbeitsvisum und Krankenversicherung zu versorgen oder sie vor Ort zu betreuen, sei ein „Gap-Year-Markt" entstanden, der regelrecht mit der Auszeit nach dem Schulabschluss wirbt, so Bauer. […]

Aber gerade die Volunteer Tourismus-Angebote sind umstritten: „Es ist überhaupt nicht hilfreich, wenn junge Menschen für drei Wochen nach Nepal gehen, um dort mal eben ein wenig Entwicklungshilfe zu leisten", sagt die Berufsberaterin Birte Biebuyck. Das gelte finanziell – von 1 000 Euro, die ein Freiwilliger für seinen Auslandseinsatz zahlt, kämen gerade mal 17 vor Ort an –, aber auch menschlich: „Kinderprojekte sind beliebt, aber ständig wechselnde Bezugspersonen und zu wenig vorbereitete Freiwillige schaden", so die studierte Theologin. *(499 Wörter)*

*Deike Uhtenwoldt: „Gap Year nach dem Abitur: Mut zur Lücke!"*, FAZ *vom 09. 05. 2018, https://www.faz.net/aktuell/karriere-hochschule/campus/gap-year-nach-dem-abitur-mut-zur-luecke-15572758.html* 

## Schreibaufgabe I – *African American Experiences**

**In Ihrem Abitur werden Sie als Schreibaufgabe I einen Text zum Thema* The United Kingdom – Diverse and Disunited? *erhalten. Die Aufgaben werden aber ganz ähnlich aufgebaut sein wie die hier abgebildeten.*

### Assignments

**Comprehension**

1. Summarize how people react to the decision of websites not to promote plantation weddings anymore.

**Analysis**

2. Analyze the author's view on plantation weddings.

**Comment/Creative Writing (Choose one.)**

3.1 Comment on plantation weddings in today's America. Refer both to the article and your coursework.

**or**

3.2 Imagine your American friend has told you of his/her idea of getting married on a plantation. You write an email to him/her in which you give your opinion about this idea, considering African American experiences today.
Write that email.

**Plantation Weddings Are Wrong. Why Is It so Hard for White Americans to Admit that?**
by Malaika Jabali, *The Guardian*, 11 December 2019

Last Thursday, BuzzFeed News reported that online platforms, including Pinterest and the Knot Worldwide, would restrict content that features or romanticizes weddings held on former slave plantations. These changes were the result of a campaign by the social justice organization *Color of Change*. In a letter, *Color of Change* wrote that "plantations are physical reminders of one of the most horrific human rights abuses the world has ever seen. The wedding industry routinely denies the violent conditions Black people faced under chattel slavery by promoting plantations as romantic places to marry."

*Color of Change* posted the news on Facebook, where it was, of course, received with appropriate empathy and contemplation. The 600 comments included lots of gems such as "Proud of our civil war plantation wedding! Eat shit color of change [sic]!!" because one exclamation point wasn't enough. There was the old-faithful "slavery was too long ago" argument, with one commenter adding, "So stupid. That was hundreds of years ago. Why not call them beautiful homes or restored homes. Are they canceling castle weddings too?" And the unheard-of sentiment: "There were slaves of every color."

The basic themes were echoed by the wedding vendors quoted in news reports: that slavery was in the past, that it wasn't that bad, that the splendor of plantations has outlived whatever negativity they might represent. While these pronouncements can be easily countered with reason, logic unfortunately doesn't matter.

Slavery was indeed "in the past" – a shocker to readers, I'm sure. Yet this hasn't prevented America from fervently preserving the history it does deem worthwhile, no matter how far back or inconsequential. Many Americans zealously defend their right to praise the Confederate flag, defend inanimate buildings from demolition or restoration (have you seen the passion among landmark preservationists?), and, yes, scroll endlessly through plantation-inspo, with none of the icky historical context.

Historical texts, news articles and academic research are all available for anyone genuinely interested in examining slavery's brutality, which was often most severe in the deep south states where slave-owners built plantation mansions. If anything, the cruelty of the institution has been underestimated. Southern school districts are known to issue textbooks reducing enslaved black men, women and children to mere "workers" – rather than what they were: forced laborers who often lived in perpetual terror and were sold as property with no human rights.

There's also the persistent trope that black people were happy slaves. But most African Americans don't find much joy in seeing plantations glorified and their human histories deemed a niggling inconvenience.

For people committed to this narrative, however, facts don't matter. That their feelings are regularly given such credence reveals one end of America's white supremacist spectrum. While we tend to associate white supremacy with reactionary violence and alt-right trolls, it also lives in more subtler spaces. It's not just about the maintenance of white power structures, but the prioritization of white Americans' feelings and experiences.

These are the same feelings that have discounted black oppression in every era of black American life. In 1964, just a few months after the Civil Rights Act was passed and its effects were yet to be seen, a majority of white New Yorkers polled by the *New York Times* felt that the civil rights movement had gone too far. While the Voting Rights Act and Fair Housing Act had yet to be passed, claims of "reverse discrimination" already abounded.

Today, plenty of people still claim that the Confederacy had nothing to do with hatred, and was a movement founded for personal freedom and "states' rights". Similarly, discrimination against black consumers and homeowners wasn't about subjugation, but asserting one's private rights without government interference.

The same logic guides the people who apparently believe that wedding websites restricting plantation content is an affront to the abstract rights of white Americans. White people being told what to do, even in theory, is a problem.

Many white Americans insist that they had no role in slavery and that it was "so long ago". Yet they seem quite adamant about defending it. Of course, denying black

Americans' pain – and preserving and normalizing the symbols of black subjugation – is just as American as slavery itself. *(695 words)*

*Malaika Jabali: "Plantation Weddings Are Wrong. Why Is It so Hard for White Americans to Admit that?",* The Guardian, *11 December 2019, https://www.theguardian.com/commentisfree/2019/dec/11/plantation-weddings-are-wrong-why-is-it-so-hard-for-white-americans-to-admit-that*


**Annotations**

l. 2 *Knot Worldwide:* an online company which organizes big family events, especially weddings
l. 7 *chattel slavery:* a type of slavery where the slaves are regarded as the personal property (chattel) of the owner
l. 11 *[sic]:* used to indicate that a quote was reproduced exactly like in the original – including possible mistakes
l. 26 *plantation-inspo:* material advertising events at plantations / *inspo:* abbreviation for inspiration
l. 34 *trope:* stylistic device that creates a mental image; *here:* a common or overused theme or device
l. 37 *narrative:* description of events
l. 40 *alt-right:* a group of people with extreme right-wing views, including supremacist views on race, who use the internet rather than traditional politics to organize and share opinions
l. 40 *troll:* a writer of intentionally annoying or offensive messages on the internet, in order to get attention or cause trouble

## Assignments

### Comprehension

1. Summarise the information on Harriet Walter and on the two Phyllida Lloyd productions of Shakespeare plays that Walter was involved in.

### Analysis

2. Examine the female roles in Shakespeare's plays as described in the article and the potential of contemporary all-female productions of his plays.

### Comment/Creative Writing (Choose one.)

3.1 Assess the constraints that female characters face in Shakespeare's plays. In your answer, refer to both this article and your coursework.

**or**

3.2 Your high school drama group consists of mainly female students. You want to stage a Shakespeare play, but there are not enough female roles. Write an article for the school magazine in which you argue for or against the idea of casting female actors in male roles or vice versa.

### Women's Work

by Rebecca Mead, *The New Yorker*, 8 November 2015

Dame Harriet Walter is regarded as one of the greatest living Shakespearean actors: in the past decade, she has delivered revelatory interpretations of Cleopatra and Lady Macbeth with the Royal Shakespeare Company. But because of her gender and her age – she is sixty-five – the roles available to her are dwindling. "Shakespeare just doesn't do mothers," she said the other morning, in the lobby of St. Ann's Warehouse, on the Dumbo waterfront. "In one way, he's very honest – he didn't know much about women at that age. But he didn't know much about so many things, and he could get into the Moor of Venice, so why couldn't he understand an older woman? The longer I live with him, the more that feels like a sad little disconnect for me."

Fortunately, Walter has discovered a partial remedy for her Shakespeare problem. This month, she takes on the title role of *Henry IV* in an all-female production of the play, directed by Phyllida Lloyd. (It originated at the Donmar Warehouse, in London.) Two years ago, the company performed an all-female *Julius Caesar*, also at St. Ann's Warehouse. Both productions are set in a women's prison, with the actors playing prisoners who are playing Shakespeare. "Many of the younger actors have said it has really helped, because you go, 'Oh, God, I can't play Prince Hal, but I can play a prisoner who is playing Prince Hal', so it's a way of accessing something that's true to you", Walter said.

Walter and her colleagues worked in rehearsal on their body language. "It was a question of inhabiting a body that felt unapologetic about taking up space. So we will sit like this" – Walter, who was wearing dark-blue pants and a dark-purple wool coat, spread her knees, like the stick figure in the monitory poster on the subway – "because a man will go like that. It is sort of getting behind the person who owns that kind of a body." They sought to diminish their reliance on gestures that indicated submissiveness – Walter folded her hands on her breast by way of example – and to eliminate automatic vocal patterns. "Sometimes women do what is called devoicing, which is when they deliberately soften their voices so as to be non-threatening," she said, with a demonstrative huskiness. "All these techniques we don't even know we are doing suddenly come up in the rehearsal room, and they become blocks to the audience's believing who we are."

Reviews in London were almost universally laudatory, though the *Spectator* grumbled about the "wrong-sex casting". […] Walter said, "Shakespeare's a non-naturalistic writer: the theatre of his day wouldn't have said you have to be black to play Othello, or you can only be an old man to play King Lear, or you have got to be a woman to play Juliet." The challenge as an actor is not playing a man but playing a man with power. "That's the big leap – the leap of having the weight on your shoulders of all decisions in the country – 'Uneasy lies the head that wears the crown,'" she explained. "Women today do have access to power – not enough of them, but it is part of our experience. We are part of public life, when the female characters in Shakespeare are very definitely not part of public life."

She added, "There are exceptions, but pretty much the women in Shakespeare are talking about their man, or putting themselves in relation to the man." Shakespeare fails the Bechdel test, she suggested: "There's a lovely scene between Emilia and Desdemona, all talking about men; Rosalind and Celia mostly talk about men. So it is wonderful to play Brutus and Cassius talking about how we should go about changing the world." Walter went on, "He doesn't write less well for women; it's just that the themes are smaller, on the whole, and they are less fulfilled characters. When the greatest playwright – so considered – in the English language leaves women out of the picture so much, it has a bad effect on your sense of worth, because the culture that followed in his shadow has reinforced that. It does have an effect on us."

A third production with Phyllida Lloyd is planned, and although the play has not yet been determined, there is one tragic hero Walter would relish taking on. "Having played Lady Macbeth" – opposite Antony Sher, in 1999 – "I would love to play Macbeth," she said. "We were yin and yang. I would like to try the yang to the yin – or whichever the female is. I can't remember." *(762 words)*

*Rebecca Mead: "Women's Work",* The New Yorker, *8 November 2015, https://www.newyorker.com/magazine/2015/11/16/womens-work-an-all-female-shakespeare-company*

**Annotations**

l. 5 *St Ann's Warehouse:* a New York theatre
l. 6 *Dumbo:* area in NY: Down Under the Manhattan Bridge Overpass
l. 8 *Moor of Venice:* a reference to Othello, a black character in the Shakespeare play of the same name
l. 12 *Donmar Warehouse:* a London theatre
l. 22 *stick figure:* a simple drawing of a person
l. 22 *monitory poster:* poster advertising good manners when riding the subway
l. 31 *Spectator:* a conservative British newspaper
l. 37 *"Uneasy lies the head that wears the crown":* quote from Shakespeare's play *Henry IV*, Act II, scene 3
l. 43 *Bechdel test:* a test to measure whether a work of art represents women as equal to men, by asking if it features at least two women who talk about something other than a man; named after American writer and cartoonist Alison Bechdel
ll. 43/44 *Emilia and Desdemona … Rosalind and Celia:* female characters in different Shakespeare plays
l. 45 *Brutus and Cassius:* male characters in Shakespeare's play *Julius Caesar*
l. 54 *yin and yang:* in Chinese philosophy yin symbolizes the feminine, yang the masculine

*Source Image: Courtesy of New York Transit Museum*

# Lösungsvorschläge

## Hörverstehen

### Text 1: Book reviews

**1** Today, I'd like to talk about a romantic historical fiction called *Ross Poldark*, written by Winston Graham and read by Oliver J. Hembrough. Captain Ross Poldark returns from America to his family home in Cornwall, where he finds much disappointment.

**2** Today, I'd like to talk about an intense debut children's book titled *One for the Murphys*, written by Lynda Mullaly Hunt and read by Nora Hunter. The last time 12-year-old Carley Connors cried was 384 days ago when her mother married an abusive stepfather.

**3** Today, I'd like to talk about *The Book of Aron*, written by Jim Shepard and read by Michael Goldstrom. This remarkable audio book is set in World War Two era Poland. The novel reveals the horrors of war through the eyes of the title character, Aron, and his band of child smugglers and petty thieves, who struggle to keep their families alive in the Warsaw ghettos.

**4** Today, I'd like to talk about a thrilling narrative history book titled *Jacksonland*, written and narrated by Steve Inskeep. This book is about the history of Andrew Jackson's land acquisition in what was the western United States, as well as Jackson's relationship with the Native American peoples who lived there.

**5** Today, I'd like to tell you about the audio book titled *Capital Dames*, which is written and narrated by Cokie Roberts. This book focuses on Mary Todd Lincoln and the other wives of significant leaders during and after the Civil War. Roberts's ability to weave information from letters, diaries and newspapers into a coherent and sometimes humorous whole is marvellous.



| **Book Review** | **1** | **2** | **3** | **4** | **5** |
|---|---|---|---|---|---|
| **Heading** | **E** | **B** | **A** | **D** | **F** |

## Text 2: Lunch

**Julian Worricker,** *Host:* Whatever happened to the idea of the lunchbreak? Once upon a time, an hour or even two off work in the middle of the day to enjoy food and possibly drink was seen as a necessary means to recharge your batteries, socialise with colleagues, perhaps make some contacts. In some parts of the world, the lunchbreak is, in fact, making a comeback. Earlier this month, for example, the Singapore Financial Exchange reintroduced lunch hours for its workers after scrapping them in 2013. The original aim was to boost the volume of business during the day, but too many traders complained of feeling overworked. Here, though, in the UK, the lunchbreak's decline seems to be continuing, as Elizabeth Hodson now reports.

**Elizabeth Hodson,** *Byline:* Bankers and financiers in the city of London historically had business lunches to entertain clients and hopefully cement a lucrative contract or two. Not any longer, according to Justin Urquhart Stewart, a stalwart of the city for over four decades.

**Justin Urquhart Stewart:** What used to be a city lunch meant eating a lot, drinking probably too much, and of course, in those days, smoking a lot as well. Now, city lunches barely consist of anything at all. Various things have occurred. We don't have the whole attitude of drinking at lunchtime. That's gone. Smoking, that's gone … The other thing that has occurred is the regulators caught up with it. You cannot just take someone out, "Let's go and have a decent lunch somewhere", because you have to declare it. And if I declare it as a reasonable sum of money, it could be seen as an incentive, something like a bribe. And therefore I'd be in breach of regulation, I could find myself, my business getting fined and I could actually lose my job. Here am I thoroughly enjoying my lime and soda.

**Hodson,** *Byline:* Convenience is now the buzz word when it comes to the midday meal. But buying a quick lunch on the go is a relatively new phenomenon, according to Polly Russell, a food historian and curator at the British Library.

**Polly Russell:** It's only in the last 35, 40 years that you can trace this buying what is a convenience meal at lunchtime in a prepack form in England. That was with the launch of the prepack sandwich in the early 1980s by Marks and Spencer. This marks a moment where people are prepared to spend their money to save time, and it marks a real change in the relationship between leisure, money, work, labour. The sandwich is, in that sense, quite democratic that everybody, regardless of status or income, will probably at some point be buying a prepack sandwich.

**Hodson,** *Byline:* Whilst office workers once made do with an underwhelming sandwich, nowadays, more exotic and costly options are available. Outside a Thai café and takeaway, I asked workers in Central London how much they spent on lunches out.

**Worker 1:** About a fiver, I would say.

**Worker 2:** Maybe six quid.

**Hodson,** *Byline:* For lunch, how much would you spend?

**Worker 3:** At least six pounds.

**Hodson,** *Byline:* And how often do you eat out?

**Worker 3:** Every day. Thirty pounds a week. A hundred and twenty-eight pounds a month and twelve hundred pounds a year, fifteen hundred dollars.

**Hodson,** *Byline:* A year?

**Worker 3:** Yeah.

**Hodson,** *Byline:* Although people seem happy to shell out for lunch, it's often still a quick in-and-out-eat-at-the-desk type of experience. A long lunch might seem rather extravagant, but productivity statistics from the OECD reveal a rather interesting fact. Measured in US dollars per hour per worker, the French are 30 percent more productive than their UK counterparts. Of course, there are lots of other factors at play, but it does beg an important question about the relationship between a longer lunch and effectiveness at work. It was something I put to Justin Urquhart Stewart, who we heard from earlier. Is it a good or a bad thing that lunch culture has changed?

**Urquhart Stewart:** It's good that it has changed because frankly, what was there before was unacceptable. It was lazy. It was actually taking advantage of the system. Now, actually, I think sometimes it's gone too far the other way and you have to be able to establish the rapport. It's not just about dealing with mathematics. The city is still very dependent on actually the personal relationships and those relationships mean you have to sit down and talk to people and doing it over a meal is the best way of doing it.



| | |
|---|---|
| 1. Role of lunch breaks in the past: *(Add two.)* | *two of the following:*<br>• recharge batteries<br>• socialise with colleagues<br>• make contacts |
| 2. Reason for the return of lunch breaks in a Singapore institution: | people/traders (complained of) feeling overworked |
| 3. Purpose of lunch breaks in the banking district of London in the past: | entertain clients/cement (lucrative) contracts |
| 4. Changes in what is consumed: *(Name two.)* | *two of the following:*<br>• no big lunches<br>• lunches barely consist of anything at all<br>• no drinking/no alcohol<br>• no smoking |
| 5. Reason why business lunches have changed: | business lunches can be seen as an incentive/a bribe/businesses can be fined/(business people) can lose (their) job |
| 6. Role of "Marks and Spencer": | launched prepacked sandwiches (as a convenience meal to save time) |

| | |
|---|---|
| 7. Reason why new kind of lunches are considered "democratic": | everybody (regardless of status or income) will buy it/consumed by all classes |
| 8. Changes in the kind of food that can be purchased for lunch: | food more exotic/more costly/expensive/ wider variety of food |
| 9. Way the food is usually consumed: | quickly at the desk |
| 10. Result of an international study on the effect of extended lunches: | French are more productive (than their UK counterparts)/long lunches increase effectiveness of work/productivity |
| 11. Assessment of the current situation by the interviewee: *(Name one aspect.)* | good that lunch culture has changed but changes have now sometimes gone too far/you have to be able to establish personal relationships/sit down and talk over a meal |

## Text 3: A New Idea for Travelling

**Alastair Humphreys:** I'd been doing big adventures for years, and I had this hunch that you didn't need to go to the ends of the world to have some sort of adventure. You didn't need to be in beautiful Patagonia to have this spirit of adventure. So, I decided to try and prove my theory by doing the most boring, ugly adventure I could think of. And I came up with the idea of walking a lap of the M25 in the snow in January, which …

**Winifred Robinson,** *reporter:* It's not legal!

**Humphreys:** Well, I was off the road.

**Robinson,** *reporter:* OK.

**Humphreys:** I was in the fields and the villages and the footpaths and the towns alongside and it was quite an amusing and silly week, but it was very interesting because it felt like a genuine adventure. I was going places I'd never been. It was a physical challenge. I found pockets of wilderness. I met kind, interesting people just like you do when you're exploring the world. And time and again, as I walked round the M25, I just kept thinking to myself, this experience is exactly the same as the four years I spent cycling around the world. Smaller, of course, a bit silly, but definitely felt like an adventure. And that's when I really started to come up with the idea of microadventures.

**Robinson,** *reporter:* Travel companies say that microadventures are becoming part of the mainstream holiday market and they talk about people travelling now, sometimes long distances to spend maybe 10 days in the kind of place where they used to spend three weeks, on safari maybe. Would you count that as a microadventure?

**Humphreys:** I personally wouldn't. I would say that's going on holiday, going on a shorter holiday than you used to do. But who am I to complain if people are getting out and exploring the world? That's great. To my mind, the benefit of a microadventure is that it's local and it's simple and it fits in around your normal life.

**Robinson,** *reporter:* Microadventures aren't a brand new concept. You started writing about them quite a few years ago now. Do you think they are now, though, just really taking off? And if they are, why now?

**Humphreys:** Well, I haven't invented anything. All I've been trying to do is say to people, "Hey, go camping, go ride your bike, go swim in a river!". Stuff that people have been doing for a long, long time. I think the only thing I've done was give it a, perhaps a clever name and harness social media and the power of hashtags to try and grow a community of people. I don't know why now, from my point of view, it's just growing from when I originally started it.

**Robinson,** *reporter:* You've really got to choose your own adventure, though, haven't you? You've got to let your children choose their own adventures because there's nothing worse than somebody else's idea of a fabulous experience being foisted on you, is there?

**Humphreys:** Well, that could be miserable if …, potentially. But also, I think one of the joys of microadventures is the planning, having the idea, getting out a map or looking out of your train window on the commute home and seeing a little woodland and being curious and then going to investigate it on your bike or even foot at the weekend. And certainly, I think it's a great thing to try and encourage children to do.

**Robinson,** *reporter:* Okay, Alastair. Take me there then, into the woods at night. Tell me how that experience is transformed by the moonlight.

**Humphreys***:* That's a good question. You must be good at this because I think there's a significant difference between going for, say, a day hike or a day bike ride, which I'm sure many people are familiar with, to then spending the night out in the place and returning the next day. That, in my mind, turns it into an adventure. And your natural caveman instinct says, "Oh, this is the time to be home in my bed." That's when it starts to feel like an adventure. The calm, the peace, the stillness, if you're by yourself. If you're with other people, it's often the time of great and interesting conversations. And the night is beautiful. We are, we humans are so boring these days. We so rarely spend time out in the darkness to see the stars and to see how the world feels different by night.



1. Having traveled the world, Alastair Humphreys turned to …

   d) ☑ unspectacular activities.

2. Humphreys says that the week's experience was …

   b) ☑ manifold.

3. For Humphreys, the advantage of a microadventure is that it is …

   d) ☑ uncomplicated.

4. His contribution to the microadventure concept is to have …
   a) ☑ popularized it.
5. Humphreys' concept motivates people to …
   d) ☑ explore the places around them.
6. For Humphreys, spending a night outside …
   b) ☑ provides a new perspective.
7. Humphreys' main message is that you should …
   d) ☑ enjoy ordinary things that fit in with your life.

## Sprachmittlung

*For this mediation task, you are supposed to write an email based on a German newspaper article, to an Irish friend. In this email, expectations and reservations connected with gap years are to be explained. That you are writing to an Irish friend should be obvious from the style of language you use, but also from your choice of appropriate content. Think twice about including information such as the "G8-concept" in German schools, for example, which a foreign reader might not immediately grasp. Rather write something like, "school leavers getting younger and working longer years". Also pay attention to using email conventions, such as the way you address your friend, a personal introduction and a greeting to end your email. When it comes to structure, you can use the one suggested in the task and describe advantages of gap years before focussing on potential disadvantages.*
*You should include the following points:*

- *expectations/advantages of gap years:*
  - *not going to university or starting to work straight after school, avoiding the same stress (cf. ll. 2–4, 9/10)*
  - *gaining independence (also financial independence), contributing to society (cf. ll. 7/8, 16/17)*
  - *testing oneself and one's abilities and talents (cf. l. 9)*
  - *working abroad, gaining new experiences (cf. ll. 22–24)*
- *reservations/disadvantages of gap years:*
  - *commercial interests of "gap year market" (cf. ll. 30–34)*
  - *developing countries do not profit financially or economically (cf. ll. 35–39)*
  - *some work can even be damaging (work with children) (cf. ll. 39–41)*

Dear Bridget,

I think it's a brilliant idea to consider a gap year. Perhaps it might be an option for me too once I've finished school. As to your question about what Germans think about this issue, here is what I found in an article in a German newspaper.

address and personal introduction

Those who support a gap year believe it's a good idea for school leavers not to go to university or start working straight after school. Instead, as they get ever younger and will probably have to work longer until retirement, people should take the opportunity to do something new without the immediate pressure to be successful. That way they can test themselves and find out what they are good at. Working abroad in particular expands young people's horizons tremendously. When they also earn their own money and apply for work in a meaningful project, they learn a lot about taking responsibility and becoming more mature.

expectations / advantages

While all this sounds really good, there are also downsides, especially for the developing countries, which should be profiting from gappers' work there. Instead, it is often commercial organisations and not the countries themselves that profit financially or economically. In addition, helping in a children's project, which is very popular, can even be bad for the kids, when gap year helpers come and go all the time and are not properly trained to work with children.

reservations / disadvantages

So, all in all, there are ups and downs, and it also depends on what you decide to do. I, for my part, would enjoy a gap year and can't wait to hear what you will do.

personal greeting

Take care,
Florian

*(270 words)*

## Schreibaufgabe I

1. *The assignment tells you to summarise, that is give the basic ideas of the text in your own words. In this case, you should limit your answer to people's reactions to the idea of not promoting plantation weddings anymore. In other words, you have to present different attitudes as to plantation weddings. The task talks of "people" quite generally. So, you can mention reactions in social media, the wedding vendors, but also the journalist herself and the civil rights group* Color of Change *she mentions. When it comes to structuring your answer, you should start with an introductory paragraph, in which you give the main information about your source, and then group together reactions critical of the decision (Facebook users, vendors) on the one hand and approval (Jabali,* Color of Change*) on the other.*
   *You could structure your answer like this:*
   – *introductory paragraph*

– *approval of platforms' decision:*
  - Color of Change's *campaign (cf. ll. 3–8)*
  - *author of the article agrees with* Color of Change *(cf. for example headline)*
– *criticism of platforms' decision:*
  - *Facebook users' anger and argument that the past should not have such an impact on the present (cf. ll. 9–16)*
  - *vendors' similar attempts to downplay the horrors of slavery (cf. ll. 17–19)*
  - *assault on personal freedom of White Americans to do as they please (cf. ll. 53–55)*

In her article "Plantation Weddings Are Wrong. Why Is It so Hard for White Americans to Admit that?", published in *The Guardian* in December 2019, Malaika Jabali talks about the decision of several online platforms to no longer promote former slave plantations as wedding venues. This move was received controversially and caused a multitude of reactions. — introduction

A campaign of *Color of Change* initiated the new advertising policy. So, the civil rights organisation and their supporters certainly see the platforms' attitude against plantation weddings as positive and a step in the right direction. So does the author of the article herself, who repeats *Color of Change's* argument that arranging weddings in places which are reminders of African Americans' misery, suffering and deaths is disrespectful. — approval of platforms' decision

Many people, however, also reacted in a less supportive manner and greeted the decision with anger and incomprehension. A common way to try and justify keeping plantations as wedding venues is to disconnect the enormity of past slavery from the present. According to these views, times have changed and the plantation mansions should only be seen as beautiful buildings. Some Americans even see the online platforms' decision not to show certain content as a limitation of people's personal freedom to choose to marry wherever they want. The wedding industry echoes those views and also tries to downplay the insult and hurt connected with these historical monuments. *(229 words)* — criticism of platforms' decision

2. *The author's view on plantation weddings is very obvious: She is opposed to them and therefore applauds the platforms' decision to no longer promote them. Yet, for an assignment like this, it is not enough to state this, you also need to find proof and explain how she shows her opinion. You should argue both with the content from Jabali's article and with the language she uses to express herself.*

*The following aspects could come up in your solution:*
- *Jabali's clear rejection of plantation weddings:*
  - *headline of the article*
  - *argumentation of* Color of Change *(cf. ll. 5–8)*
- *discrediting of opponents' views:*
  - *sarcasm with regard to aggressive and insensitive Facebook posts (cf. ll. 9–16)*
  - *opponents' views presented as illogical and unconvincing (cf. ll. 19/20, 27, 37)*
    - *past arbitrarily either glossed over or remembered (cf. ll. 12/13, 13/14, 18 vs. 21–26)*
    - *playing down slavery (cf. ll. 29–36)*
- *wider context of White supremacy:*
  - *historical example of Civil Rights Movement which triggered claims of "reverse discrimination" (cf. ll. 43–48)*
  - *preference given to White opinions and experiences (cf. ll. 40–42, 53–55)*
  - *damning assessment that "denying black Americans' pain [...] is just as American as slavery itself" (cf. ll. 57–59)*

Jabali's clear rejection of plantation weddings

That Malaika Jabali rejects plantation weddings is apparent throughout her article. The headline explicitly says, "Plantation Weddings Are Wrong. Why Is It so Hard for White Americans to Admit that?". Thus, she not only expresses her disapproval, but also points to the resistance of Americans to accept this. To justify her own stance, she quotes the argumentation of *Color of Change* that plantations were places where slaves were treated with brutality and that hosting celebrations there is completely disrespectful (cf. ll. 5–8).

discrediting of opponents' views: sarcasm

Having thus established her own negative view, the rest of the article focuses on presenting and discrediting opposing views. In the paragraph from line 9 to line 16, she sarcastically calls Facebook users' aggressive and insensitive posts "gems" (l. 10) that were written "with appropriate empathy and contemplation" (l. 10). In fact, the opposite is true and the commentators just bleat out their stupidity and ignorance unthinkingly and vulgarly, but full of conviction (cf. ll. 11/12).

opponents' views presented as illogical and unconvincing

Jabali mocks this stupidity and postulates that many arguments in favour of advertising plantation weddings "can be easily countered with reason" (ll. 19/20). In other words, she denies the critics of the advertising ban a convincing and logical argumentation. "Historical texts, news articles and academic research" (l. 27) would present opportunities to truly understand the controversy, but in Jabali's opinion neither "logic" nor "facts" matter to those who just do not want to see the moral wrongness of plantation weddings (cf. ll. 20, 37).

One proof of this lack of logic is the argument that the past should no longer impact the present (cf. ll. 12/13, 13/14, 18), which is repeatedly brought forward by exactly the same people who "fervently preserv[e] the history [they] deem worthwhile" (l. 22). Jabali goes on to corroborate this criticism with the further accusation that slavery is often downplayed, for instance when enslaved people are called "mere 'workers'" (ll. 31/32) or even the blatant lie of the "happy slaves" (l. 34) is perpetuated. In other words, the arguments that are given in favour of plantation weddings are depicted as hypocritical.

arbitrary dealing with the past

According to Jabali, all that is part of a wider movement with the aim to hold up current power structures and to give White Americans' opinions and experiences preference over Black Americans' (cf. ll. 40–42). This is shown by a historical example, namely that even the Civil Rights Movement, which is nowadays seen as more than necessary and even too incomplete in its achievements, triggered "claims of 'reverse racism'" (cf. ll. 44–48).

wider context of White supremacy

To put it in a larger context, Jabali ends her article with the damning assessment that many White Americans are quick to feel endangered in their own liberties (cf. ll. 53–55) whereas they are very slow to admit "black Americans' pain" (ll. 57/58). Her last sentence that glossing over the cruel reality of Black people's suffering "is just as American as slavery itself" (l. 59) essentially accuses the practice of plantation weddings, this clear evidence of a denial of history, as a perpetuation of injustices. *(509 words)*

preference given to White opinions and experiences

3.1 *The assignment asks you to comment on plantation weddings. This means that you should give your own opinion for or against the practice and justify it with some convincing arguments. You do not need to take into account pros <u>and</u> cons, although you can of course mention aspects, about which you are not entirely sure. As the article is against plantation weddings, it is probably easier to take this position too. The current state of race relations, which you learnt about in your coursework, should also be taken into consideration.*

*The sample solution mentions the following points:*

- *introduction: importance of wedding day and venue for many couples*
- *main part: criticism of plantation weddings*
  - *argument 1: weddings are celebratory occasions, so there will be a tendency to gloss over and downplay the horrors of the past*
  - *argument 2: legacy of slavery still alive, African Americans still disadvantaged*
- *conclusion: plantation weddings as a symbol of ignorance and a lack of respect for African American history*

Most people who plan to get married want to make this day a very special and memorable experience. So, the place where the ceremony and reception are to be held are of great importance for them. Wedding planners come to the couple's help, offering various locations for the event, such as not only hotels or restaurants, but also historic buildings, like country houses, ancient castles or other spectacular sites, for instance plantations in the south of the United States.

introduction

At a superficial glance, the mansions on these plantations are just grand, columned houses that have been perfectly restored to serve as solemn backdrops for such an important occasion. However, a campaign of *Color of Change*, an organisation advocating racial justice and campaigning for the civil rights of African Americans, has brought plantation weddings into disrepute. The activists describe the plantations as sites of violence and brutality. In their view, places that existed only because of the inhuman and cruel exploitation of Black slaves can in no way be accepted as suitable for a happy celebration.

main part: criticism of plantation weddings

I agree with this view. Wedding planners and plantation museums may argue that they offer visitors information about the history of the grand buildings and are therefore not shunning the past. This could be an important argument for preserving the historical sites and opening them to the public. They are not, however, places for staging happy get-togethers there. Wedding guests do not usually want to hear about the sufferings and deaths of enslaved Africans, on whose backs the wealth of their White owners was built. So, holding a wedding in one of these spots is disrespectful, as it will almost automatically downplay the suffering that these places have seen.

argument 1: celebrating on plantations downplays horrors of the past

Of course, in a way the same could be said about every single potential wedding venue: Who knows what happened there way back in the past and whose experiences might be disrespected by people happily celebrating in a place where others suffered? Yet, the problem with slavery is that it is not enough to say that it has long been abolished, that we live in different times and the situation for African Americans has changed completely.

transition to argument 2

African Americans' position in society has certainly improved since the days of the Civil Rights Movement but racism is still alive. Racial disparities have been reduced and people of colour have achieved equality in many areas. However, often this is only theoretically and legally speaking. Reality looks different: Black Americans still experience injustice and discrimination in almost all spheres of life. They are more often out of work and live below the poverty line than White Americans, they are dis-

argument 2: legacy of slavery still alive

criminated against in employment, politics and the justice system. Furthermore, Black Americans are much more likely to be shot during an encounter with the police than White Americans. So, true equality is still a long way off. Taking all this into consideration, it is simply not true to claim that slavery is over and done with because its legacy is very much felt today.

In conclusion, I would agree with *Color Of Change's* campaign and the social media sites' reaction to it. Slavery and its repercussions are still too harmful to just ignore. One of these repercussions of slavery is exactly the tendency to deny or downplay its horrors. This tendency should not be supported by turning places of brutality and oppression into party venues, but the past should rather be faced honestly in order to achieve reconciliation and pave the way for a better future. *(585 words)*

conclusion

3.2 *This is a creative task because you have to write an email to a fictional American friend, who is thinking about getting married on a plantation and asks you for your opinion. That you are writing to a friend should be reflected in the format of your text, which should include greetings typical for a personal email, the style of language you use as well as in the way you address him/her. Of course, in essence, this is an argumentative text because you should write about reasons why you approve or disapprove of a plantation wedding. Yet, even when you disapprove, which you will probably decide to do because it is easier to find arguments (from the text and your coursework) that bolster that position, make sure that you talk to your friend in an appropriate, that is friendly and empathetic, manner.*

*The following points come up in the sample solution:*

- *introduction: address and reference to friend's idea to marry on a plantation*
- *main part: personal opinion against plantation weddings*
    - *argument 1: horrors of the past in contrast to a celebratory occasion*
    - *argument 2: plantation weddings a further strain on race relations*
- *conclusion: empathy towards your friend, but advice to marry in another place*

Hi Janet,

introduction

in your last email you wrote that you had come across an offer on a wedding planner site for a "dream wedding" on a beautiful plantation in Georgia. You said you were playing with the idea of surprising Dave with this plan but wanted to know what I thought about plantation weddings first – especially after you had heard criticism against this practice.

Well, let me start by telling you what happened to another American couple, friends of mine whom I met on their tour of Europe in Hamburg. We got chatting and they told me how they had met and eventually planned to get married. They had a "classic Southern" wedding in mind, which was being offered by a

main part: argument 1 against plantation weddings: horrors of the past in contrast to a celebratory occasion website. The location was absolutely terrific, a grand, columned mansion on a plantation in Georgia! Luckily, they decided to take a tour of the estate before the actual booking to learn a bit more about the history of the plantation. They expected to simply gain some interesting background knowledge about their wedding venue, but it turned out quite differently. The tour led them around the grounds, they saw the impressive mansion, but also the shabby huts and sheds where the slaves had lived under miserable conditions. So, they became very much aware of the dreadful history of the place and, in the end, they chose not to celebrate there. Of course, one could argue that if the people working at the mansion had known about their plans to book it as wedding venue and had not given them the historical tour, they could have just celebrated there without worrying about anything much. Yet, I still think that wouldn't have been right. I mean, simply keeping quiet about it doesn't make the past go away. Plantations are and should be reminders of a dark period of American history, of a time of violence and brutality and are therefore, in my view, simply not suitable for celebrations.

In addition, we all know – you perhaps better than me – that at present, race relations in the US are rather strained. Remember for instance the killings of Black people by members of the police force that happen with shocking regularity! In combination with other disadvantages and discriminatory practices that Black people face on an almost daily basis, it is not surprising that these acts of violence arouse anger and trigger civil rights protests. Consequently, many Black Americans would understandably see plantation weddings as just another sign of how much disrespect many White Americans show to the plight of their ancestors and how ignorant they are of the still-existent inequalities today. In short, I think the choice of a plantation as the place to arrange your nuptials, could be seen to have a political aspect.

argument 2 against plantation weddings: current race relations are strained enough

I know that this might not be easy to accept, Janet, because in the end, your wedding is your very personal day and its planning your individual decision. So, what is most important to me, as your friend, is that you feel good about the day. Yet, as you are apparently already insecure yourself and started to wonder what the right thing to do would be, I am totally convinced that you and Dave will find a better place for your big day.

conclusion

Please tell me what you decide. I'm looking forward to hearing from you.

Hanna *(557 words)*

## Schreibaufgabe II

1. *Often the assignment for a text comprehension task already tells you on which parts of the original text you have to focus in your answer. Here you should collect all the information that is given on Harriet Walter as well as the two already existing Phyllida Lloyd productions that are mentioned in the text. Use your own words and do not quote from the text directly.*
*You should mention the following points:*
   - *introduction*
   - *information on Dame Harriet Walter:*
     - *very famous Shakespearean actress (cf. ll. 1–3)*
     - *difficulty to find suitable roles as an elderly actress (cf. ll. 3–9)*
     - *way out: taking part in all-female productions (cf. ll. 10/11)*
   - *information on Phyllida Lloyd's all-female Shakespeare productions:*
     - Henry IV *and* Julius Caesar *staged in USA and UK (cf. ll. 11–14)*
     - *trick of play within the play: set in a women's prison (actresses play women who play men and therefore deliberately focus on difficulties such as body language, voice patterns and power structures) (cf. ll. 14–30)*

In her text "Women's Work", published in *The New Yorker* in November 2015, Rebecca Mead looks at the roles of women in Shakespeare's plays. She does so by focusing on Dame Harriet Walter's career and her experiences with Shakespeare productions. — introduction

Dame Harriet Walker is a famous Shakespearean theatre actress who has appeared in many productions in the UK and US, playing Cleopatra and Lady Macbeth among others. At the age of sixty-five, she has problems finding suitable parts as there are few roles for older women in Shakespeare's plays. Harriet Walker has found a solution by appearing in women-only productions where she can take on the role of men. — information on Dame Harriet Walter

For instance, she plays the title role in *Henry IV*, which is director Phyllida Lloyd's second all-female production after a successful run of *Julius Caesar*. Phyllida Lloyd set both plays in a women's prison where prisoners perform Shakespeare. This approach helps the actresses to play the male roles and adopt male attitudes more easily because they do not have to play men, but women who play men. This trick of a play within the play allows the actresses to deliberately focus on issues such as body language, voice patterns and power structures that might make male roles seem far removed from women's reality and therefore challenging. — information on Phyllida Lloyd's all-female Shakespeare productions

*(215 words)*

2. *For an analysis task, you have to work very closely with the text. The task at hand is twofold: you should find out how female roles in Shakespeare's plays are described in the text and what potential lies in all-female productions. It makes for a particularly elegant solution if you manage to combine the two aspects. So, it makes sense to deal with the limitations and restrictions that Shakespeare's female characters face. You can then talk about the wider range of parts open to actors who can portray both female and male roles.*
*You could mention the following points:*
– *introduction: the constraints of female roles in Shakespeare's works and the potential of all-female productions*
– *women in Shakespeare:*
  • *age limit, no important elderly female roles (cf. ll. 3–9)*
  • *limited themes, "female characters in Shakespeare […] very definitely not part of public life", conversation between Brutus and Cassius very different from conversations between Desdemona and Emilia or Rosalind and Celia (cf. ll. 39–46)*
  • *problematic for self-confidence of women today because of Shakespeare's ongoing cultural impact (cf. ll. 47–50)*
– *potential of all-female productions:*
  • *women can come into touch with positions of power (at least on the stage) (cf. ll. 35–40)*
  • *re-assessment of submissive body language and voice patterns in women (cf. ll. 19–30)*
– *conclusion: all-female productions can be successful in effecting societal change*

In many ways, the female parts in Shakespeare's dramas are less varied and more constrained than the male roles, according to Rebecca Mead's article. As actress Harriet Walter puts it, "[h]e doesn't write less well for women; it's just that the themes are smaller, on the whole, and they are less fulfilled characters" (ll. 46/47). Playing male roles too in all-female productions can therefore open up new opportunities for actresses. introduction

The first limit Shakespeare seems to have put on the range of his female characters is that of age. In Dame Harriet Walter's words, "Shakespeare just doesn't do mothers" (ll. 4/5). She explains this omission with Shakespeare himself not being familiar with this subject (cf. ll. 6/7), but still seems to feel personally let down by the author, who "didn't know much about so many things" (l. 7) and still made an effort to portray realities different from his own, for instance in Othello's case (cf. ll. 7/8). women in Shakespeare: age limit

Another limitation that might be even more understandable when taking into account Shakespeare's time is that "the female characters in Shakespeare are very definitely not part of public life" (ll. 39/40). Consequently, they cannot talk about big issues, like limited themes for example "Brutus and Cassius [who are] talking about how we should go about changing the world" (ll. 45/46). Not only do Shakespeare's women lack a depth of potential themes, but their most important role seems to be their relationship to men. Once more, examples are given when Emilia and Desdemona as well as Rosalind and Celia and their conversations' focus on men are mentioned (cf. ll. 43/44). In that context, Mead refers to the Bechdel test, which determines how much women talk about other subjects than men in works of art and which "Shakespeare fails" (ll. 42/43).

problematic for self-confidence of women today

While this cannot be taken as a true criticism of the author himself, who only portrayed women in the limitations of his time, it is problematic today. As Shakespeare is still revered so much, which can be seen by Walter calling him "the greatest playwright – so considered – in the English language" (ll. 47/48), his plays have a big cultural impact. This is not encouraging for women, who only see their gender marginalised and silenced (cf. ll. 49/50).

potential of all-female productions: women can experience positions of power

This is where the potential of all-female productions comes in: by playing Shakespeare's male heroes, women can identify with influential characters and thereby consider issues that only come with a powerful position. The quote from *Henry IV*, "Uneasy lies the head that wears the crown" (l. 37), exemplifies these considerations. As modern women do have positions of power too, reflecting this fact in works of art makes perfect sense. As Walter further explains, "not enough" (l. 38) women are in influential positions, so their casting as male leaders could also trigger important discussions about why there is still gender inequality and how that could change.

re-assessment of submissive body language and voice patterns

When Harriet Walker talks about her own experiences of playing a male character, or rather a female character trying to play a man convincingly, this also sheds light on some subconsciously submissive behaviours women have adopted. The examples the article deals with are body language and voice: Men's body language is called "unapologetic about taking up space" (l. 20), for which the image of a man sitting spread-legged on the subway is typical (cf. ll. 20–23). In contrast, women tend to make themselves appear non-threatening, either by employing hand gestures that symbolise surrender (cf. ll. 24/25) or by speaking deliberately softly and unobtrusively (cf. ll. 26–28). The attempt to be as convincing as possible in a male role can make these unconscious behavioural differences conscious.

conclusion

All in all, the article presents several ways in which all-female productions of Shakespeare's plays can trigger progress: they raise awareness about gender roles and behaviour and they allow women to experience positions of power they should also occupy self-confidently in real life. Finally, they might change society's encrusted gender hierarchies in the long term by not endlessly perpetuating what might have been common sense in Shakespeare's day, but should no longer be in our modern times.

*(691 words)*

3.1 *The task asks you to assess the constraints that female characters face in Shakespeare's plays. In your solution, you could therefore focus on different areas, such as education, personal rights, status in society in general, and ask yourself in how far Shakespeare's women are subject to restrictions and limitations in these. The article gives you some important ideas, which you should further illustrate with examples from the plays you read or talked about in class.*

*The following points are mentioned in the sample solution:*

- *introduction: Shakespeare's plays from a different time, reference to article*
- *main part: constraints Shakespeare's heroines have to deal with:*
  - *patriarchal society:*
    - *example 1: Juliet's refusal to marry Paris and her parents' reaction to that*
    - *example 2: Beatrice seen as social abnormity without a husband*
  - *women restricted to only certain spheres: Beatrice's inability to take revenge on Claudio herself*
  - *role model characters despite the constraints:*
    - *example 1: Juliet's loyalty*
    - *example 2: Beatrice's sharp tongue and quick wit*
- *conclusion: Shakespeare's women can trigger interesting discussions*

introduction

As Shakespeare's plays are already more than 400 years old, it seems obvious that the world he wrote about was very different from ours today. When it comes to gender roles in particular, recent decades have brought huge changes and meant tremendous progress for women and girls. As Rebecca Mead's article "Women's Work" argues, Shakespeare's female characters mirror their historic background in that they "are very definitely not part of public life" (l. 40) and "[their] themes are smaller" (l. 47) than men's. So, what are the constraints Shakespeare's heroines face?

main part: constraints: patriarchal society: example 1: Juliet's refusal to marry Paris

The society in Shakespeare's works is generally strictly organised according to patriarchal structures. One clear example is the choice of husband that lay in a girl's father's hands, not in the girl's own. Juliet in *Romeo and Juliet* has fallen in love with a young man whom she knows her parents would never accept because of a family feud. So, it is obvious that they can only meet secretly. When her parents want her to marry Paris, however, she openly raises objections. This results in a terrible scene, in which her father insults her and threatens to cast her out of the family while her mother refuses to come to her daughter's help. So, for Juliet's parents, it is absolutely unthinkable that she could follow her own heart in such a decision.

Beatrice in *Much Ado about Nothing* seems to fare slightly better: She is under her uncle's responsibility, who cuts her a lot of slack in comparison to his own daughter Hero. Still, it remains clear that she is seen as a social abnormity as long as she does not want to marry and is without a husband.

example 2: Beatrice seen as social abnormity without a husband

Beatrice also exemplifies another constraint women at Shakespeare's time were subject to. Rebecca Mead's article hints at that constraint when she describes how Brutus and Cassius can plan to change the world whereas women's conversations and actions are restricted to very few areas of life (cf. ll. 41–46). Beatrice is a strong-minded young woman, who is fearlessly resisting many of the norms that are restraining her. Yet, when it comes to taking action against Claudio, who has done injustice to her cousin Hero, she still depends on Benedick to challenge and fight the man she can only condemn with words. She explicitly says what she would do if she were a man, but as she is not, Benedick has to promise to take revenge in her stead.

women restricted to only certain spheres: Beatrice's inability to take revenge on Claudio herself

On the other hand, both Beatrice and Juliet can also be regarded as role models, despite the constraints they are under. Juliet stays true to herself and does not let her father's threats intimidate her. Tragically, she does not live to see how her refusal to be disloyal to her true love even reconciles the feuding families in the end.

role model characters despite their constraints: example 1: Juliet

Even more than Juliet, Beatrice is characterised by her sharp tongue and her quick wit. In a duel of words, she is more than Benedick's equal, which is not only funny for the audience to listen to, but can also be seen as challenging the common gender conventions of the time.

example 2: Beatrice

All in all, although their realities are very far removed from our modern times, it is maybe exactly Shakespeare's female characters that make his plays so interesting and multi-faceted. Despite the constraints put in their way, they are often smart enough to overcome or at least to address them, which can lead to illuminating discussions as to women's roles then and now.

conclusion

*(581 words)*

3.2 *For this creative task, you are given a fictional situation. You are a member of a high school drama group that has more female than male participants. In order to still be able to stage a Shakespeare play, you wonder whether it would be a good solution to have girls play male roles or vice versa. As the task asks you to argue either for or against this idea, you need not present a balanced view, but can focus on the side you prefer. Rebecca Mead's article is all in favour of gender-neutral casting, so it will probably be easier to argue in that direction as well. As your text is supposed to be an article for the school magazine, do not forget to give it an interesting headline and make it suitable for the intended readership that consists of your fellow students.*

*Here are some points that come up in the sample solution:*

- *introduction: personal reminiscence of past theatre productions*
- *main part: arguments in favour of girls being cast for male roles*
  - *breaking up of unrealistic clear-cut gender identities*
  - *theatre as model for real life (no restrictions because of sex)*
- *conclusion: appeal for socially significant theatre*

**The boards that mean the world** — heading

For years, our school's drama productions have been unforgettable experiences. Yes, props fell over, lines were forgotten, actors could hardly get on stage because of stage fright, but in the end, our performances were mostly sold out and well-reviewed in the local press. Not least because we often did something new and unexpected, something that triggered discussions and provoked second thoughts in our audience. — introduction

This is what we should do again and simultaneously turn a current problem of ours into an opportunity. What I am talking about is the fact that we have too few male members in our theatre group. Still, we are bent on performing a Shakespeare play with many male roles to be cast. For me, girls playing men is the perfect solution. — main part: arguments in favour of girls being cast for male roles

I can almost hear some critics arguing that this could be confusing for the audience: a man speaking with a bright voice would be inauthentic as would be a man who moves like a woman. Yet, I would argue that we should make a virtue out of necessity and question the clear-cut gender identities our society often makes us believe in. Perhaps both male and female characters could be interpreted in a new and different way if gender-neutral casting made us break up our precise ideas of what makes a man a man and a woman a woman. — sign against clear-cut gender identities

A closely connected but even more important argument is in my view the educational function of the theatre. Shakespeare himself once cleverly said, "All the world's a stage." So maybe this image works in the opposite direction as well and the stage can be seen as an image of the world at large. Neither in theatre nor in — theatre as model for real life reality should your sex determine what you can or cannot experience. Instead, let all girls explore the range of emotions and deeds that Shakespeare often limited to his male heroes. We are all for gender equality in real life. Why shouldn't young actresses be allowed to experiment with power, with significant decisions, with the big life-changing questions on the stage? Maybe they can then become trailblazers for their peers in real life too.

In Shakespeare's time, all roles were played by men only. Why shouldn't women be able to play men equally well? I think by deciding to cast girls as male characters, we will not only solve our drama group's problem, but rather be true to our spirit of playing theatre that is socially significant. In the end, the whole of society profits from people with a willingness and ability to be open and empathise with all possible scenarios. Why not start on the stage now? conclusion

*(445 words)*

## Abitur 2021 Englisch (Hamburg) – erhöhtes Anforderungsniveau

### Hörverstehen

You will hear each recording **twice**. After each listening you will have time to complete your answers.

**Task 1: Street Trees** 7 BE

You will hear a podcast on trees in Detroit. While listening, answer the questions. You need not write complete sentences.

1. What are the advantages of street trees according to the presenter? *(Name two.)*
   - ______________________
   - ______________________
   - make streets look nicer
2. What did a study say about the effect of planting eleven more trees per block?

   ______________________
3. What was the paradoxical situation in Detroit between 2011 and 2014?

   ______________________
4. What was the aim of Christine Carmichael's campaign?

   ______________________
5. According to Christine Carmichael, what were some people in disadvantaged neighborhoods worried about?

   ______________________
6. What would change these people's attitude towards street trees?

   ______________________

## Task 2: Border

6 BE

You will hear a radio report about life on the Mexican-American border with the cities of El Paso on the American side, and Juarez on the Mexican side.
While listening tick (✓) the correct answer (a, b, c, or d). There is only one correct answer.

1. According to the female presenter, how do young locals see the border?
   a) ☐ as a sad reality
   b) ☐ as separating families
   c) ☐ as having little importance
   d) ☐ as separating different cultures

2. How does Antonio Villasenor-Baca perceive the border?
   a) ☐ as a protective measure
   b) ☐ as a necessary measure
   c) ☐ as an annoying measure
   d) ☐ as a threatening measure

3. Why are some children from Juarez able to attend an American school?
   a) ☐ The school is run privately.
   b) ☐ The American school is in Mexico.
   c) ☐ They take part in a special program.
   d) ☐ They have an American and a Mexican passport.

4. What is said about the connection of the two border cities?
   a) ☐ They are twin cities.
   b) ☐ They are interdependent.
   c) ☐ Their police forces cooperate closely.
   d) ☐ El Paso dominates Juarez financially.

5. Why can Kenia Guerrero cross the border faster?
   a) ☐ She holds a Green Card.
   b) ☐ She uses the commercial lane.
   c) ☐ She only has a small backpack.
   d) ☐ She has bought a special document.

6. What has made crossing the border more difficult for Kenia?
   a) ☐ a change in politics
   b) ☐ rising drug trafficking
   c) ☐ increased illegal migration
   d) ☐ the introduction of body scans

**Task 3: Ship** 12 BE

You will hear an interview with Sam King, one of the passengers of the Empire Windrush, a ship that took about 500 people from Jamaica to Great Britain in 1948. While listening, fill in the missing information. You need not write complete sentences.

| | |
|---|---|
| 1. Why the economic situation in Jamaica was so serious in 1948: | |
| 2. What Sam King's father wanted his son to do: | |
| 3. Why Sam King had spent time away from Jamaica: | |
| 4. What Sam King realized when back in Jamaica: | |
| 5. What Sam King says about the fare for the passage: *(Name one aspect.)* | |
| 6. What the journey of the *Windrush* led to: | |

| | |
|---|---|
| 7. Why some middle-aged passengers found it hard to leave Jamaica: | |
| 8. What some travellers did when learning a woman was on board illegally: | |
| 9. Why Sam considered the food on board bad: *(Name one reason.)* | |
| 10. How people spent their time on board: *(Name two activities.)* | • <br> • |
| 11. What some younger passengers worried about: | |

## Sprachmittlung

### Assignment

Your US exchange partner has to give a presentation in class about a German tradition and decides to talk about travelling journeymen, as he/she saw one in your hometown last summer. He/She asks you for some help.
Using the information in the text, write an email in which you present the tradition of travelling journeymen and the situation now.

**Material: Mit Stock und Hut auf Wanderschaft gehen**
Von Andrea Döring

Hut, Stock und ein Bündel – der freundliche junge Mann mit den langen Rasta-Locken ist unschwer als Wandergeselle zu erkennen. An einer Raststätte an der A61 in Rheinland-Pfalz fragt er nach einer Mitfahrgelegenheit.

Bis Worms passen die Pläne zusammen, und das kleine Bündel, auch Charlottenburger genannt, hat locker Platz im Kofferraum. Konstantin Schäfer stammt aus Saarlouis und ist Zimmermann. Gerade kommt der 24-Jährige von einer Feier in der Eifel. Jetzt ist er auf dem Weg zu seinem bislang letzten Arbeitgeber im südhessischen Heppenheim. Der soll ihm in seinem Wanderbuch noch ein Zeugnis ausstellen.

Das Wanderbuch, der knotige Stock, auch Stenz genannt, und das Bündel gehören zur Grundausstattung jedes Wandergesellen dazu. Stolz trägt Schäfer den traditionellen schwarzen Hut, einen Ohrring, ein weißes Hemd, darüber eine Weste mit acht Perlmuttknöpfen, ein Jackett und weite Schlaghosen. Seine Kluft ist schwarz. Das weist ihn als Zimmermann aus, denn jedes <u>Gewerk</u> hat seine eigene Farbe.

Wer Meister werden wollte, musste vom Spätmittelalter bis zur beginnenden Industrialisierung auf Wanderschaft gehen. Arbeits- und Lebenserfahrung sollten die jungen Männer sammeln. In ungefähr 35 Handwerken ist das bis heute möglich: Bäcker, Betonbauer, Bootsbauer, Goldschmiede, Köche, Landwirte, Maurer und Schneider gehören etwa dazu.

„Es ist wunderbar, wenn junge Menschen Erfahrungen sammeln. In der Bäckerei habe ich Wandersleute allerdings noch nie gesehen“, erzählt Peter Görtz, Inhaber einer großen Bäckerei-Kette in Ludwigshafen und Umgebung. „Ich würde sofort 20 nehmen.“

Maternus Burauen von der IG Bau und erster Sekretär der Conföderation Europäischer Gesellenzünfte (CCEG) schätzt, dass derzeit etwa 450 bis 550 Gesellen auf der Walz sind. Eine offizielle Statistik gibt es nicht. Aktuell seien schätzungsweise zehn bis zwanzig Prozent der Wandersleute Frauen. [...]

Seit 2014 gehört die Walz in Deutschland zum immateriellen Kulturerbe der UNESCO. Wer sich auf sie begeben will, muss einige Regeln beachten: Er muss in einem Handwerk einen Gesellenbrief erlangt haben, unverheiratet sowie schuldenfrei sein. Die Wanderschaft dauert zwei oder drei Jahre – und einen Tag. In dieser Zeit darf man sich seinem Heimatort bis auf 50 Kilometer nicht nähern. Ursprünglich war dies als Marktkontrolle für die Meister gedacht – ihre Gesellen sollten woanders ihr Glück finden und ihnen keine Konkurrenz machen.

„Ich hatte Fernweh", sagt Schäfer. Seit fast zwei Jahren ist er schon unterwegs. Durch Holland, Belgien, Frankreich, Österreich, die Schweiz und Israel führte ihn bereits sein Weg. „Viele unterschiedliche Arbeitstechniken habe ich kennengelernt, aber wichtiger als die handwerkliche ist die Erfahrung mit Menschen und die Selbsterkenntnis", sagt er.

„Beim Österreichischen Hospiz in Jerusalem habe ich am Eingangsportal Schusslöcher zugespachtelt", berichtet er. Welche Arbeitgeber Schäfer nach seinem Besuch in Heppenheim findet, ist offen. Der Geselle will nach Norwegen. „Die zahlen gut", hofft er. Der Lohn richtet sich nach den ortsüblichen Tarifen. Üblich ist oft auch Kost und Logis.

In Worms am Dom ist die gemeinsame Fahrt zu Ende, es bleibt noch der Weg bis Heppenheim. Dort hat sich Schäfers zwischenzeitlicher Arbeitgeber und früherer Altgeselle Jerome Schmitt bereits mit 25 Jahren selbstständig gemacht. „Ich habe ihn unter meine Fittiche genommen, habe ihm beigebracht, wie das Leben auf der Landstraße funktioniert, wie man Arbeit findet, als ich vor zwei Jahren selber noch unterwegs war", berichtet Schmitt. „Wer auf Wanderschaft geht, hat schon ein gewisses handwerkliches Know-how. Man lernt mehr im Bereich des Menschlichen", erzählt er. „Wichtig ist das vor allem bei problematischen Kunden. Man ist pragmatisch und zielorientiert, wirft nicht so schnell die Flinte ins Korn", sagt er zum Wert der alten Traditionen. „Man gibt sein Wort, man lässt sich festnageln."·

Festnageln ist dabei im buchstäblichen Sinne gemeint. „Man wird auch heute noch mit dem Ohrläppchen an einen Balken genagelt. Dann bekommt man Ringe an die Ohren. Ursprünglich waren die dazu da, die Beerdigung zu bezahlen, wenn man unterwegs stirbt", sagt Schmitt. Im Zeitalter von Piercings und Tattoos wirkt das aber gar nicht mehr so archaisch. Und ganz modern erscheint auch die Idee der Walz, an verschiedenen Orten zu leben und zu arbeiten. *(639 Wörter)*

*Andrea Döring, „Mit Stock und Hut auf Wanderschaft gehen" in:* Frankfurter Rundschau, *29. Mai 2018, © dpa Deutsche Presse-Agentur GmbH;*
*Bild: © picture alliance/Andrea Döring/dpa | Andrea Döring*

**Anmerkungen**
Z. 19 Gewerk: Handwerk
Z. 32 Walz: Wanderschaft eines Handwerksgesellen

## Schreibaufgabe I – *African American Experiences**

**In Ihrem Abitur werden Sie als Schreibaufgabe I einen Text zum Thema* The United Kingdom – Diverse and Disunited? *erhalten. Die Aufgaben werden aber ganz ähnlich aufgebaut sein wie die hier abgebildeten.*

## Assignments

### Comprehension

1. Summarize Barack Obama's experiences at college.

### Analysis

2. Analyze the different attitudes to black identity at college and the stylistic means used to illustrate them.

### Comment/Creative Writing (Choose one.)

3.1 Discuss to what extent different ways to overcome racism in the US have proved successful so far. In your answer refer to the excerpt as well as to your course-work.

**or**

3.2 Imagine you are an exchange student at an American high school who has joined the debating society of this school. In a competition with another school you have to debate the current state of race-relations in the US. The excerpts from Barack Obama's memoir below have inspired you.
Write the opening speech for your team.

***Dreams from My Father***
by Barack Obama
*In this excerpt from his memoirs, Barack Obama revisits his college days, starting with what his old mentor Frank had warned him about beforehand.*

What had Frank called college? *An advanced degree in compromise.* I thought back to the last time I had seen the old poet, a few days before I left Hawaii. [...] Finally he had asked me what it was that I expected to get out of college. I told him I didn't know. He shook his big, hoary head. "Well," he said, "that's the problem, isn't it? You don't know. You're just like the rest of these young cats out here. All you know is that college is the next thing you're supposed to do. And the people who are old enough to know better, who fought all those years for your right to go to college – they're just so happy to see you in there that they won't tell you the truth. The real price of admission."

"And what's that?"

"Leaving your race at the door," he said. "Leaving your people behind." He studied me over the top of his reading glasses. "Understand something, boy. You're not going to college to get educated. You're going there to get trained. [...] They'll train you so good, you'll start believing what they tell you about equal opportunity and the American way and all that shit. They'll give you a corner office and invite you to fancy dinners, and tell you you're a credit to your race. Until you want to actually start running things, and then they'll yank on your chain and let you know that you may be a well-trained, well-paid nigger, but you're a nigger just the same." "So what is it you're telling me – that I shouldn't be going to college?" Frank's shoulders slumped, and he fell back in his chair with a sigh. "No. I didn't say that. You've got to go. I'm just telling you to keep your eyes open. Stay awake." [...]

Anyway, most of the other black students at Oxy didn't seem all that worried about compromise. There were enough of us on campus to constitute a tribe, and when it came to hanging out many of us chose to function like a tribe, staying close together, traveling in packs. [...]

Our worries seemed indistinguishable from those of the white kids around us. Surviving classes. Finding a well-paying gig after graduation. Trying to get laid. I had stumbled upon one of the well-kept secrets about black people: that most of us weren't interested in revolt; that most of us were tired of thinking about race all the time; that if we preferred to keep to ourselves it was mainly because that was the easiest way to stop thinking about it, easier than spending all your time mad or trying to guess whatever it was that white folks were thinking about you.

So why couldn't I let it go? I don't know. I didn't have the luxury, I suppose, the certainty of the tribe. Grow up in Compton and survival becomes a revolutionary act. You get to college and your family is still back there rooting for you. They're happy to see you escape; there's no question of betrayal.

But I hadn't grown up in Compton, or Watts. I had nothing to escape from except my own inner doubt. I was more like the black students who had grown up in the suburbs, kids whose parents had already paid the price of escape. You could spot them right away by the way they talked, the people they sat with in the cafeteria. When pressed, they would sputter and explain that they refused to be categorized. They weren't defined by the color of their skin, they would tell you. They were individuals. [...]

One day I asked [my college friend Joyce] if she was going to the Black Students' Association meeting. She looked at me funny, then started shaking her head like a baby who doesn't want what it sees on the spoon. "I'm not black," Joyce said. "I'm *multiracial*." Then she started telling me about her father, who *happened* to be Italian and was the sweetest man in the world; and her mother, who *happened* to be part African and part French and part Native American and part something else. "Why should I have to choose between them?" she asked me. Her voice cracked, and I thought she was going to cry. "It's not white people who are making me choose. Maybe it used to be that way, but now they're willing to treat me like a person. No – it's *black people* who always have to make everything racial. *They're* the ones making me choose. *They're* the ones who are telling me that I can't be who I am ..."

They, they, they. That was the problem with people like Joyce. They talked about the richness of their multicultural heritage and it sounded real good, until you noticed that they avoided black people. It wasn't a matter of conscious choice, necessarily, just a matter of gravitational pull, the way integration always worked, a one-way street. The minority assimilated into the dominant culture, not the other way around. Only white culture could be neutral and objective. Only white culture could be nonracial, willing to adopt the occasional exotic into its ranks. Only white culture had individuals. And we, the half-breeds and the college-degreed, take a survey of the situation and think to ourselves, Why should we get lumped in with the losers if we don't have to? We become only so grateful to lose ourselves in the crowd, America's happy, faceless marketplace; and we're never so outraged as when a cabbie drives past us or the woman in the elevator clutches her purse, not so much because we're bothered by the fact that such indignities are what less fortunate coloreds have to put up with every single day of their lives – although that's what we tell ourselves – but because we're wearing a Brooks Brothers suit and speak impeccable English and yet have somehow been mistaken for an ordinary nigger. Don't you know who I am? I'm an *individual*!

*(997 words)*

*Barack Obama,* Dreams from My Father, *New York: Broadway Books. 1995/2004, pp. 97–100.*

**Annotations**

l. 21 *Oxy:* short for Occidental College: a private college in Los Angeles

l. 33 *Compton:* a suburb of Los Angeles notorious for gang violence and with a large, often poor black community

l. 36 *Watts:* a neighborhood in Southern Los Angeles, known for the 1965 Watts race riots and with a large, often poor black community

l. 68 *Brooks Brothers:* oldest men's clothier in the US, known for its high-end fashion

## Schreibaufgabe II – *Love and Power in Shakespeare's Plays*

# Assignments

### Comprehension

1. Summarise the excerpt.

### Analysis

2. Analyse how the distribution of power among the characters is illustrated in the excerpt.

### Comment/Creative Writing (Choose one.)

3.1 Assess to what extent Shakespeare's female characters still carry meaning for modern audiences. In your answer refer to both this excerpt and your coursework.

**or**

3.2 Imagine you have just returned from a year as an exchange student at an American High School, where you were part of a school production of Shakespeare's *Midsummer Night's Dream*. Now you have studied another of Shakespeare's plays for your English course at school in Hamburg. Your English-speaking drama group in Hamburg cannot decide whether or not to stage a Shakespeare play.
Write an e-mail to an American friend of yours, in which you tell him/her about the pros and cons of performing a Shakespeare play in your drama group at school.

***A Midsummer Night's Dream*, Act I, Scene I**

*The following excerpt from William Shakespeare's play is set at Duke Theseus' court in ancient Athens. Athenian citizen Egeus has brought his daughter Hermia and two local young courtiers, Demetrius and Lysander, in front of the Duke to settle a dispute.*

**Egeus:** Happy be Theseus, our renowned duke!
**Theseus:** Thanks, good Egeus. What's the news with thee?
**Egeus:** Full of vexation come I, with complaint
Against my child, my daughter Hermia.
Stand forth Demetrius! – My noble lord,
This man hath my consent to marry her.
Stand forth, Lysander! – And, my gracious duke,
This man hath bewitch'd the bosom of my child.
Thou, thou, Lysander, thou hast given her rhymes,
And interchang'd love-tokens with my child.
Thou hast by moonlight at her window sung
With feigning voice verses of feigning love,
And stolen the impression of her fantasy,
With bracelets of thy hair, rings, gauds, conceits
Knacks, trifles, nosegays, sweetmeats – messengers

Of strong prevailment in unharden'd youth;
With cunning hast thou filch'd my daughter's heart
Turn'd her obedience, which is due to me,
To stubborn harshness. And, my gracious duke,
Be it so she will not here, before your grace,
Consent to marry with Demetrius,
I beg the ancient privilege of Athens;
As she is mine, I may dispose of her;
Which shall be either to this gentleman
Or to her death, according to our law
Immediately provided in that case.

**Theseus:** What say you, Hermia? Be advis'd, fair maid
To you your father should be as a god,
One that compos'd your beauties; yea, and one
To whom you are but as a form in wax
By him imprinted, and within his power
To leave the figure, or disfigure it.
Demetrius is a worthy gentleman.

**Hermia:** So is Lysander.

**Theseus:** In himself he is;
But in this kind, wanting your father's voice,
The other must be held the worthier.

**Hermia:** I would my father look'd but with my eyes.

**Theseus:** Rather your eyes must with his judgement look.

**Hermia:** I do entreat your grace to pardon me.
I know not by what power I am made bold,
Nor how it may concern my modesty
In such a presence here to plead my thoughts;
But I beseech your grace that I may know
The worst that may befall me in this case,
If I refuse to wed Demetrius.

**Theseus:** Either to die the death, or to abjure
For ever the society of men.
Therefore, fair Hermia, question your desires,
Know of your youth, examine well your blood,
Whether, if you yield not to your father's choice,
You can endure the livery of a nun,
For aye to be in shady cloister mew'd,
To live a barren sister all your life,
Chanting faint hymns to the cold fruitless moon
Thrice blessed they that master so their blood
To undergo such maiden pilgrimage;
But earthlier happy is the rose distill'd
Than that which, withering on the virgin thorn,

Grows, lives, and dies in single blessedness.

**Hermia:** So will I grow, so live, so die, my lord,
Ere I will yield my virgin patent up
Unto his lordship, whose unwished yoke
My soul consents not to give sovereignty. […]

**Demetrius:** Relent, sweet Hermia; and, Lysander, yield
Thy crazed title to my certain right. […]

**Lysander:** I am, my lord, as well-deriv'd as he,
As well-possess'd: my love is more than his,
My fortunes every way as fairly rank'd,
If not with vantage, as Demetrius';
And, which is more than all these boasts can be,
I am belov'd of beauteous Hermia.
Why should not I then prosecute my right?
Demetrius, I'll avouch it to his head,
Made love to Nedar's daughter, Helena,
And won her soul; and she, sweet lady, dotes,
Devoutly dotes, dotes in idolatry,
Upon this spotted and inconstant man.

*(573 words)*

*William Shakespeare,* A Midsummer Night's Dream

**Annotations**

l. 8 *bosom:* heart
l. 9 *rhymes:* love poetry
l. 12 *with feigning voice:* with a voice that pretends to be sincere
l. 12 *feigning love:* pretended love
l. 13 *stolen … fantasy:* caught her imagination by making an impression on her
l. 14 *gauds:* silly toys
l. 14 *conceits:* fancy things
l. 15 *knacks:* useless little gifts
l. 15 *nosegays:* flowers
l. 15 *sweetmeats:* sweets
l. 16 *prevailment:* persuasive power
l. 16 *unharden'd:* inexperienced
l. 17 *filch'd:* stolen
l. 20 *be it so:* if
l. 22 *privilege of Athens:* the traditional right of an Athenian father
l. 32 *disfigure:* destroy
l. 36 *in this kind:* in a matter like this
l. 36 *wanting your father's voice:* lacking your father's support
l. 38 *would:* wish
l. 42 *concern my modesty:* affect my reputation for modesty
l. 47 *die the death:* be legally put to death
l. 47 *abjure:* renounce
l. 50 *know of your youth:* remember that you are young
l. 52 *livery:* traditional outfit
l. 53 *aye:* ever
l. 53 *mew'd:* shut up
l. 54 *sister:* nun
l. 55 *moon:* Diana, goddess of the moon and of chastity
l. 58 ff. *but earthlier happy is the rose … single blessedness:* a married woman is happier on earth than one who remains single

l. 62 *ere:* before
l. 62 *virgin patent:* right to remain a virgin
l. 63 *his lordship:* the domination of this man
l. 64 *to give sovereignty:* acknowledge as lord and master
l. 67 *my lord:* Lysander addresses Egeus
l. 67 *well-deriv'd:* nobly descended, of good family
l. 67 *he:* Demetrius
l. 70 *with vantage:* even better
l. 72 *of:* by
l. 73 *prosecute my right:* persist in making my claim
l. 74 *avouch … head:* declare before his face (in his presence)
l. 75 *made love:* courted
l. 77 *dotes in idolatry:* idolizes
l. 78 *spotted:* dishonourable

## Hörverstehen

### Text 1: Street Trees

**Jason G. Goldman:** This is "Scientific American, Sixty Seconds Science". I am Jason Goldman. Trees in cities do measurable good for biodiversity and for human health. They scrub pollution from the air. They provide habitat for wildlife. They make streets look nicer. And they even reduce stress and have been linked to reductions in crime.

Back in 2015 a group of Toronto-based researchers discovered that planting just eleven more trees per city block could reduce heart-related conditions by the same amount as if everybody living on that block became a year and a half younger.

But in Detroit between 2011 and 2014 a quarter of eligible homeowners turned down an offer from a local nonprofit for free street trees. Ironic, considering Detroit's nickname was once the City of Trees.

**Christine Carmichael:** It was actually over 1,800 trees that were rejected out of an eligible 7,425. So it was a big enough issue at that point where it warranted further investigation.

**Jason G. Goldman:** Forestry researcher Christine Carmichael, who did the research at Michigan State and has since moved to the University of Vermont.

The nonprofit created an education campaign to get more residents to accept the free trees, the assumption being that, if people had all the facts, they'd be more likely to take the trees. But when Carmichael talked to residents, she found that they understood the benefits of trees. Their unease was about trust.

**Christine Carmichael:** Basically what I found was that opposition in Detroit to tree planting among some of these residents resulted primarily from negative past experiences with street trees, particularly in low-income neighborhoods that were grappling with blight from vacant properties, which created an additional burden of care for their neighborhood.

**Jason G. Goldman:** In the last half-century or so, more than half a million Detroit trees died from disease and neglect. It was primarily low-income African American communities who were forced to deal with the consequences and the hazards, like falling limbs, posed by dead trees.

In speaking with residents, Carmichael found that they would be more willing to accept free trees if they could be more involved in the decision-making process. Locals wanted input on tree size and whether they produced flowers. They also very reasonably wanted to avoid trees that could drop rotting fruits or sap on cars and sidewalks.

1. What are the advantages of street trees according to the presenter? *(Name two.)*
   ***Name two of the following:***
   - **good for biodiversity**
   - **good for human health**
   - **scrub pollution from the air**
   - **provide habitat for wildlife**
   - **reduce stress**
   - **allegedly reduce crime**
   - make streets look nicer
2. What did a study say about the effect of planting eleven more trees per block?
   **would reduce heart-related conditions (as if people became one and a half years younger)/would improve health**
3. What was the paradoxical situation in Detroit between 2011 and 2014?
   **people didn't want trees although they were offered them for free/Detroit was once the City of Trees**
4. What was the aim of Christine Carmichael's campaign?
   **get more residents to accept free trees**
5. According to Christine Carmichael, what were some people in disadvantaged neighborhoods worried about?
   **negative past experiences with street trees/additional burden of care/hazards connected with dead trees**
6. What would change these people's attitude towards street trees?
   **involve them in the decision-making process/avoid planting trees that could become dangerous**

## Text 2: Border

**Ailsa Chang,** *Host:* Youth Radio's team covering the border spoke with young people from El Paso, Texas, and Juarez, Mexico, who grew up never seeing the border as a dividing line. Billy Cruz reports.

**Billy Cruz,** *Byline:* Along the dry, rocky desert of El Paso, past all the food chains and shopping malls, a brown fence stretches for miles. Antonio Villasenor-Baca is 22. He was born here in El Paso, a huge borderplex that spans the Rio Grande River. But he has an uncle in Juarez. And growing up, Antonio's dad would take him back and forth a lot.

**Villasenor-Baca:** You know, like, you want to go out and party, you go to Juarez. You have family in Juarez, but you live in El Paso, or vice versa. It really seems like just a huge hassle to, like, go through all of this stuff at the border.

**Cruz:** For young people like Antonio, life on the border isn't just about the momentous crossings we read about in the news. Commuting between two countries is a part of everyday life. There are even kids with dual citizenship who live in Juarez with their parents and cross the border to go to school.

**Villasenor-Baca:** It's really weird because growing up as a kid, there's just other kids in your school. And it's not until you get older that you start seeing, well, it's the kids who speak Spanish who are the – doing the daily commute.

**Cruz:** Many people and goods flow between El Paso and Juarez every day. The culture and economies of both cities rely on each other. 23-year-old Kenia Guerrero is part of that flow. She grew up in Juarez but just finished college in El Paso. And she crosses the border every day to help out at her parents' cowboy boot shop.

**Kenia Guerrero:** Yeah, so we are at the Santa Fe Bridge. This is in the central part of El Paso. As you can see, like, cars are coming in from Juarez. It usually takes about half an hour to three hours to cross to El Paso.

**Cruz:** To make her commute easier, Kenia got something called a SENTRI pass, which cuts down the time it takes to cross. Thousands of people in the El Paso-Juarez region pay the fees and go through the background checks to get one. Kenia says she feels equally at home in Juarez and here in El Paso.

**Guerrero:** It was pretty normal. And now it's not like that anymore because you're sometimes afraid.

**Cruz:** Now Kenia has to be extra careful whenever she crosses because she says agents have gotten stricter since President Trump took office. If she's caught with a prohibited item like even an apple she packed for lunch and forgot to throw away, Kenia could lose her fastpass. Recently she had a close call.

**Guerrero:** Had a crushed candy in my cup holder. And the agent asked me, "Is that cocaine?". And I got nervous, not because it was cocaine but because it's just a question. Like, how can he think that I'm bringing cocaine?



1. According to the female presenter, how do young locals see the border?

   c) ☑ as having little importance

2. How does Antonio Villasenor-Baca perceive the border?

   c) ☑ as an annoying measure

3. Why are some children from Juarez able to attend an American school?

   d) ☑ They have an American and a Mexican passport.

4. What is said about the connection of the two border cities?

   b) ☑ They are interdependent.

5. Why can Kenia Guerrero cross the border faster?

   d) ☑ She has bought a special document.

6. What has made crossing the border more difficult for Kenia?

   a) ☑ a change in politics

**Text 3: Ship**

**Alan Johnston,** *Host:* It is 1948 in Jamaica and the island is in bad shape. It's still recovering from a hurricane a few years earlier and Sam King remembers the economy being in a desperate state.

**Sam King:** Things again were very bad because the coconuts were destroyed in '44. It takes five to six years for the coconuts to rebuild. The whole structure of farming was undermined. I didn't see any future. Of course, my father was very glad I was there because I'm the eldest son and like him, eventually I would take over the farm to pick pimento and to plant banana and all that and all that. But I had no intention of planting bananas.

**Alan Johnston:** Back then, Sam was just 22 years old, but he'd already seen the outside world. He'd volunteered during WWII and served in the Royal Air Force in Britain. With the coming of peace, he'd returned to the hills of Eastern Jamaica. But he knew he wouldn't stay. And within months, he spotted a chance to get away.

**Sam King:** It was in the daily Jamaican newspaper that this troop ship would call to Jamaica in about two weeks' time. And the passage was 28 pounds 10 shillings. Let's get that straight: The average man didn't have 28 pounds 10 shillings. It was equivalent to about three cows.

**Alan Johnston:** So you are sitting, reading the newspaper. And what goes through your mind?

**Sam King:** I'm going back to England.

**Alan Johnston:** Eventually, nearly 500 passengers boarded the ship, bound for England and a new life. They would turn out to be pioneers. Their journey marked the start of a new wave of migration. In the decade to come, a quarter of a million West Indians would follow in the wake of the Windrush. Sam remembers the mood that evening when she slips slowly out of Kingston harbour.

**Sam King:** People were waving, things were happening on the docks. Now for about half of us, we had no intention of coming back to our colony. We were looking forward, we were looking towards a new home. But there were some men in their 40s who had wife and children. They were looking back at the yard, they were waving, they – but we, chiefly the young ones, we were not looking back, we were looking forward.

**Alan Johnston:** Several stowaways had managed to smuggle themselves on board, one was a woman and out of kindness, Sam and some of the other passengers clubbed together and paid to buy her a ticket, enabling her to make the voyage legally. But conditions on the troop ship in those first years after the war were far from luxurious.

**Sam King:** Sad to say, you have mashed potato in tins from New Zealand two years, they put it on the table, mix it up with water. Now if you didn't eat it then, in the evening they mix it with cabbage and if you didn't eat it then, in the morning they fried it and called it bubble and squeak. I would eat it sometimes before, when I was resident in Britain. Men were playing dominoes and things, but we had the decks, were chiefly blankets and a few bunks. But the women were in cabins. So we just mill around and in the evenings they have boxing competitions and things like that and dance and all things. But the main thing is, it was to mentally get yourself ready to land.

**Alan Johnston:** And the other young guys who, unlike you, hadn't seen Britain before, were they asking lots of questions?

**Sam King:** Time and again they would come, "Sam, what, will I have a job?" They were more concerned about jobs. I said, "Settle down." In the evening after supper about 6.30, I would go on the lower deck to you know about ten of them I said, "Look. Food is rationed in England, you can't grasp that, but work is all over the place, so work is not the problem."

| | |
|---|---|
| 1. Why the economic situation in Jamaica was so serious in 1948: | **(recovering from) a (recent) hurricane (a few years earlier)/coconuts were destroyed (in 1944)/coconuts needed time to grow again/ whole structure of farming was undermined** |
| 2. What Sam King's father wanted his son to do: | **to take over the farm/to plant bananas/to pick pimento** |
| 3. Why Sam King had spent time away from Jamaica: | **volunteered during WW II/served in Royal Air Force in Britain** |
| 4. What Sam King realized when back in Jamaica: | **(he knew) he wouldn't stay** |
| 5. What Sam King says about the fare for the passage: *(Name one aspect.)* | **28 pounds, 10 shillings/the average man didn't have 28 pounds, 10 shillings/equivalent to about three cows/too expensive for average people** |
| 6. What the journey of the *Windrush* led to: | **new wave of migration/a quarter of a million West Indians emigrated too** |
| 7. Why some middle-aged passengers found it hard to leave Jamaica: | **had (to leave their) families/children and wives** |
| 8. What some travellers did when learning a woman was on board illegally: | **clubbed together and paid to buy her a ticket/bought her a ticket** |
| 9. Why Sam considered the food on board bad: *(Name one reason.)* | **old, tinned food/same food served over and over again** |
| 10. How people spent their time on board: *(Name two activities.)* | ***Name two of the following:***<br>• **playing dominoes**<br>• **milling around**<br>• **boxing competitions**<br>• **dances**<br>• **mentally getting ready to land** |
| 11. What some younger passengers worried about: | **finding a job (in England)** |

## Sprachmittlung

*Before you start writing, pay close attention to the assignment. It tells you for whom you have to summarise the information (an American exchange partner) and in what form (a personal email). This will determine the style you should use: write in correct, formal language because your friend needs the information for a presentation at school. However, do not forget to use a more colloquial style when you address your friend and his/her situation. When it comes to content, you should only sum up the pieces of information that are relevant for your friend's presentation: so leave out the concrete personal examples mentioned in the article. Instead, focus on what makes the tradition of travelling journeymen special, where it comes from and why and how it is still practised today.*
*You should include the following aspects:*
- *appearance of travelling journeymen:*
  - *equipment: bindle, hiking pole, logbook (cf. ll. 15/16)*
  - *traditional clothing: hat, waistcoat, jacket, flared trousers, shirt (cf. ll. 16–18)*
  - *colour of clothes different depending on craft (cf. ll. 18–20)*
  - *earring (traditional and current custom of being "nailed down"; original use: payment for funeral costs) (cf. ll. 62–65)*
- *rules for travelling journeymen:*
  - *completed apprenticeship, unmarried, no debts, travel for two or three years and one day (cf. ll. 35–37)*
  - *staying away at least 50 km from hometown (cf. ll. 37–40)*
- *history of the tradition:*
  - *dates back to Middle Ages (cf. l. 21)*
  - *obligatory to become masters until the beginnings of industrialisation (cf. ll. 21/22)*
- *present situation:*
  - *450–550 journeying craftspeople, ten to 20 per cent women (cf. ll. 31–33)*
  - *custom recognised by UNESCO since 2004 (cf. ll. 34/35)*
  - *many also work abroad (cf. ll. 42/43, 66/67)*
  - *normal pay, often free board and lodging (cf. ll. 49/50)*
- *reasons for travelling:*
  - *improve skills and learn new techniques (cf. ll. 22, 43/44)*
  - *gain new experiences, learn about the world and oneself (cf. ll. 22, 44/45, 57–59)*

Hello Cheryl, — greeting

Thanks for your email. That's an interesting subject for your presentation. I'd be glad to help you with some information I found in a German newspaper. — introduction

As you might remember from last summer, travelling journeymen can easily be recognised by their traditional clothing, consisting of a hat, a waistcoat, a jacket, flared trousers and a shirt. The colour of these depends on the journeymen's craft. They carry a bindle, a pole — appearance of travelling journeymen and a logbook to record their journey. Another interesting feature is the earring they all wear. Originally, the rings were meant to pay for their funeral in case they died on the trip. They are also reminders of the tradition of nailing the journeymen's earlobes to a post. This custom is still being practised as a symbol of the craftsmen's reliability.

There are more strict rules to observe: the journeymen must have finished their apprenticeship and must be unmarried, free of debt and prepared to travel for two to three years and one day. They must also keep a distance of at least 50 km from their hometown to avoid competing with their masters. — rules for travelling journeymen

The tradition of travelling began in the late Middle Ages. Until the beginning of the Industrial Age, travelling in this way was obligatory for anyone who wanted to become a master of their craft. — history of the tradition

Currently, there are about 450 to 550 journeying craftspeople, ten to 20 per cent of whom are women. They are paid at the standard rate for their trade, with board and lodging often being free. In 2004, the UNESCO recognised the custom's cultural value by giving it world heritage status. — present situation

There are several reasons for its ongoing popularity: the journeymen, who often travel abroad these days, can improve their learned trade by acquiring new techniques. Moreover, they meet many people, gain experiences and learn skills, such as perseverance and pragmatism. All of this can prove helpful when dealing with customers, especially with difficult ones. — reasons for travelling

I hope you'll find this information useful. Please tell me how your presentation went. — ending (fitting to text form)

Love,
Lily

*(341 words)*

## Schreibaufgabe I

1. *This task tests your text comprehension skills. You are supposed to describe Barack Obama's experiences at college, as he presents them in his autobiography. An assignment like this narrows down the text paragraphs relevant for your answer. You can start summarising the text from line 21 onwards. Frank's warnings that are depicted from line 1 to 20 are not part of this task because they do not refer to experiences at college.*
   *You should mention the following points:*
   - *quite a few Black students at college have their everyday worries and prefer to stay amongst themselves and not to be obsessed with race (cf. ll. 21–31)*
   - *difference between Black students from poorer communities and those insecure of their identity, such as Obama himself (cf. ll. 32–41)*

- *example of Joyce: stress on multiracial instead of Black heritage, but avoidance of Black people; myth of non-racial White society (cf. ll. 43–69)*

The text is an excerpt from Barack Obama's memoirs *Dreams from My Father*, published in New York in 1995 and 2004. In the given passage, Obama remembers his experiences as a student at college in Los Angeles. — introduction

In general, he has the impression that in monoracial groups of only Black students, race is not an issue which is discussed much. Other everyday interests and worries, not unlike those of White students, occupy the young African Americans. — everyday worries among "monoracial" groups

Barack Obama himself, however, is more concerned with questions of race and identity. He attributes this to his status of being not from an all-Black, impoverished background. In other words, he has made it to the successful White-dominated society. At the same time this makes him lack a secure racial identity. — Obama's insecurity about racial identity

The example of his friend Joyce illustrates this conflict: When Barack asks her to accompany him to a meeting of the Black Students' Association, she bluntly refuses, protesting that she is not Black, but multiracial because of her ancestry of various ethnicities. She wants to be regarded as an individual and complains that Black people always make her choose and make everything racial, whereas White people accept her. In Barack's opinion, however, this integration is only superficial and ignores the fact that Black Americans are still confronted with prejudice and discrimination on a daily basis. Apparently, Joyce's feeling of being a part of the "White society" comes at the price of turning her back on her Black roots. *(245 words)* — Joyce's example: apparent integration at the price of denying one's roots

2. *For task 2, you need to find out which different attitudes to Black identity are described in the text and how they are expressed in terms of language. To solve the first part of the task, you can use your findings from task 1, where you have probably hinted at the different attitudes already. It makes for an especially elegant text when you manage to combine the description of the attitudes with the linguistic means used to illustrate them.*
   *You could mention the following aspects:*
   - *Frank's warnings as a kind of advance preparation for the difficulties to follow:*
     - *metaphors from world of education and finance ("advanced degree in compromise", l. 1; "real price of admission", l. 8)*
     - *repetition ("Leaving your race at the door", "Leaving your people behind", l. 10)*
     - *examples of drastic language ("equal opportunity and the American way and all that shit", ll. 13/14; "they'll yank on your chain and let you know that*

*you may be a well-trained, well-paid nigger, but you're a nigger just the same", ll. 16/17)*

- *attitude of Black people who stay in "monoracial" groups: ignorance of race:*
  - *metaphors to stress uniformity ("tribe", ll. 22/23; "traveling in packs", l. 24)*
  - *informal language for everyday experiences ("Surviving classes. Finding a well-paying gig after graduation. Trying to get laid.", ll. 25/26)*
  - *anaphora to describe "one of the well-kept secrets about black people" ("that most of us weren't interested in revolt; that most of us were tired of thinking about race all the time; that if we preferred [...]", ll. 27–31)*
- *race a bigger issue for "half-breeds" (l. 61), such as Obama himself:*
  - *rhetorical question ("So why couldn't I let it go?", l. 32)*
  - *seeming paradox of antithetical expressions ("luxury" of poverty, insecurity of having "nothing to escape from", cf. ll. 32–37)*
- *Joyce's way of denying her roots in order to belong:*
  - *comparison ("like a baby who doesn't want what it sees on the spoon", ll. 44/45)*
  - *emphases in Joyce's hypocritical argumentation ("multiracial", ll. 45/46; "happened to be", ll. 46/47; "black people"/"[t]hey"/"They, they, they.", ll. 51–54)*
  - *metaphors to underline dominance of White culture ("gravitational pull", l. 57; "one-way street", l. 57)*
  - *sarcastic statements ("Only white culture could be neutral and objective. Only white culture could be nonracial [...]. Only white culture had individuals.", ll. 58–60; "America's happy, faceless marketplace", ll. 63/64; "mistaken for an ordinary nigger", ll. 68/69)*
- *conclusion*

Frank's warnings as advance preparation for difficulties to follow

At the very beginning of the excerpt, Obama describes how his mentor Frank had warned him about the difficulties he as a Black student might encounter at college. That is why the whole section from line 1 to line 20 could be read as a kind of advance preparation for the issues to follow. By calling college "[a]n advanced degree in compromise" (l. 1) and talking of "[t]he real price of admission" (l. 8), Frank uses imagery to make it clear that Black students' education is both challenging and costly for them, if not from a financial perspective, all the more so from a cultural one. What exactly it costs Black students is exemplified by the repetition of "[l]eaving your race at the door" and "[l]eaving your people behind" (l. 10). That Frank is not happy about the situation becomes clear in his partly drastic way of expressing his opinion. He doubts false promises of "equal opportunity" by calling "the American way" "all that shit" (ll. 13/14). Furthermore, his metaphor that Black college graduates, who aim for a leading role, are "yank[ed back] on [their] chain" (l. 16) as well as his repetition of the word "nigger" (l. 17) show that in Frank's eyes, all the talk about alleged racial justice is nothing but an illusion. This sets the scene for the different attitudes Obama himself encountered at college. For him, there is a marked difference between Black students who stay in their closely-knit groups, their "tribe[s]" (ll. 22/23) and only "travel[...] in packs" (l. 24) and those who start to doubt their identity. By informally describing the problems and worries these "tribes" have as "[s]urviving classes", "[f]inding a well-paying gig after graduation" and "[t]rying to get laid" (ll. 25/26) and by further stressing in an anaphora what he describes as "one of the well-kept secrets about black people", namely that they do not want to think and talk about race all the time (cf. ll. 27–31), Obama makes it clear that Black students' everyday life is not necessarily too different from that of their White peers.

ignorance of race in "monoracial" groups

All the more astounding for Obama is that he himself "couldn't [...] let [the questions of racism] go" (l. 32). His attempt at explaining his obsession with race reveals a seeming paradox: Those who have the "luxury" (l. 32) of having grown up in areas marked by poverty and race conflicts are more secure about themselves than those like him who have "nothing to escape from" (l. 36). Their security lies in their firm rootedness in their identity while others, like Obama or other seemingly successful "half-breeds" (l. 61), can only "sputter" (l. 40) when asked about issues of race. On the surface, the successful Black Americans are part of an integrated society. Yet, Obama makes it clear that his mentor Frank was right in pointing out that the alleged colour blindness is nothing but an illusion.

race a bigger issue for multiracial people

The example of his friend Joyce illustrates this. When Obama compares her initial reaction to his invitation to the Black Students' Association with "a baby who doesn't want what it sees on the spoon" (ll. 44/45), she appears childish and naive in her refusal to seriously deal with her origins. The emphases used in her justification about why she does not want to go, namely that she is "multiracial" (ll. 45/46) and that she does not want to choose one fixed racial identity, underline the hypocrisy of her argumentation. For instance, she stresses the coincidence of being born with a certain ethnic background by saying that her parents "happened to be" of certain origins (cf. ll. 46/47). Of course, this is true, yet her "[t]hey, they, they" (cf. ll. 52–54) attitude against Black people makes it obvious that she is not as neutral and open-minded as she presents herself to be. Instead, she has fallen victim to what Obama metaphorically describes as the "gravitational pull", the "one-way street" (l. 57) of integration, which only seems to work when Black people deny both their

Joyce's way of denying her roots

origins and the structural racism in the USA in order to belong to "America's happy, faceless marketplace" (ll. 63/64).

The text gets highly sarcastic when this attitude of Joyce and others who praise White culture in order to belong culminates in the statement that "Only white culture had individuals" (l. 60). That it is exactly the general bias against people of colour that makes taxi drivers refuse to take on Black guests or that singles them out as the usual suspects of being criminals reveals the fallacy of this assumption. When even Black people themselves, who have made it, wonder how they can escape "get[ting] lumped in with the losers" (l. 62) and "[being] mistaken for an ordinary nigger" (ll. 68/69), the stigmatisation in people's heads seems shockingly effective.

sarcasm to criticise Joyce's attitude

All in all, Frank's initial warnings seem more than justified. When it comes to Black identity at college, ignoring race, either through informal segregation or through a pseudo-tolerant denial of its influence, seems to be the only feasible strategy. *(845 words)*

conclusion

3.1 *Read the assignment carefully. The verb "discuss" means that you should present arguments both for the success of anti-racist movements and arguments that speak against ethnic minorities having equal rights in the US. There are many areas on which you could focus in order to examine racial equality or a lack thereof. Typical examples could be education, which is also the topic of the reading text, economic (in-)equality or politics, but of course, there are also other areas, such as the justice system, healthcare, etc., where there have been both steps forward and drawbacks. Also pay attention to the exact wording of the task: it asks you to consider different ways to overcome racism. So, make sure that you mention political and legislative changes, social justice groups, etc.*

*The sample solution includes the following points:*

- *introduction: history of racism*
- *main part 1: progress in race relations:*
  - *education: Barack Obama as example of successful college graduate, desegregation (1954) and Little Rock Nine (1957), affirmative action programmes*
  - *work and employment: Equal Employment Opportunity Act*
  - *politics: Civil Rights Act, Voting Rights Act, examples of successful politicians (Barack Obama, Kamala Harris)*
- *transition to main part 2*
- *main part 2: still-existent disadvantages:*
  - *education: educational gap, ban of affirmative action in some states*
  - *economy: still-existent wealth gap, vicious circle of poverty and crime in problem districts*
  - *politics: renewed attempts at hindering Black people from voting (example: Georgia), Black Votes Matter*
- *conclusion: legal changes alone not sufficient, awareness-raising movements*

introduction

The USA has a long history of racism. Throughout the years, numerous steps have been taken to overcome it: From the abolition of slavery after the Civil War, over the Civil Rights Movement's achievements in the 1960s and up to Barack Obama's election as the country's first Black president, African Americans seem to have come a long way towards equality. Yet, the post-racial society that many expected to result from Obama's success is still a utopia in many respects.

main part 1: progress in race relations: education

Barack Obama himself seems to exemplify progress in several fields: In his memoir, he writes about his college education, which he takes more or less for granted while the generation of his elderly mentor Frank is still aware of a time when equal opportunities in education had to be fought for.

desegregation of schools, Little Rock Nine

In 1954, the US Supreme Court finally ruled that schools be desegregated, and the system of bussing was introduced to improve ethnic diversity at America's schools. Despite these legal changes, the case of the Little Rock Nine, nine Black students who were hindered from entering a formerly White-only school by an angry mob in 1957, showed that racism in people's minds does not just stop because of a court ruling. Yet, it also proved the government's willingness to enforce the students' admission against all opposition when even troops were sent to help the students enter the school.

affirmative action

In his memoir, Obama also mentions Black college friends from disadvantaged areas, such as Compton and Watts in Los Angeles. That they were able to enrol could be due to support initiatives or affirmative action programmes that definitely improved educational equality.

work and employment

When it comes to work and employment, the system of affirmative action proved successful once more. Legislation, such as the Equal Employment Opportunity Act to protect Black people from discrimination in the labour market, helped countless African Americans to close the wealth gap between them and their White compatriots. In consequence, the number of well-to-do Black middle-class families rose. Obama himself comes from such a family, as he writes in his biography, and is again the perfect representative of equal opportunities.

politics

Similarly, in politics, Black Americans have come a long way since the days of the racially oppressive Jim Crow laws, when states with a Black majority introduced a literacy test and a poll tax to suppress the Black vote. The Civil Rights Act and the Voting Rights Act of the 1960s abolished these racist practices and guaranteed Black people political participation. It was not only the number of Black voters, but also that of African Americans who actively take part in the running of the country that increased continually. Obama is again an outstanding example of a successful Black politician. So is Kamala Harris, the first Black, South Asian woman to become vice-president, among many others.

However, although African Americans have made considerable progress so far, the American Dream of equality and acceptance for all, has not yet been fulfilled. Neither laws that mandate equal opportunities nor the singular success stories of people, such as Barack Obama, should make us blind to the fact that in general African Americans still face too many disadvantages.

transition to main part 2

In education, for example, Black Americans still lag behind White Americans, especially at the nation's prestigious universities and colleges. These institutions maintain that they are committed to diversity, but admissions of Black undergraduates continue to fall in many states, which might partly be due to the ban of affirmative action that is now in force in some of them.

main part 2: disadvantages: education

Despite the emergence of a fairly large Black middle class, many African American people continue to exist on the economic margins. America's ideal that anyone who works hard can achieve economic success is still beyond reach for many. On the whole, unemployment and poverty rates in the US are declining, but Black people are still poorer than Hispanic or White people. This becomes especially obvious in the still-existent problematic districts in some cities which are mainly populated by ethnic minorities and where a vicious circle of poverty and crime is often perpetuated from generation to generation.

economy

In politics, several southern states have recently undertaken efforts to restrict voting of African Americans. Traditionally solid Republican states, such as Georgia, "flipped" Democratic in 2020, mainly because of Black voters who helped Joe Biden to win the state. Soon after, in 2021, the Georgian legislature renewed its attempts to disenfranchise Black voters by regulations and bans that particularly target that part of the population. Therefore, the Black Votes Matter movement, which was founded in Georgia to encourage African Americans to go to the polls and offers help with the voting procedure in order to increase the influence of Black communities, should not come as a surprise.

politics

So, when even after monumental legal changes and the undeniable progress the Civil Rights Movement achieved, racism persists, the question of what more can be done is becoming increasingly desperate. The answer probably lies in asking and re-asking this question. Awareness is key and nothing seems as dangerous as tacitly accepting subtle racism as a given. That is what movements, like Black Votes Matter or Black Lives Matter, which mainly targets disproportionate police violence against Black Americans, attempt to achieve. *(865 words)*

conclusion: legal changes not sufficient, awareness-raising movements

3.2 *This creative task requires you to take on the role of an exchange student at an American high school's debating society. So, be clear about that role in that you treat the USA as your host country not too unkindly in your speech. Of course, you may express criticism, but you should avoid sounding arrogant or condescending. Also bear in mind the type of text you need to write for this creative task. A speech should address your audience directly and include some linguistic devices, such as repetitions, anaphora, rhetorical questions, etc., which make it persuasive and easy to follow. When it comes to content, the assignment is quite open. So, you can address the topic of race relations from different angles. However, make sure to refer to the excerpt from Barack Obama's memoir as your starting point.*
*The following points are discussed in the sample solution:*
- *introduction: race relations in America as a challenging topic*
- *main part 1: race relations today:*
  - *improvements since the Civil Rights Movement (example: education)*
  - *"gravitational pull of white culture" as more subtle form of racism*
  - *unconscious bias against Black people*
- *main part 2: appeal for change:*
  - *laws alone are not the solution*
  - *honest conversations necessary*
- *conclusion: America never content with things that are only half good*

Hello everybody,

Phew, so we are to debate the current state of race relations in this country – what a tremendous challenge, as I would argue that the problem of racism is one of the most relevant, but also one of the most complex issues this nation, and with it the rest of the world, has to deal with. Yes, particularly for me as a foreign student, it might be difficult to really judge the situation. Nonetheless, the USA with its status of being a role model and trailblazer when it comes to values like liberty, justice and equality is so close to achieving real improvements and so far from them at the same time. introduction

Let me start with the positive side: From a historical perspective, race relations have been improving considerably over the past decades. When we look at it from a legal point of view, the Civil Rights Movement has reached the tremendous goal of giving all Americans equality before the law, equal opportunities when it comes to education and employment as well as equal chances for political participation. main part 1: race relations today: improvements (education)

And yet, I have got to know this country as more ambitious than that: it is not enough to have achieved something on paper, reality is what matters. And this is where countless challenges come to mind: just because African Americans can go to all colleges now does not mean that they can really live their racial identity proudly and openly. I recently read your former president Barack more subtle forms of racism persist ("gravitational pull of white culture")

Obama's biography, in which he fittingly talked of the "gravitational pull of white culture" that he felt at college. What he meant was the only superficial acceptance of African Americans, who had to try so hard to belong that they often had to deny their real heritage and act as "White" as possible. Is that real equality or should we rather call it a more subtle form of racism?

unconscious bias against Black people

The same goes for the unconscious bias that Obama also talked about when he described "the woman in the elevator [who] clutches her purse" as soon as a Black person enters. Can we really talk of equal opportunities when your skin colour alone singles you out as a person to be afraid of, to be suspicious of, to be distrustful of? And while this might seem a rather harmless example, racial profiling and disproportionate police violence are not. They really do threaten Black lives – and poison the atmosphere in this wonderful country.

main part 2: appeal for change: laws alone are not the solution

So, when legally there should be nothing in the way of true equality, why is it so difficult to achieve peace and mutual understanding? Is the legacy of slavery still so strong? And if yes, what can be done to improve race relations? In my opinion, too many people favour the easy answer, so they ask for legal reforms and ultimately more laws to get inequalities under control. While I agree that reforms and many supportive measures are necessary to improve the lives in underprivileged communities, let me make one thing very clear: Laws will not bridge the racial divide. Laws will not heal wounds. Laws alone will not bring people together.

honest conversations necessary

Honesty and conversations will. Hard truths must be faced, the atrocities of the past and present must be dealt with and failures must be admitted. Only when the woman in the elevator does not subconsciously clutch her purse any longer will a true change have been achieved.

conclusion

Let me remind you again: what is so great about America and has brought the country so far is its wish to always improve and to never be content with a status quo that is only half good. So, yes, race relations have seen improvements, but let's tackle the rest of the prejudice, the rest of the injustice, the rest of what brings people apart. Then America will take another important step forward, as it did so often in its history.

Thank you for your attention. *(654 words)*

## Schreibaufgabe II

1. *For this text comprehension task, you should describe what happens in the excerpt using your own words. Of course, Shakespeare's language might seem outdated and not easy to understand at first. On the other hand, this makes it easier not to quote the text directly, but reword its main ideas. Make use of the annotations if you have difficulties following the conversation. The introductory note can also be a help. The term "summarise" tells you that you should only give the main ideas of the text and not describe every single detail.*
   *The following points should come up in your solution:*
   - *introduction: name of the play, setting, general conflict outlined*
   - *Egeus's complaint that Lysander has made his daughter Hermia fall in love with him, despite Egeus's wish to marry her to Demetrius (cf. ll. 1–26)*
   - *Theseus's attempt to convince Hermia to obey her father, Hermia's steadfastness and the two alternatives Theseus presents her: to die or to live as a nun, which Hermia would prefer to marrying a man she does not love (cf. ll. 27–64)*
   - *Demetrius and Lysander vying for Hermia's hand (cf. ll. 65–78)*

introduction

In the excerpt from the first scene of William Shakespeare's play *A Midsummer Night's Dream*, which is set at the court of Duke Theseus in Athens, Egeus appears before the Duke to resolve a dispute. His daughter Hermia refuses to marry Demetrius, even though her father intends her to do so.

Egeus's complaint

Egeus accuses Lysander of having made his daughter fall in love with him, who has consequently become disobedient to her father's wishes. He insists that he can force her to marry the man he chooses.

Theseus's two alternatives for disobedient Hermia

Theseus confirms Egeus's right over the life and death of his daughter and implores Hermia to obey her father, who knows best what is good and right for her. However, Hermia is adamant and wants to know what will happen to her if she does not give in. Theseus offers Hermia a choice between death or a secluded life as a nun in a monastery. She decides to live as a nun rather than marry Demetrius, a man she does not love.

Demetrius and Lysander vying for Hermia's hand

Demetrius tries to change Hermia's mind and insists on his right to marry her. Lysander, however, declares his love for Hermia and his equality with Demetrius as far as his noble birth and wealth are concerned. He even feels more deserving of Hermia's hand than Demetrius because he is the one Hermia loves whereas Demetrius has become involved with another woman, Helena.

*(230 words)*

2. *The assignment "analyse" requires you to explain in detail how an idea is expressed. In other words, you have to show how a certain message is brought across. In this case, you can start with a working hypothesis about the power relations in the excerpt: generally, women are inferior to men, both their (future) husbands and their fathers. Furthermore, Duke Theseus has the highest status and all other characters owe him respect and obedience. After stating your working hypothesis, find passages in the text which support it.*
   *The following points could be part of your solution:*
   - *working hypothesis: hierarchical and gender-related power structures*
   - *Theseus's absolute power:*
     - *respectful way he is addressed (cf. ll. 1, 5, 7, 19, 20)*
     - *contrast of "you" and "thee" (cf. ll. 2, 20, 40, 44)*
   - *Egeus regarding Hermia as his property whom Lysander has "stolen":*
     - *repetitions ("thou", l. 9; "feigning", l. 12)*
     - *"her obedience […] is due to me" (l. 18), "she is mine" (l. 23)*
   - *Theseus supporting Egeus's claim of possessing his daughter and seeing a woman's main role as wife and mother:*
     - *extended comparison: father compared to a god (cf. ll. 27–32)*
     - *treating Hermia with respect (address "you", ll. 27–30, 36, 39, 49–54), but also condescension ("fair maid", l. 27; "fair Hermia", l. 49)*
     - *metaphors to show being a nun as ultimately unfulfilling for a woman ("barren", l. 54; "earthlier happy is the rose distill'd/Than that which, withering on the virgin thorn,/Grows, lives, and dies in single blessedness", ll. 58–60)*
   - *Hermia's resistance:*
     - *opposing the Duke ("Demetrius is a worthy gentleman. So is Lysander.", ll. 33/34)*
     - *metaphor "I would my father look'd but with my eyes." (l. 38) (opposed in chiastic structure, cf. l. 39)*
     - *polite (cf. ll. 40–44), but adamant and unafraid (cf. ll. 44–46, 61–64)*
   - *Demetrius and Lysander asserting their "right" (ll. 66, 73) to Hermia*
   - *conclusion*

In the rigidly structured society of Athens, the power hierarchy is quite clear: Duke Theseus has absolute power over all his subjects. Egeus as a father is similarly powerful with regard to his daughter Hermia and even her young suitors, Demetrius and Lysander, while subordinate to the elderly Egeus, feel entitled to "possess" Hermia. She as a woman is the lowest-ranked person in the hierarchical order, which makes her resistance all the more surprising. Shakespeare illustrates this distribution of power in several ways. *(working hypothesis)*

That Theseus is the other characters' superior becomes clear in the respectful way he is addressed. Egeus calls him "our renowned duke" (l. 1), "[m]y noble lord" (l. 5), "my gracious duke" (ll. 7, 19) and "your grace" (l. 20). Furthermore, he uses *(Theseus's absolute power)* the polite possessive "your" (cf. ll. 20, 40, 44), whereas Theseus replies with the address "thee" (l. 2), which is usually used for inferiors.

With regard to his daughter Hermia, however, Egeus is dominantly asserting his rights and power. His angry outburst against Lysander, whom he accuses of stealing his daughter's devotion, is one illustration of that. He repeats the pronoun "thou" several times (l. 9), which stresses the fact that Lysander is the culprit in Egeus's eyes. The further repetition of the word "feigning" (l. 12) underlines the dishonesty Egeus accuses Lysander of. That Hermia's disloyalty to her father's wishes is completely inacceptable for Egeus is clearly expressed in statements such as "her obedience [...] is due to me" (l. 18) and "she is mine" (l. 23), which also points to the fact that Hermia is seen as her father's property.

Egeus regarding Hermia as his property

The Duke clearly supports this attitude. He even adds to the father's powers by comparing him to a god (cf. l. 28), who is responsible for all her features (cf. l. 29), who can shape her to his wishes (cf. ll. 30/31) and who can ultimately also decide to end her life (cf. l. 32).

extended comparison: father compared to a god

While Theseus is not impolite towards the young woman and even uses the address "you" when talking to her (cf. ll. 27–30, 36, 39, 49–54), he treats her in a condescending manner, calling her "fair maid" (l. 27) and "fair Hermia" (l. 49). That a woman's beauty and her ability to become a man's wife and mother of his children is what matters most to Theseus is also underlined by the imagery he uses to describe the admirable, though unfulfilling chaste life she would lead as a nun (cf. ll. 49–60).

Theseus's polite, but condescending attitude towards Hermia and preference of women's role as wives and mothers

All the more surprising is Hermia's resistance. She is not willing to be dissuaded from her intention to marry Lysander and even counters Theseus's statement "Demetrius is a worthy gentleman" (l. 33) with the brief, but concise words "So is Lysander" (l. 34). With the metaphor "I would my father look'd but with my eyes" (l. 38), she underlines her free will and the fact that she is the one best equipped to decide about her own husband. This is immediately opposed by Theseus with the chiastic structure, "Rather your eyes must with his judgement look" (l. 39). Still, she does not let herself be swayed.

Hermia's resistance

Although the biggest part of her first longer speech is apologetic and polite (cf. ll. 40–43), she does not shy away from listening to the potential consequences of her disobedient behaviour (cf. ll. 44–46) but bravely asks to hear them. Even in full knowledge of her limited options, she remains convinced that she cannot act against her "soul's" better judgement (cf. ll. 61–64).

polite, but adamant and unafraid

Both Demetrius and Lysander make only short speeches at the end of the excerpt. Yet, in both their statements, it becomes clear that they see a marriage with Hermia as "[their] right" (ll. 66, 73). While for Demetrius, the main reason for this right is Hermia's father's decision, against whose power rebellion would be crazy (cf. l. 66), for Lysander, his love and faithfulness (cf. ll. 68, 71/72, 74–78), next to his status and money (cf. ll. 67–70), are the arguments that speak in his favour.

Demetrius and Lysander asserting their "right" to Hermia

All in all, the excerpt clearly shows Hermia's powerlessness in this world organised according to clear hierarchies and dominated by men. Despite that, Shakespeare makes it obvious that she is not only "sweet Hermia" (l. 65), but rather a force to be reckoned with. *(722 words)*

conclusion

3.1 *Assessing a statement means that you have to find reasons as to why it holds true in your opinion or why it does not. So, here you will have to decide whether you think that Shakespeare's female characters are still meaningful for modern audiences. Although it is not strictly necessary to consider counterarguments as well, it makes for an elegant and rounded solution when you show that you are aware of opposing opinions (why the meaningfulness of Shakespeare's female characters might be limited today). You should substantiate your answer with examples from the text or from the plays you have talked about in class. The sample answer focuses on the plays* Romeo and Juliet *and partly on* The Taming of the Shrew. *If you have dealt with other plays in class, you will certainly find interesting illustrations in these as well. For instance, you could describe Cordelia* (King Lear) *or Beatrice* (Much Ado about Nothing) *as female role models or Lady Macbeth* (Macbeth) *as a woman fuelled by ambition who is the driving force behind her husband's crime.*

*The sample solution contains the following points:*

- *introduction: divergent opinions about Shakespeare's relevance for modern audiences*
- *main part: assessment of Shakespeare's female characters' relevance today*
  - *huge differences between Shakespeare's and our modern times*
  - *Shakespeare's themes still relevant because even today, there is no complete gender equality*
  - *examples of female role models in Shakespeare's plays: Juliet, Hermia*
- *conclusion: timelessness of Shakespeare's themes and characters*

When it comes to Shakespeare's plays, opinions often diverge between people who consider his plays as too difficult, too incomprehensible and too outdated and those who are huge fans of staging and re-staging his works. The former repeat that plays with a more than 400-year-old history have no place on a modern stage while the latter continue to claim that Shakespeare's works

introduction

deal with timeless issues that offer something to think about for everyone.

With a special focus on women's roles, the criticism that the circumstances represented in Shakespeare's work are completely outdated seems more than justified at a superficial glance. When we think of Hermia in *A Midsummer Night's Dream* or similarly of Juliet in *Romeo and Juliet* or Katherine in *The Taming of the Shrew*, what modern woman would have to ask her father for permission to marry the man of her choice or not to marry at all and lead a self-determined life? For the heroines in Shakespeare's plays, such an independent decision would be unthinkable. They are threatened with social isolation, being cast out of their homes and families or even with death when they dare to disobey. So, the potential to empathise and identify with them seems limited.

main part:
on the one hand, huge differences between Shakespeare's and our modern times

However, while it is true that such drastic repercussions of disobedience are out of the question for most modern women and a lot has been achieved when it comes to gender equality in the last 400 years, power is still not equally distributed between men and women. Depending on their cultural background, women today still face a variety of oppressions. They do most of the housework and they are often the ones who take care of the children and the elderly. They are paid less than men and have fewer opportunities for advancement. They are still underrepresented in higher posts and are confronted with insurmountable barriers when it comes to promotions or positions of power. In some cultures, even forced marriages are not uncommon. Against this background, one of the numerous Shakespeare productions that are put on stage every year can contribute to the much needed discussions about female rights. On the one hand, Shakespeare's settings can be used as an example of how it should not be and as a reminder of what still needs to be changed even today.

on the other hand, even today, no complete gender equality

Yet, on the other hand, what is especially fascinating about Shakespeare's heroines is that, despite their underprivileged status in a society dominated by men, they can even be role models. Take Juliet, for example, who stays true to her convictions against all odds. In the relationship with Romeo, she is depicted as the more sensible and stronger partner and her tragic death even succeeds in making two enemy families finally see sense and strive for reconciliation. Similarly, Hermia in *A Midsummer Night's Dream* elicits our admiration when, faced with social expulsion or even death, she argues the case for self-determination and will not be persuaded from following her heart and loyally standing by the man she has fallen in love with.

Shakespeare's female characters as role models

So, despite the fact that the historical setting of Shakespeare's plays is very different from our modern world, neither his themes nor his characters are. Issues like love and hate, the resistance against power and the courage to be true to oneself and different from society's rigid expectations have a timeless appeal. Furthermore, the women in Shakespeare's plays in particular have often well-rounded and profound characters. They fascinate us, impress us and make us think because they often act in a way that goes beyond their times and above all else, they never give up. — conclusion

*(600 words)*

3.2 *This is a creative task. You need to take on a fictional role, namely that of a former exchange student who acted in a drama group at an American high school and is now part of the English-speaking drama group in Germany. In that role, you are asked to write a personal email to a friend. So, make sure that your style reflects your role in that you use some colloquial phrases and address the friend you are writing to as well as your common memories throughout the text.*
*When it comes to content, your text should be an argumentative text in essence, not unlike an ordinary comment. Pay attention to arguments both for and against performing a Shakespeare play with a drama group at school.*
*You could structure your answer like this:*
- *email format*
- *introduction: common memories of theatre performance at American high school*
- *main part: discussion of whether to stage a Shakespeare play with English-speaking drama group at school*
    - *arguments against Shakespeare's plays: difficult language, outdated themes*
    - *arguments for Shakespeare's plays: timelessness of subjects, triggering of still relevant discussions*
- *conclusion: idea of a compromise: classical play in modern adaptation*
- *personal greeting (fitting to text form)*

From: jenny_bleyer@hermann-gym.de — email format
To: penny_franks@stillerhighschool.edu
Re: Drama Group Shakespeare

Dear Penny,

It is exactly four months to the day we stood on stage as Helena and Hermia. What fun we had and how proud we all were of our success. Of course, it was a lot of work and we often thought that the performance would be a failure, but in the end, it was so worth it. — personal introduction

This brings me to a current problem I wanted to discuss with you. I joined the English-speaking drama group at my school in Germany after my great experiences in the USA. We now have to choose a play for our next performance and haven't decided on one yet. I was thinking of doing one by Shakespeare.

main part: discussion of whether to stage a Shakespeare play with drama group at school

However, there are a lot of reservations among some group members who think that both we and the audience would not really have fun with a Shakespeare play. They say the language is too difficult, the plays are completely outdated, there is only murder and manslaughter in the tragedies and the silly confusions in the comedies make the spectators despair. It could also end up that nobody gets the point of the play. So, the audience would leave dissatisfied and we actors would have studied the complicated lines completely in vain. To be quite honest, there is some truth in these arguments. Just think of us mulling for hours over the meaning of "the rose distill'd" that is happier "Than that which, withering on the virgin thorn,/Grows, lives, and dies in single blessedness." In a similar way, we were completely outraged by the way Hermia is treated as her father's property. An attitude like this should have no place on a modern stage.

arguments against Shakespeare's plays

And still, do Shakespeare's plays really not fit into our time? I always found that what makes them so fascinating is that despite their age, the issues they deal with are timeless and can well teach us something about great emotions, society, politics, gender roles and power structures even today. When you look at many of the novels and films published in recent years, they deal with similar themes, just in a different language and in a different social setting. To come back to *A Midsummer Night's Dream* once more, I don't think it would hurt to watch Hermia's powerlessness as well as her resolution to stay true to Lysander and use it as a starting point for a discussion about gender inequality in our modern times.

arguments for Shakespeare's plays

Well, anyway, Shakespeare seems to follow me everywhere: In my English lessons, we have just finished reading *Romeo and Juliet*. What a sad, tragic story! Have you ever seen the movie adaptation with Leonardo DiCaprio? We watched it in class and that gave me the idea to stage a classical play in a modern setting. Maybe that would be the ideal compromise to do justice to Shakespeare's great themes as well as to the tastes of a contemporary audience.

conclusion: "compromise"

What do you think? Should we dare to stage a Shakespeare play? And is there one you would particularly recommend?

personal greeting

Give my love to "our" class,
Jenny xx

*(513 words)*

**Abitur 2022 Englisch (Hamburg) –**
**grundlegendes und erhöhtes Anforderungsniveau**

Um Ihnen die Prüfungsaufgaben 2022 schnellstmöglich zur Verfügung stellen zu können, bringen wir sie in digitaler Form heraus.

Sobald die Original-Prüfungsaufgaben 2022 freigegeben sind, können sie als PDF auf der Plattform **MyStark** heruntergeladen werden (Zugangscode vgl. Farbseiten vorne im Buch).

## Prüfung 2022

**www.stark-verlag.de/mystark**